U0437952

楚辭译注

彩图珍藏本

董楚平　译注

前言

如果把三千年的中国诗史，比作一条长江大河，那么，三百零五篇的《诗经》就是它的上游、源头。它们或如原始森林里幽咽的溪流，或如巉岩削壁间哗笑的瀑泉，那么鲜灵活跳，晶莹可爱，而且千汇百转，兼收并蓄，为下一段的浩浩洪流积蓄着必要的水量。战国时期的百家争鸣，如春鸟啼晨，唤来了中华民族文化的春天。就在中国古代文化史上这个灿烂的时代，诗歌之河，如黄河闯开龙门，长江冲出三峡，在一片开阔的平原上，汇集了当地的大量水脉，顿时出现了烟波万里的新气象，开创了与中华民族相称的新气派。中国诗歌长河的这一段因出现在楚国的原野上，有浓厚的地方色彩，而名为“楚辞”。

文学史上一些特别灿烂的时代，往往由一两个杰出的作家开辟出来，他们的作品代表着整个文学时代的风貌。他们的名字也就成为那个文学时代的代称。

“楚辞”这个名词有两种含义，一是指屈原开创的、战国后期在楚国流行的一种新诗体；二是指以屈原的作品为代表的一部古代诗歌总集。它既是诗体的名称，又是诗集的名称。不管就哪种意义说，屈原都是它的主要代表。

作为一个政治活动家，屈原是属于楚国的，他是楚国的左徒，是楚国的三闾大夫，是楚国的政治犯，最后在楚国死节，“受命不迁”（《橘颂》），一步也不愿离开楚国的土与水。但是作为一个文化巨人，他却是属于全中国的。屈原是在华夏文化的哺育下成长起来的。楚文化是整个华夏文化的来源和组成部分之一，它具有自己的特色，但决不是华夏文化以外的另一文化系统。

以《诗经》为例，它像在中原各国一样地在楚国流行。《国语·楚语上》记载申叔时论王太子的教育内容，明确说要“教之《诗》”、“诵《诗》”。楚国君臣在政治生活中经常引用《诗经》，例如：

《左传》文公十年：“子舟（楚文王之后）曰：当官而行，何强之有？《诗》曰：‘刚亦不吐，柔亦不茹。’（《诗·大雅·烝民》句）‘毋纵诡随，以谨罔极。’（《诗·大雅·民劳》句）……”

《左传》宣公十二年：“孙叔（楚令尹）曰：‘进之！宁我薄人，无人薄我。《诗》云：“元戎十乘，以先启行。”（《诗·小雅·六月》句）先人也。’”

又：“楚子曰：……武王克商，作《颂》曰：‘载戢干戈，载橐弓矢。我求懿德，肆于时夏，允王保之。’（《诗·周颂·时迈》句）又作《武》，其卒章曰：‘耆定尔功。’（《诗·周颂·武》末句）其三曰：‘铺时绎思，我徂维求定。’（今《诗·周颂·赉》句）其六曰：‘绥万邦，屡丰年。’（今《诗·周颂·桓》句）……”

《左传》昭公三年：“十月，郑伯如楚，子产相。楚子享之，赋《吉日》（《诗·小雅》）。”

《左传》昭公七年记楚灵王“为章华之宫”，无宇辞曰：“……封略之内，何非君土？食土之毛，谁非君臣？故《诗》曰：‘普天之下，莫非王土；率土之滨，莫非王臣。’（《诗·小雅·北山》句）”

《国语·楚语上》：伍举对楚灵王曰：“故《周诗》曰：‘经始灵台，经之营之。庶民攻之，不日成之，经始勿亟，庶民子来。王在灵囿，麀鹿攸伏。’（《诗·大雅·灵台》）”

宋玉《九辩》也化用《诗·魏风·伐檀》：“窃慕诗人之遗风兮，愿托志乎素餐。”

这些例子足以说明，《诗经》在楚国统治阶级与知识分子中的地位与作用，和中原各国几乎没有什么区别，也到了“不学《诗》，无以言”的程度了。由此也可以想见中原文化对楚国的巨大影响，这种影响明显地反映在屈原作品之中。在屈赋里，只有《天问》最后提到楚国的几位历史人物，连篇累牍的都是“天下”的历史名人：尧、舜、禹、汤、文王、武王、齐桓、皋陶、伊尹、傅说、比干、吕望、伯夷、叔齐、宁戚、百里奚等。即使举独夫昏君，也放眼“天下”，如启、羿、浇、桀、纣等，都不是楚人。屈原采用的神话素材，除《九歌》的湘君、湘夫人等外，基本上也是属于全中国（当时的“天下”）的。屈原笔下的神话世界中心，不在九疑，而在昆仑。在《天问》这座庞大的神话宝殿里，竟没有一尊楚国的地方神祇，也没有一个仅仅属于楚国特有的神话故事。《离骚》开头称美世系时，并提神界始祖高阳与凡界先人伯庸（详见本书附录《离骚首八句考释》），写法与《诗经》的《生民》、《玄鸟》、《长发》等篇相同。最后“忽临睨夫旧乡”时写道：“仆夫悲余马怀兮。”用的是《诗·周南·卷耳》“我马瘏矣，我仆痡矣”的习语。

如果仅仅从形式上着眼，楚辞与《诗经》确实差别很大，似乎是毫无继承关系的两个源头。但是，五四新诗与中国古典诗词在形式上的差距不是更大得多吗？五四时期的新诗人，哪个没有受过古典诗词的哺育？正如没有灿烂的中国古典文化，就不会有像郭沫若这样杰出的新诗人一样；没有包括《诗经》在内的华夏古典文化，也不会有屈原。楚辞与《诗经》在艺术上差别大，除了受楚文化的地方色彩这一客观因素影响之外，一个更重要的原因是它的创始人屈原是一位真正的艺术巨匠，有高度的创造精神与鲜明的艺术个性。《离骚》等作品的某些重要的艺术特点，不仅《诗经》不曾有过，楚国文化史上也不曾有过，而属于屈原的创造。

屈原在艺术上的创造性突破，主要不是表现在每句字数的增加、句中句末用“兮”等，而是在艺术构思上能摆脱创作素材的束缚，有空前广阔的想像空间，从而极大地提高了诗的表现能力。屈赋的内容几乎是无所不有的，诗人的笔像魔术师的棍棒似的，能点铁成金，使它们全都发出艺术的光芒。诸如个人的政治斗争，历史上的兴亡大事，这些都是最难入诗的内容，而经过诗人的象征手法的点化，使枯燥的生活原型得到升华，塑造了生动的艺术形象，具有激动人心的感染力量；因而，政治倾向性与艺术感染力的高度统一，也就成了屈赋的主要特色，这恐怕是屈原在诗歌艺术上的主要贡献。

对于屈原这样一位划时代的文化巨人，人们当然想尽可能详细地了解他的生平事迹。但因史料欠缺，对他的生平，论证得越详细，猜测之词就可能越多。司马迁的《史记·屈原列传》是了解屈原生平的最重要依据。本文不对屈原生平作详细的论证介绍，而只把《屈原列传》作了译注，列为附录，供读者参考。

据司马迁说，继屈原之后，楚国还有宋玉、唐勒、景差等楚辞作家。其中最有名的是宋玉。《汉书·艺文志》说宋玉有赋十六篇，今本《楚辞》里只收了一篇《九辩》。《艺文志》说唐勒有赋四篇，早已亡佚。《艺文志》没有说起景差的作品，今本《楚辞》里的《大招》，王逸说“或曰景差”所作。

屈原等人的作品，最初都是单篇流传，最早给楚辞作品作注解的是汉武帝时候的淮南王刘安，他只注解一篇《离骚》，叫《离骚传》。《离骚传》今已亡佚，但它的一些片段还保留在《史记·屈原列传》与班固的《离骚序》里。我们现在所能看到的最早的楚辞注本，是东汉王逸的《楚辞章句》。据《后汉书·文苑传》记载，王逸字叔师，南郡宜城（今湖北省宜城市）人，东汉安帝时为校书郎，顺帝时官至侍中。他在《楚辞章句》里自称“校书郎臣”，则其书当在作校书郎时撰成。据王逸说，《楚辞》一书是西汉大学者刘向编定，共十六卷。王逸作注时加上一篇自己写的《九思》，共十七卷。宋人洪兴祖给这个本子作了补注。现在我们看到的这个本子的篇目次序如下：一、《离骚》（屈原）；二、《九歌》；三、《天问》；四、《九章》；五、《远游》；六、《卜居》；七、《渔父》；八、《九辩》（宋玉）；九、《招魂》；十、《大招》（屈原或景差）；十一、《惜誓》（贾谊）；十二、《招隐士》（淮南小山）；十三、《七谏》（东方朔）；十四、《哀时命》（庄忌）；十五、《九怀》（王褒）；十六、《九叹》（刘向）；十七、《九思》（王逸）。

楚辞不同于《诗经》，《诗经》就是三百零五篇，楚辞的篇数却没有固定的标准。如朱熹的《楚辞集注》一直收到宋代的辞赋作品。以后各种《楚辞》注本篇数也不一致。有的只收到《大招》为止，把汉人作品全部割掉。作为一个时代的某一文体的结集，在时间上应该有个界限。否则将漫无边际，容易引起混乱。一般研究楚辞，都以战国时期的楚国作品为对象。本书以王逸《章句》本为根据，裁去《惜誓》以下的汉人作品。从严格意义上说，这也可算是完整的楚辞读本了。

各篇除译注外，都有题解。题解根据有话则长、无话则短的原则，详略不尽一致。注解力图择善而从，尽可能广泛吸收古今学者的研究成果，间或也有自己的千虑之一得。如本书对《离骚》首八句的理解与各家注本不同，承杭州大学姜亮夫先生鼓励，并帮助我解决了一些疑难问题，才使我决心把自己的看法拿出来；为了说明理由，我写了一篇《离骚首八句考释》作为附录，以就正于海内专家和广大读者。

译诗的格律，基本上有三种：四顿两截体；三顿体；基调五七言。为了探索这三种格律，我写过两篇稿子：一、《从闻一多的〈死水〉谈到新格律诗问题》，载于《文学评论》一九六一年第四期；二、《五七言的单音煞尾》，载于《文汇报》一九六一年十一月五日。值得一提的是前一篇稿子的发表。那篇稿子对何其芳同志的格律主张提出了商榷的意见，我把稿子寄给何其芳同志，请他指教。我当时还在农村劳动，是个二十多岁的刚“摘帽”的“右派”。想不到何其芳同志竟愿为这样一个素不相识的青年承担“政治责任”，把他的与自己意见不同的稿子推荐给《文学评论》;《文学评论》编辑同志又提了非常详细的修改意见。后来，我把一部分《楚辞》译注稿寄给何其芳同志，何其芳同志把它转给胡念贻同志审阅，胡念贻同志给我提了宝贵意见。当时，原安徽大学教授李翘（孟楚）先生，也曾对我作过热忱帮助。我在当时的困难条件下，能坚持完成《楚辞译注》初稿，是与这些前辈学者的鼓励帮助分不开的。

本书初稿完成于一九六四年冬。“文化大革命”一开始，它就与其他手稿一并被抄。当时，我在温州市郊永强中学执教，我的学生范新华同志把它“抢救”出来，藏在自己家里，后来归还给我。党的三中全会以后，我得以调到浙江省社会科学院历史研究所工作。不久，我把稿子寄给上海古籍出版社，承蒙他们错爱，提了三次精当、具体的修改意见，使一堆发黄的旧稿纸也沐浴到新的阳光。本书的责任编辑王维堤同志，付出了大量的劳动。

拙稿修改期间，北京大学林庚先生、杭州大学徐朔方先生、四川省社会科学院袁珂先生，以及杭州大学郭在贻、浙江省文联骆寒超、杭州师院罗仲鼎、淮阴师专萧兵诸同志，曾以不同方式给予我帮助，谨在此一并致谢。

董楚平

1983年8月25日于杭州

目録

離騷 001

九歌 103

東皇太一 108

雲中君 114

湘君 118

湘夫人 128

大司命 140

少司命 148

東君 154

河伯 160

山鬼 164

國殤 174

禮魂 178

天問 181

九章 301

惜誦 304

涉江 316

哀郢 328

抽思 341

懷沙 356

思美人 368

惜往日 380

橘頌 394

悲回風 402

远游 419
卜居 449
渔父 461
九辩 471
招魂 519
大招 575
附录一 《史记·屈原列传》译注 615
附录二 《离骚》首八句考释 643

離騷
紛吾既有此內美兮又重之以脩能扈
江離與辟芷兮紉秋蘭以為佩汨余若
將不及兮恐年歲之不吾與朝搴阰
木蘭兮夕攬洲之宿莽日月忽其不
兮春與秋其代序惟草木之零落兮
美人之遲暮撫壯而棄穢兮何
此度也

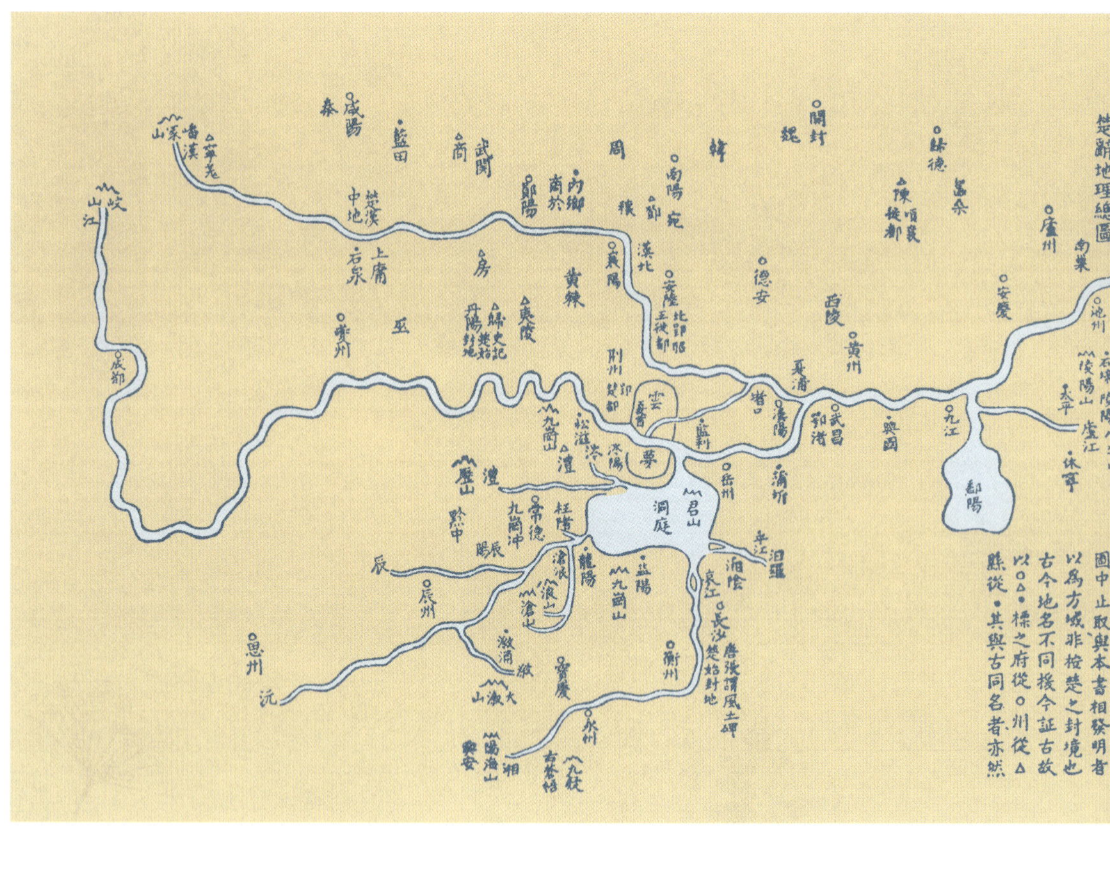
楚辭地理總圖
圖中止取與本書相發明者
以爲方域非按楚之封境也
古今地名不同援今証古故
以○△●標之府從○州從△
縣從●其與古同名者亦然
咸陽
秦
藍田
商
武關
周
韓
魏
開封
歸德
陳
廬州
南巢
安慶
池州
九江
鄱陽
廬江
休寧
武昌
興國
黃州
夏浦
德安
南陽
鄧
宛
襄陽
漢北
安陸
房
黃棘
上庸
巫
夔州
成都
荊州
雲
夢
洞庭
君山
湘陰
汨羅
長沙
衡州
永州
九疑
辰州
沅
澧
常德
龍陽
益陽
寶慶
九嶷山

《离骚》是屈原的代表作，是我国古典诗史上最辉煌的长篇巨构。如果以单篇作品进行比较，《离骚》在我国诗史上的地位与影响是无可匹敌的。三千年的诗史拥有无数杰作佳篇，但找不到第二个作品，像《离骚》那样被人们看作整整一个文学时期的代表。人们通常以“风”、“骚”分别代表先秦文学的两个发展阶段，“风”是以《国风》为代表的《诗经》，“骚”即以《离骚》为代表的《楚辞》。《离骚》收集在《楚辞》里，楚辞那样的文体，就被人们称为骚体。有些古人甚至直称《楚辞》这部诗集为《离骚》。过去，有文学气质的人，能吟诗作赋的人，被称为“骚人”。有时候，“风骚”连文，成为艺术、文采的代名词，例如毛泽东同志的《沁园春·雪》词里，就有“唐宗宋祖，稍逊风骚”之句。一首诗，能够在文学史上、在生活中获得这样广泛的共鸣，在我国还找不到第二个例子。这说明《离骚》是文学史上典型的里程碑式的作品。

对《离骚》这题名的解释，历来不尽一致。司马迁说：“离骚者，犹离忧也。”班固在《离骚赞序》里解释道：“离，犹遭也；骚，忧也。”王逸《离骚经序》说：“离，别也；骚，愁也。”王逸对“骚”字的解释与班固一致，区别在于“离”字。班固的解释固然可以在《楚辞》里找到足够的例证，如“进不入以离尤兮”(《离骚》)、“思公子兮徒离忧”(《山鬼》)、“长离殃而愁苦”(《招魂》)，“离”都是“罹”(遭遇)的同音假借字；而王逸的解释不离“离”字的本义，更无不通之处，且《离骚》里充满着欲离不得的内心矛盾。班固与王逸二说可以并存。

对《离骚》的写作时间，有各种不同的推测。从作品本身看来，不会是初次失意后所作。作者对君王旧情甚深，这君王应该是楚怀王，而不是楚襄王。《史记·屈原列传》、《新序·节士篇》、班固《离骚赞序》、王逸《离骚经序》、应劭《风俗通义·六国篇》等汉人著作，都说《离骚》作于怀王时候。

《离骚》用第一人称和浪漫主义的象征手法，塑造了一个高大的神话式的艺术形象"吾"——灵均。《离骚》的艺术手法已超出对个别事物的比喻，而是在整体上采取象征手法，把生活本相几乎全部隐去。呈现在读者面前的，是一系列斑驳陆离而又完整和谐的象征性的艺术群像，而不是生活原型。读《离骚》不宜、也不可能把它的形象一一坐实。那样做，等于把一座七宝楼台拆开来欣赏。《离骚》是屈原生平思想最深刻的写照，这种写照是通过典型化来完成的。抒情诗里的"我"，未必能与诗人完全等同看待，它是经过典型化的。越是优秀的抒情诗，典型化的程度就愈高。这就使抒情诗里的"我"可能与诗人的原型有所走样。这是任何风格的抒情诗都容许的。而在那些浪漫主义的抒情诗里，这种"走样"的幅度必然更大。常说《离骚》的前半部是现实主义，后半部是浪漫主义；前半部的主人公是现实生活的人，后半部是神话式人物。此说不符合《离骚》及其主人公形象的艺术完整性。《离骚》后半部主人公之所以能"上征"，是由于篇首的"降"，他本来就是"降"自九天的神胄。他一降临人间，就"扈江离与辟芷兮，纫秋兰以为佩"，后来又"制芰荷以为衣兮，集芙蓉以为裳”。这当然不是屈原的服饰，而是类同《九歌》里“少司命”、“山鬼”诸神的打扮。“朝饮木兰之坠露兮，夕餐秋菊之落英”，尤非屈原所堪以为生。《离骚》后半篇的“上征”，不同于《远游》的“上浮”。《远游》的主人公本是世俗的凡人，想“轻举”、“上浮”，却苦于“质菲薄而无因”，没有什么可供“托乘”；后来因“气变而遂曾举”。这是凡人修炼得道而“神”游太空，其“形”骸仍“独留”尘世。《离骚》的主人公不是得道的“真人”，而是个通过文学想像塑造出来的神话人物，因此，开头的“降”与后来的“上征”，都包括形与神，天上与人间完全可以自由往来。

《离骚》以世俗的眼光看待神明，又以神明的身份对待“时俗”，神人一体，天地无间。屈原既信神，又忠君；但对神也好，对君也好，他都没有一点卑微的态度。从《离骚》的字里行间可以隐隐嗅到古代民主思想的幽馨。这是战国时期特殊的时代精神的产物，在建立封建专制主义思想统治以后，人们自然感到难以理解。故班固批评他“露才扬己”，“显暴君过”(《离骚序》)，顾成天说《离骚》的“求女”，是“狎侮圣配”(《离骚解》自序)。这些批评像阴沉的夜色，反衬出《离骚》这颗流星的逼人的光芒。

摄提贞于孟陬兮　惟庚寅吾以降

帝高阳之苗裔兮[1]，朕皇考曰伯庸[2]；
摄提贞于孟陬（zōu）兮[3]，惟庚寅吾以降[4]。

天帝高阳氏的远代子孙，
伯庸是先王辉煌的大名；
寅年的寅月，又巧在寅日，
多美的吉日啊，我从天降临。

1　帝：先秦的“帝”字，直至战国中期，都只指神界主宰者，夏以后的人间君主称“后”称“王”而不称“帝”。古氏族为了美化自己的世系，都要托祖于天神天帝，自称是某“帝”某“神”的后裔。　高阳：王逸《楚辞章句》(以下简称“王注”)：“颛顼有天下之号也。”《史记·楚世家》：“楚之先祖，出自帝颛顼高阳。”其实，屈原的时候，高阳与颛顼尚未合为一人，楚族所祀的始祖神，既不是高阳，也不是颛顼，而是祝融。在先秦传说中，高阳的地位比祝融要高，《墨子·非攻下》把高阳与“天”并列；高阳是“帝”，而祝融只是“佐神”。《左传》文公十八年说：“昔高阳氏有才子八人。”才子犹今好后代。《离骚》托祖于高阳，是利用这些现成传说渲染诗主人公的“内美”。这是艺术虚构。　苗裔：朱熹《楚辞集注》(以下简称《集注》)：“苗者，草之茎叶，根所生也；裔者，衣裾之末，衣之余也。故以为远末子孙之称也。”　兮：语气词，相当于现在的“啊”。据孔广森考证，古音读作“啊”(《诗声类》)。

2　朕：古人自称。据《史记·秦始皇本纪》，秦始皇二十六年起，才诏定为帝王自称。　皇：大，美，是古代常用于神圣人、物的赞颂状词。皇考，在先秦至西汉的典籍里，有时指从祖父以上的先人，有时仅指亡父。东汉以后，专指亡父。这里的“皇考”，西汉的刘向解释为远祖(《九叹·逢纷篇》)；东汉的王逸解释为亡父。本书从刘向说。　伯庸：“皇考”的字，不见经传。从《离骚》的艺术特点看来，应该是化名，例同下文的“正则”、“灵均”。

（转下页）

（接上页）

3　摄提：是“摄提格”的省称，寅年的别名。　贞：正。　孟：开端。　陬：夏历正月的别名。正月是一年的开端，故称“孟陬”。夏历正月是寅月。《楚辞》都用夏历。

4　惟：发语词。　庚寅：纪日的干支。寅年寅月寅日，古人认为是难得的吉日。　吾：是作者在长诗中创造的神话式的艺术形象，不等于它的原型屈原本人。　降：古音“洪”，与“庸”叶韵。先秦古籍的“降”，都训作“下”。王逸把它具体解释为“下母之体而生”，则不确。先秦典籍中的“降”字用例，没有训作“生下”的。《诗·商颂·玄鸟》：“天命玄鸟，降而生商。”降指从天降临，生才指诞生。这句的“降”字和下文“百神翳其备降兮”的“降”字，也都指从天降临。

皇览揆余初度兮[1]，肇锡余以嘉名[2]：

名余曰正则兮，字余曰灵均[3]。

先王鉴于我初承大任，

通过卜卦赐给我美名：

我的名啊叫做“正则”，

我的字啊就叫“灵均”。

以上八句解释，与流行说法出入颇大，详见本书附录《〈离骚〉首八句考释》。

1　皇：从王逸以来，都认为是“皇考”的省称。考先秦文献，单个皇字，用作名词，唯指天与古之帝王。王逸释皇考为亡父，又谓省作皇，不符合当时语言习惯。刘向《九叹·愍命篇》把《离骚》的“皇考”理解为楚先王，相当于《诗经》颂诗里的“皇祖”“皇王”，这样的“皇考”才可以省称为“皇”。　览：据刘永济《屈赋通笺》、姜亮夫《屈原赋校注》考证，古本作“鉴”，心察。　揆：揣度。　余：据闻一多《楚辞校补》、姜亮夫《屈原赋校注》考证，古本“余”下有“于”字。　初：开始。　度：历来歧解纷纭，有“时节”、“器宇”、“态度”、“躔度”、“气度”诸说。笔者认为，古度、宅通，宅音义古近托，度宜训托，犹今“任”，谓受天之托任。

2　肇：王注：“始也。”闻一多《离骚解诂》据刘向《九叹·灵怀篇》“兆出名曰正则兮，卦发字曰灵均”之句，认为“肇”是“兆”的借字，肇、兆古通。古人取名字要经过卜兆。　锡：借作“赐”。　嘉：善。嘉名，包括下文的“名”与“字”。古代贵族子弟，成年才取字。取字时，要在祖庙里举行隆重的冠礼。行冠礼的年龄一般在二十岁左右。行冠礼取字表示正式加入统治集团，担负起国家大任。

3　“名余”二句：王注：“正，平也；则，法也。”“灵，神也；均，调也。”

江离 即今芎䓖。多年生草本，叶似芹，秋开白花，有香气。或谓嫩苗未结根时名曰蘼芜，既结根后乃名芎䓖。根茎皆可入药。

纷吾既有此内美兮[1]，又重(chóng)之以修能[2]：
扈(hù)江离与辟芷兮，纫秋兰以为佩[3]。
汩(yù)余若将不及兮[4]，恐年岁之不吾与[5]！
朝搴(qiān)阰(pí)之木兰兮，夕揽洲之宿莽[6]！

我既有这么多内在的美善，
又注意在外表上修饰装扮：
肩披幽香的江离与白芷，
秋天的兰草花穿成佩环。

江河滚滚流，我怕赶不上，
岁月不待人，叫人心发慌！
我沐着晨曦上山坡拔木兰，
直到黄昏还在水洲采宿莽！

扈江离与辟芷兮
纫秋兰以为佩

1　纷：盛貌。《楚辞》句例，往往以一个字或三个字的形容词置于句首。　内美：指前八句所美化的世系、生辰、"初度"、名字。

2　重：加上。　修：修饰。　能：古通"態"。屈赋经常以修饰容态比喻锻炼品德。

3　"扈江离"二句：扈，披在身上，楚方言。江离，一作"江蘺"，香草名。辟，同"僻"，幽也。芷，香草名，即白芷。辟芷，幽香的芷草。纫，穿连。秋兰，香草名，秋季开花。佩，古人身上的饰物。这两句所描绘的"修能"，与《九歌》少司命、山鬼诸神一样，显然不是屈原的实际形象。

4　汩：水流快貌，楚方言。

5　不吾与：不与吾。与，等待。

6　"朝搴"二句：搴，拔取，楚方言。阰，土坡，楚方言。木兰，香树名。揽，采。宿莽，卷施草，楚方言。木兰去皮不死，宿莽经冬不枯，喻坚贞的品德；朝搴夕揽，喻勤于锻炼品德。

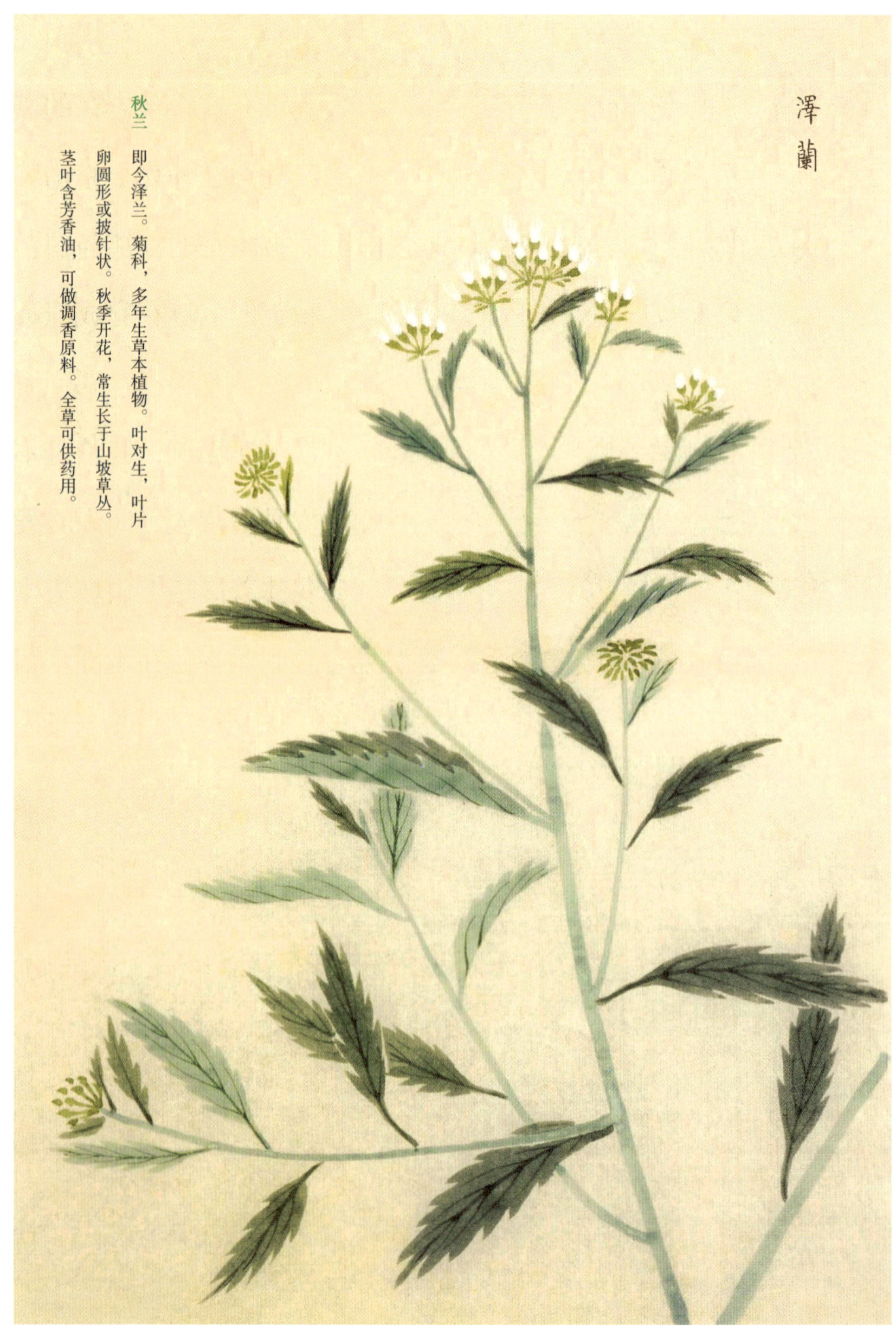

秋兰 即今泽兰。菊科，多年生草本植物。叶对生，叶片卵圆形或披针状。秋季开花，常生长于山坡草丛。茎叶含芳香油，可做调香原料。全草可供药用。

芷

白芷。夏季开伞形白花，果实长椭圆形，根入药，有镇痛作用，古以其叶为香料。白芷在《楚辞》中又名茝、药等。

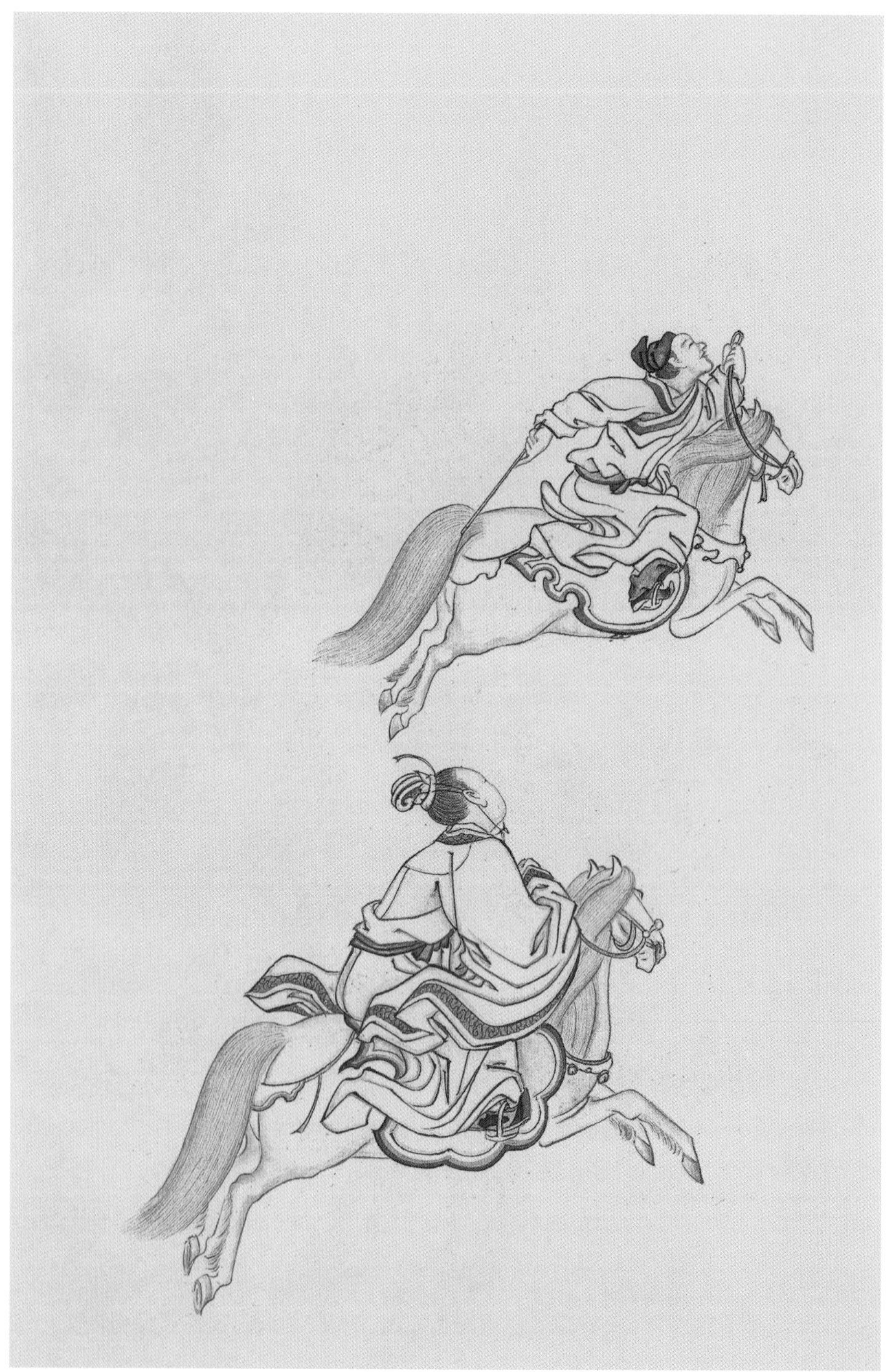

乘骐骥以驰骋兮　来吾导夫先路

日月忽其不淹兮[1]，春与秋其代序[2]。
惟草木之零落兮[3]，恐美人之迟暮[4]！
抚壮而弃秽兮[5]，何不改乎此度也？
乘骐骥以驰骋兮[6]，来吾导(fú)夫先路[7]！

日与月急匆匆脚步不停，
春与秋相交替永无止境。
想黄叶在西风里一片片飘零，
怕美人啊也要添一丝丝霜鬓！

趁年盛远离恶行秽德吧，
为什么不壮一壮器宇？
去追赶日月吧，快跨上龙驹，
来，我甘愿做您的前驱！

1 淹：停留。

2 代序：轮流。序，古通“谢”。

3 惟：想。

4 美人：王注：“谓怀王也。”《离骚》里的美人都是“吾”思念、追求的对象，一说“美人”是作者自喻，似不确。

5 今本句前有“不”字，宋洪兴祖《楚辞补注》说，他所见的《文选》古本没有，此从古本。抚，据。壮，盛也。

6 骐骥：骏马，喻贤臣。

7 夫：语助词。本篇除最后的“仆夫悲余马怀兮”的“夫”属实词外，余均同此。

菌桂 即肉桂。常绿乔木。叶子呈长椭圆形，有三条叶脉。夏天开白色小花。树皮叫桂皮，含挥发油，极香，可入药。嫩枝叫桂枝，亦入药。叶、枝和树皮磨碎后，可制桂油。

昔三后之纯粹兮[1]，固众芳之所在[2]：
杂申椒与菌桂兮[3]，岂维纫夫蕙茝(chǎi)[4]？
彼尧舜之耿介兮[5]，既遵道而得路；
何桀纣之猖披兮[6]，夫唯捷径以窘步。

古三王德行啊纯洁完美，
群芳都聚集在他们周围：
花椒丛肉桂树层层相间，
何止蕙草与白芷贯穿连缀？

那唐尧和虞舜光明守度，
走正道所以才受人拥护；
为什么桀与纣衣散冠堕，
都只怪抄近路陷入泥涂。

1 昔三后：王逸说是指禹、汤、文王。后，君王。 纯粹：丝无杂质称纯，米无杂质称粹；比喻古三王的美德。

2 固：本来。 众芳：喻群贤。 在：聚集。

3 申：王注："重也。"这里是重叠的意思，形容茂盛。 椒：花椒，一种灌木，所结的果子有香气。 菌桂：应作"箘(jùn)桂"，即肉桂，一种香木。

4 维：唯。 蕙：兰草的一种，又名薰草。 茝：即白芷。

5 耿：光明。 介：正直。

6 猖披：衣不束带之貌。

惟夫党人之偷乐兮[1]，路幽昧以险隘。
岂余身之惮殃兮[2]，恐皇舆之败绩[3]！
忽奔走以先后兮，及前王之踵武[4]；
荃不察余之中情兮[5]，反信谗而齌怒[6]！

那些个小人都偷安贪乐，
国家的前途啊渺茫险阻。
难道我是担心自己遭殃？
怕只怕王车啊将要倾覆！

急匆匆为王车前后奔波，
想使你能赶上先王脚步；
荃草你不体察我的衷情，
反而去信谗言对我发怒！

1　党人：指朝廷里结党营私的群小。先秦的“党”字多指朋比为奸的结合，故孔子说“君子群而不党”，和后来的涵义不同。

2　惮：畏惧。

3　皇舆：皇王的乘车，喻国家。　败绩：本指军队溃败，此指车驾倾覆，喻国家灭亡。洪兴祖《楚辞补注》：“皇舆宜安行于大中至正之道，而当幽昧险隘之地，则败绩矣。”

4　踵：脚跟。　武：足迹。

5　荃：香草名，亦名“荪”，此借以称下文的“灵修”。

6　齌怒：怒火中烧。齌，本指用猛火烧饭。

余固知謇謇之为患兮[1]，忍而不能舍也！
指九天以为正兮[2]，夫唯灵修之故也[3]！
初既与余成言兮[4]，后悔遁而有他[5]；
余既不难夫离别兮，伤灵修之数化[6]！

明知道忠言会招徕灾祸，
丢不开放不下强忍苦楚！
且让我指苍天作为见证，
一片心都为你有目共睹！

想当初你与我海誓山盟，
可后来变了心另走邪路；
我倒不难与你两下分手，
伤心是你太会云翻雨覆！

1 謇謇：直言貌。
2 九天：古说天有九层。 正：通“证”。
3 灵修：作品中塑造的以怀王为原型的另一个艺术形象。灵，神。修，美。
4 成言：成约。通行本在这句前面，还有“曰黄昏以为期兮，羌中道而改路”两句，现已公认是衍文，故删去。
5 悔遁：变心。《说文》：“遁，迁也。” 他：别的主意。
6 数化：屡次变化。

留夷 即芍药。《广雅·释草》：「挛夷，芍药也。」多年生草本植物。五月开花，花大而美丽，有紫红、粉红、白等多种颜色，供观赏。根可入药。

余既滋兰之九畹（wǎn）兮[1]，又树蕙之百亩，
畦（qí）留夷与揭车兮[2]，杂杜衡与芳芷[3]。
冀枝叶之峻茂兮[4]，愿竢时乎吾将刈（yì）[5]。
虽萎绝其亦何伤兮[6]，哀众芳之芜秽[7]。

我曾经栽植了大片芝兰，
又种下蕙草有百亩地面，
芍药与揭车一行一行，
杜衡和芳芷套种其间。

本希望满枝头绿浓红艳，
到时候将可以收获藏敛。
花儿谢草儿黄倒不悲伤，
最痛心众芳草中途质变！

1　滋：培植。　九畹：九是虚数，表示多（下文“九死”同此）。畹有十二亩、二十亩、三十亩几种说法。

2　畦：田垄，此作动词用，一行行地种植。　留夷：即芍药。　揭车：亦香草名。

3　杂：套种。　杜衡：即马蹄香。以上四句用栽植香草比喻培养英才。

4　冀：希望。　峻：高大。

5　竢：同“俟”，等待。　刈：收割。

6　萎绝：指草木的自然老化、死亡。

7　芜秽：指中途变质，即篇末“兰芷变而不芳兮，荃蕙化而为茅”之意。

余既滋兰之九畹兮　又树蕙之百亩

众皆竞进以贪婪兮[1]，凭(píng)不厌乎求索[2]；
羌内恕己以量人兮[3]，各兴心而嫉妒[4]。
忽驰骛(wù)以追逐兮[5]，非余心之所急；
老冉冉其将至兮[6]，恐修名之不立[7]！

大家争着出头你排我挤，
贪得无厌，欲壑没底；
拿自己的私心去猜度别人，
勾心斗角，互相妒忌。

奔往逐来追求私利，
不是我心中所急；
衰老渐渐地来临啦，
怕美名来不及建立！

1 竞进：争着向上爬。洪兴祖《楚辞补注》："并逐曰竞。" 贪婪：王注："爱财曰贪，爱食曰婪。"

2 凭不厌：犹贪得无厌。凭，通"凭"，楚方言"满"的意思。厌，满足。

3 羌：发语词，楚方言。 恕：揣度。王注："以心揆心为恕。"

4 兴心：生心。

5 驰骛：驰骋。

6 冉冉：渐渐。

7 修：本义是长，古人以长为美，故《楚辞》里的修字常有"美"义。

朝饮木兰之坠露兮，夕餐秋菊之落英1。
苟余情其信姱(kuā)以练要兮2，长顑(kǎn)颔(hàn)亦何伤3！

木兰　香木名。又名杜兰、林兰。皮似桂而香，状如楠树。李时珍《本草纲目》：「木兰枝叶俱疏，其花内白外紫，亦有四季开者，深山生者尤大，可以为舟。」

1　“朝饮”二句：落，《尔雅》：“始也。”英，花。落英，最初的花，即蓓蕾。饮露餐英是比喻修炼品德，使自己志洁行芳。木兰春天开花，菊花秋天始荣，这两句意同上文“朝搴阰之木兰兮，夕揽洲之宿莽”，也是以朝夕喻岁时。谓一年到头，无时或已地坚持修洁。

2　苟：只要。　信：确实。　姱：美好。　练要：精粹、纯洁。

3　长：长期。　顑颔：面貌憔悴黄瘦。

早上饮春兰滴下的露水，
晚上吃秋菊未放的蓓蕾。
我只求内心真正纯美啊，
哪怕挨饿而脸色憔悴！

菊

多年生草本植物。叶子有柄，卵形，边缘有缺刻或锯齿。秋季开花，品种颇多，可供观赏，有的品种可入药

这四句意承上节，王逸说：“众人苟饱于财利，己独饱于仁义。”

菊

胡绳　即蛇床。一年生草本。夏季开花。果实卵圆形，可入药，称蛇床子。外形与芎䓖相似，气味芬芳。

揽木根以结茝（chǎi）兮[1]，贯薜（bì）荔（lì）之落蕊[2]；
矫菌桂以纫蕙兮[3]，索胡绳之纚（xǐ）纚[4]。

用木兰的根须编结白芷，
再穿上薜荔带露的花蕊；
用箘桂的嫩枝串连蕙草，
把胡绳搓得又长又垂。

以上四句即篇首所说的“修能”，是“吾”的神话形象的重要部分。

1 木根：陈本礼《屈辞精义》：“木兰之根须。”
2 薜荔：香草名，蔓生灌木，亦称木莲。 落蕊：初开的花儿。蕊，花心。
3 矫：举。 菌桂：应作箘桂，见前注。此指箘桂的嫩枝。
4 索：绳索，此作动词用，搓绳。 胡绳：一种蔓生的香草。也有人认为是泛言长绳。 纚纚：长而下垂、整齐美观的样子。

虽不周于今之人兮　愿依彭咸之遗则

謇（jiǎn）吾法夫前修兮[1]，非世俗之所服[2]；
虽不周于今之人兮，愿依彭咸之遗则[3]！

我这是效法前贤的打扮，
并非俗人们所戴所穿；
虽然不迎合今人的趣味，
我只愿依从古代的彭咸！

1　謇：发语词，楚方言。　法：效法。　前修：前代的圣人。

2　服：穿戴、佩带。

3　彭咸："吾"的师表，其名不见经传。王注："殷贤大夫，谏其君不听，自投水而死。"许多学者认为王注缺乏根据，另有老彭、巫咸、彭铿、比干、巫彭与巫咸合称等说，都是猜测的成分多，坚实的证据少。根据《离骚》的艺术特点，应该是虚拟的偶像，有如《庄子》里一个个得道的理想人物。

长太息以掩涕兮[1]，哀民生之多艰[2]！

余虽好(hào)修姱以鞿(jī)羁兮[3]，謇(jiǎn)朝谇(suì)而夕替[4]！

既替余以蕙纕(xiāng)兮[5]，又申之以揽茝(chǎi)[6]；

亦余心之所善兮[7]，虽九死其犹未悔！

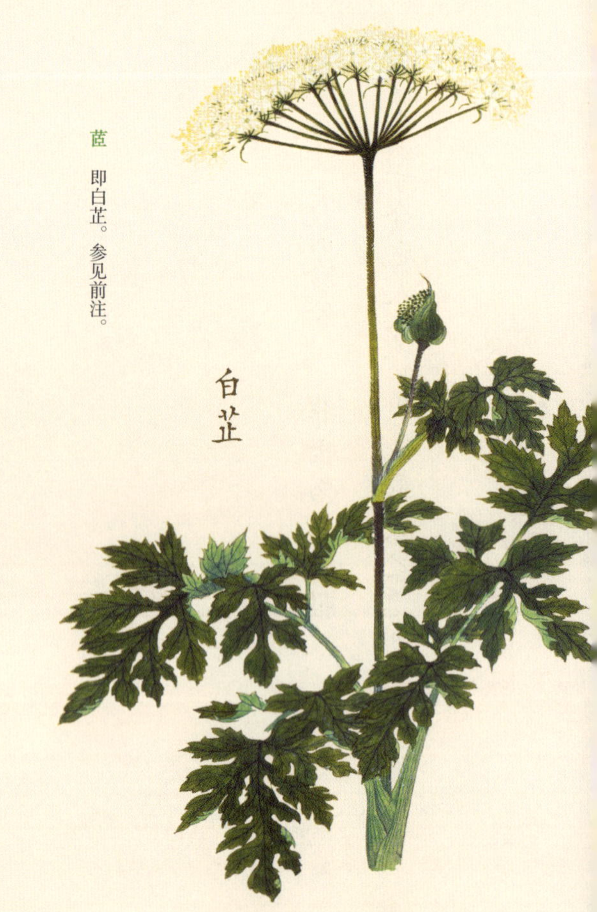

白芷

茝 即白芷。参见前注。

1 太息：叹息。 掩涕：揩泪。

2 民生：人生。先秦的“民”字，含义有很大的伸缩性。《离骚》六个民字，含义很不一致，当视上下文的语意口气而定。

3 虽（雖）：同“唯”，只。 好：爱好。 修：修饰。 姱：美貌。 鞿羁：束缚、牵累的意思。鞿，马缰绳。羁，马笼头。

4 謇：发语词。 谇：旧说是进谏，与上下文意不相属，游国恩释为谮毁，郭沫若“作为卒字解，言卒业也”（《屈原赋今译》），即完成的意思，今从郭说。 替：废弃。《尔雅·释言》：“替，废也。”

5 纕：佩的带子。

6 申：再次。

7 亦：语助词。 善：爱好。

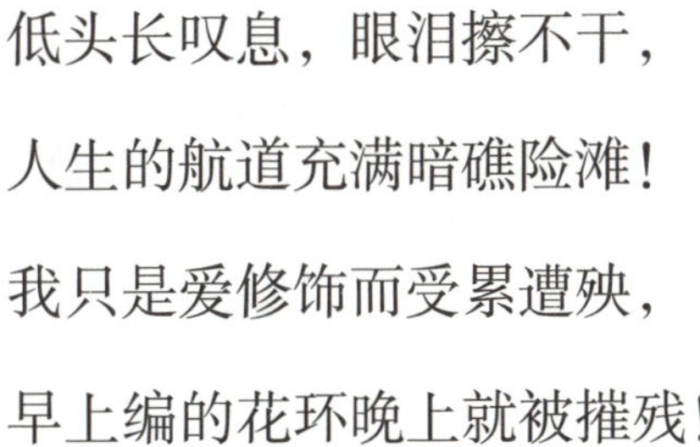

低头长叹息，眼泪擦不干，
人生的航道充满暗礁险滩！
我只是爱修饰而受累遭殃，
早上编的花环晚上就被摧残！

毁坏我蕙草做的佩带，
我又把芳芷拿来替代；
这些是我的衷心所爱，
叫我死九次也不悔改！

蕙

香草名。有两种：一指薰草，俗称佩兰。古人佩之或作香焚以避疫。二指蕙兰。叶似草兰而稍瘦长，暮春开花，一茎可发八九朵，气逊于兰，色也略淡。此图所绘为薰草。

众女嫉余之蛾眉兮　谣诼谓余以善淫

怨灵修之浩荡兮[1]，终不察夫民心；
众女嫉余之蛾眉兮[2]，谣诼（zhuó）谓余以善淫[3]。
固时俗之工巧兮，偭（miǎn）规矩而改错[4]；
背绳墨以追曲兮[5]，竞周容以为度[6]。
忳（tún）郁邑余侘（chà）傺（chì）兮[7]，吾独穷困乎此时也！
宁溘（kè）死以流亡兮[8]，余不忍为此态也！

怪只怪君王荒唐得厉害，
总是不能体察我的心怀；
妇人们妒忌我容貌秀丽，
才造谣诽谤说这是淫态。

俗人们本来就工于取巧，
方圆和规矩都可以抛掉；
不看墨线而追随歪邪，
苟合取容啊反算正道。

我既烦闷又失意忧郁满怀，
孤零零潦倒在这样的时代！
我宁愿暴死而尸漂野外，
也不忍效法那种种丑态！

1 浩荡：原义水大貌，这里意同荒唐。
2 众女：喻上文“众”、“党人”。 蛾眉：比喻美德。
3 谣诼：造谣诽谤，楚方言。
4 偭：违背。 规矩：比喻法度。规，制圆形的工具。矩，制方形的工具。
错：同“措”，措施。
5 绳墨：木匠画直线用的墨线，喻法度。
6 周容：就圆随方，苟合取容。
7 忳：忧郁、烦闷。 侘傺：失意貌，楚方言。
8 溘：突然。溘死，暴死。 流亡：指暴死野外，尸体不得收殓，而随水漂泊。

鸷鸟之不群兮　自前世而固然

鸷(zhì)鸟之不群兮[1]，自前世而固然[2]。
何方圜(yuán)之能周兮，夫孰异道而相安？
屈心而抑志兮，忍尤而攘(rǎng)诟(gòu)[3]；
伏清白以死直兮[4]，固前圣之所厚[5]！

山鹰不可能跟家雀合群，
自古以来就这样分明。
圆凿孔安不上方的木柄，
异路人怎么能携手同行？

强行抑制胸中烦躁，
姑且忍受小人造谣；
保持清白而死得光明正直，
历来为圣贤众口称道！

1 鸷鸟：鹰类的鸟。
2 固然：历来如此。
3 尤：罪罚。 攘：包，藏。朱骏声读为“囊”(《说文通训定声》)。 诟：侮辱。
4 伏：同“服”，保持。
5 厚：动词，看重。

步余马于兰皋兮　驰椒丘且焉止息

悔相道之不察兮[1]，延伫乎吾将反[2]。
回朕车以复路兮，及行迷之未远。
步余马于兰皋兮[3]，驰椒丘且焉止息[4]。
进不入以离尤兮[5]，退将复修吾初服[6]。

悔当初上征途未及细看，
久踌躇我打算掉头回转。
掉过车我重新走上正路，
趁迷途还走得不算太远。

让马儿漫步在水边兰草地，
奔驰到有椒树的山丘休息。
不想再入朝招祸惹是非，
退回来重修当初的服饰。

1 相：观察选择。 察：仔细看清楚。

2 延：长久。一说延颈而望。 伫：站立。 反：同返。

3 步马：解开车驾，让马散步。 兰皋：有兰草的水边。皋，水边。

4 椒丘：有椒树的山丘。 且：暂且。 焉：于此。

5 进：指“仕”，进仕于朝廷。下句的退指“隐”。 离：借作“罹”(lí)，遭遇。 尤：罪祸。

6 初服：《离骚》以芳洁的服饰比喻美好的品德，“初服”喻固有的美德。

芰

即菱。一年生水生草本植物。水上叶棱形，叶柄上有浮囊，花白色。果实有硬壳，一般有角，俗称菱角。

芙蓉

芙蓉

即荷花。多年生水生宿根草本。夏天开花，色淡红或白，有清香，供观赏。花谢后形成莲蓬，内生多数坚果，俗称莲子。荷的肥大根茎为藕，可食。藕节、莲子、荷叶可供药用。

制芰[jì]荷以为衣兮，集芙蓉以为裳[1]；
不吾知其亦已兮，苟余情其信芳。
高余冠之岌[jí]岌兮[2]，长余佩之陆离[3]；
芳与泽其杂糅兮，唯昭质其犹未亏[4]。

菱花儿缝成上衫，
莲花儿缀成下裳；
没人欣赏又何妨，
只要我内心芬芳。

把耸立的冠冕做得更高，
把耀眼的佩带装得更长；
香花虽从污泥里出来，
它的光彩却何曾损伤？

1 “制芰荷”二句：芰，菱。芰荷，菱花的别名，楚方言。芙蓉，荷花。衣、裳，古代分别指上衣、下服。

2 高：用作动词，加高。 岌岌：本是山高的样子，这里与高叠用，形容很高。

3 长：用作动词，加长。 陆离：此词最早见于《楚辞》。自王逸以来，各家解释不一，有“参差”、“众貌”、“长貌”、“璀璨”等说。近人史树青依据文字、声韵，结合出土文物，认为“陆离即琉璃，引申为色彩光亮”。据云，我国历年出土的琉璃，时期最早者为西周；从地域分布看，出于楚国故境者占较大比重（据《“陆离”新解》，载《文史》第十一辑）。

4 “芳与泽”二句：泽，旧说是“润泽”，与“芳”义近。但从上下文看来，应该是芳的反面。郭沫若读作“襗”（duó），汗衣，引申为污垢（《屈原赋今译》）；高亨等读作“殬”（dù），腐臭的东西（《楚辞选》）；姜亮夫校作“臭”。（《屈原赋校注》：“按泽古字作臭，读若浩。疑离骚本作臭，字形讹作臭，王逸以今文定之，又误作泽也。”）芳泽杂糅，比喻“吾”曾与“众女”、“党人”共处。糅，混在一起。昭质，犹篇首“内美”。昭，明。这两句是出污泥而不染的意思。

制芰荷以为衣兮　集芙蓉以为裳

忽反顾以游目兮[1]，将往观乎四荒[2]；
佩缤纷其繁饰兮，芳菲菲其弥章[3]！
民生各有所乐兮[4]，余独好修以为常[5]；
虽体解吾犹未变兮[6]，岂余心之可惩[7]？

急匆匆回头张望，
我打算远观四方；
这佩饰花团锦簇，
一阵阵格外幽香！

每个人都有自己的乐处，
我已经习惯于衣冠楚楚；
就把我肢解了仍然不变，
难道说我的心可以压服？

1 游目：放眼纵观。游，放纵。
2 四荒：四方荒远之处。荒，远。
3 菲菲：王注："犹勃勃，芬香貌也。" 弥：更加。 章：同"彰"，显著。
4 民生：人生。
5 好修：爱好"修能"。 常：习惯的意思。本作"恒"，与下文"惩"字叶韵，汉人避文帝讳而改。
6 体解：即肢解，古代一种酷刑，把人的四肢砍掉。
7 惩：戒惧而悔恨。

女媭之婵媛兮　申申其詈予

女xū嬃之chán婵yuán媛兮[1]，申申其lì詈予[2]。

曰gǔn鲧xìng婞直以亡身兮[3]，终然yāo殀乎羽之野[4]。

我姊姊婉转痛恻，
絮叨着把我斥责。
她说伯鲧忘我又刚直，
结果惨死在羽山之侧。

1 女嬃：姊姊，楚方言。《说文解字》引贾逵曰："楚人谓姊为嬃。"或说女嬃是屈原姊姊的名字，此外，还有妹妹、女儿、侍女、神巫，以及比喻佞臣等不同说法。按，女嬃的话全部是善意的责备，态度与口气是比较适合于姊姊身份的。但《离骚》的人物与情节都出自虚构假设，女嬃只能是"吾"之姊，而不是屈原之姊。她是文学人物，不是历史人物。她是现实生活中对屈原既同情又缺乏理解的一类人物的艺术化身。 婵媛：关心爱切而显得婉转痛恻的样子。

2 申申：再三。 詈：责备。

3 鲧：传说中禹的父亲。 婞直：刚直。 亡身：忘我。亡，同"忘"。

4 殀：死于非命。 羽：山名。传说鲧被杀于羽山。

汝何博謇而好修兮[1]，纷独有此姱（kuā）节[2]？

薋（zī）菉（lù）葹（shī）以盈室兮[3]，判独离而不服[4]！

众不可户说兮，孰云察余之中情[5]？

世并举而好朋兮[6]，夫何茕（qióng）独而不予听[7]？

1 博謇：爱说直话。博，多。謇，直言。

2 姱：美好。 节：节操。朱骏声《离骚补注》认为是"饰"字之误。饰指服饰，《离骚》以服饰喻节操。

3 薋：同"茨"，堆积。一说是草名。 菉：即王刍。 葹：即枲耳。菉葹都是恶草，比喻秽行恶习。

4 判：判然。 服：佩带。

5 孰：谁。 云：语助词。 余：犹今"咱们"。

6 并举：互相抬举。 好朋：喜欢结党营私。

7 茕：独。原义是无兄弟称茕，无子称独。

你何必太耿直又爱美好，
与众不同固守节操？
屋子里堆满了野花杂草，
唯独你不愿佩带过于孤傲！

不可能一家家前去说明，
又有谁会理解咱们本心？
人们互相吹捧结党营私，
你怎么连我的话都不听？

施

即枲耳，今名苍耳。一年生草本植物。叶如鼠耳，春夏开花，绿色，果实倒卵形，有刺。荒地野生。茎皮可取纤维，植株可制农药。

蒼耳

济沅湘以南征兮　就重华而陈辞

依前圣以节中兮[1]，喟(kuì)凭心而历兹[2]！

济沅湘以南征兮[3]，就重华而陈辞[4]：

遵循先圣把正道坚持，

可恨我的遭遇竟然如此！

还不如渡过沅湘南行，

向古帝虞舜沉痛陈辞：

1 节中：节制不偏，保持正道。

2 喟：叹声。 凭：愤懑。 历：经历，遭遇。 兹：此。

3 济：渡。 征：行。

4 重华：舜的别名。传说舜葬于沅湘以南的九疑山。

不顾难以图后兮　五子用失乎家巷

启九辩与九歌兮[1]，夏康娱以自纵[2]；
不顾难以图后兮，五子用失乎家巷[3]。

启上天带回《九辩》《九歌》，
夏王朝就此淫乐无度；
不再居安思危以防后患，
五子因而失去了故都。

1　启：禹之子。　九辩与九歌：我国古代神话中两首有名的乐曲，传说是启上天作客时带下来的。

2　夏康娱以自纵：句法与下文“周论道而莫差”同。夏，夏代，夏王朝，指启及其儿子太康。康娱，过分地逸乐。例同下文“日康娱以自忘”。康，大。一说“夏”是大的意思，“康娱”是欢乐，这句仍说启一人。或说“夏康”连读，指启之子太康。

3　五子：启的五个儿子。《史记·夏本纪》：“帝太康失国，昆弟五人须于洛汭，作五子之歌。”一说“五子”是太康的五个儿子。　用：因而。　失：指太康失国。一说“失”为衍字。　家巷：家乡，此指故都，太康躭于淫乐，被有穷国的后羿夺了故都。一说，家巷指内閧，巷通“閧”。夏启十年至十一年间，五个儿子叛乱，被平定。夏启十五年，最小的儿子武观又叛，“五子家閧”就是指这两次内乱。或说“五子”即指武观。

羿淫游以佚畋兮　又好射夫封狐

羿淫游以佚畋[tián]兮[1]，又好射夫封狐[2]；
固乱流其鲜终兮[3]，浞[zhuó]又贪夫厥家[4]。
浇[ào]身被服强圉[yǔ]兮[5]，纵欲而不忍[6]；
日康娱以自忘兮[7]，厥首用夫颠陨[yǔn][8]。

后羿纵情地游猎嬉戏，
沉迷于射杀肥大狐狸；
放荡者从来就少有善终，
被寒浞逞淫心占了娇妻。

浇自恃身强有力，
不加节制寻求刺激；
天天忘形地寻欢作乐，
脑袋瓜终于落地。

1 淫、佚：都是过度的意思。 畋：打猎。

2 封：大。

3 鲜终：少有善终。

4 浞：即寒浞，相传是羿的国相。 厥：其。 家：妻室。传说后羿耽于游猎，不理政事，国相寒浞擅权，与妃子纯狐私通，害死后羿。

5 浇：即过浇，寒浞的儿子。 被服：穿戴，引申为依仗、负恃之意。 强圉：王注："多力也。"闻一多认为"被服"即穿戴，"强圉"是坚甲，圉读作"御"（《离骚解诂》）。可备一说。

6 不忍：不肯自制。

7 自忘：忘记自身的安危。

8 颠陨：坠落。太康弟仲康之孙少康，攻灭浇，夏遂复兴。

夏桀之常违兮[1]，乃遂焉而逢殃[2]。
后辛之菹醢兮[3]，殷宗用而不长[4]。
汤禹俨而祗敬兮[5]，周论道而莫差[6]；
举贤而授能兮[7]，循绳墨而不颇。

夏桀行为反常，
终究遭到灾殃。
纣王剁宰贤良，
商朝因而灭亡。

禹与汤严明谨慎，
周先王讲究治道；
凭德才选用贤臣，
守规矩不差分毫。

1　常违："违常"的倒文，倒行逆施。

2　乃：于是。　遂：终于，结果。于省吾认为"遂应读作坠"，"夏桀违背常轨，乃坠落而逢殃祸"（《泽螺居楚辞新证》）。　焉：语词。

3　辛：纣王的庙号。　菹醢：菹是切细的腌菜，醢是肉酱，此指古代的一种酷刑，把人剁成肉酱。

4　宗：宗祀，指王朝。

5　汤禹：在屈赋中禹汤并称共三次，下文"汤禹严而求合兮"，《怀沙》"汤禹久远兮"，都是先汤后禹。其他先秦古籍，也偶有此例。如《韩非子·五蠹》"然则今有美尧舜汤武禹之道于当今之世者"，《吕氏春秋·审分览》"汤禹之臣不独忠"。　俨：读作"严"，严明。有些版本直作严。　祗：义同"敬"。敬重法度，不敢胡作非为，即谨慎的意思。

6　周：指周初的文王、武王等人。

7　举贤授能：是屈原重要的政治主张之一，在作品里反复强调。这四字虽只在这里出现一次，但屈赋是文学作品，不是政治论文，这一政治主张，主要寄寓于"骐骥"、"众芳"等大量形象化的语言之中。

皇天无私阿兮[1]，览民德焉错辅[2]；
夫维圣哲以茂行兮[3]，苟得用此下土。
瞻前而顾后兮，相(xiàng)观民之计极[4]：
夫孰非义而可用兮，孰非善而可服[5]？

皇天啊光明正大，
谁有德就扶他上马；
只有圣哲做出美行，
才让他享有天下。

把历史前后思量，
看出了万民的愿望：
怎能叫豺狼牧羊呢，
岂可让暴徒称王？

1 无私阿：即公正不偏。私，偏私。阿，偏袒。

2 民：人，此指君主。 错：同“措”，施行。

3 维：唯。 茂：美。

4 相观：同义连用。 民：万民众生。 计极：愿望、要求。计，计虑。极，目的。

5 服：义同“用”。

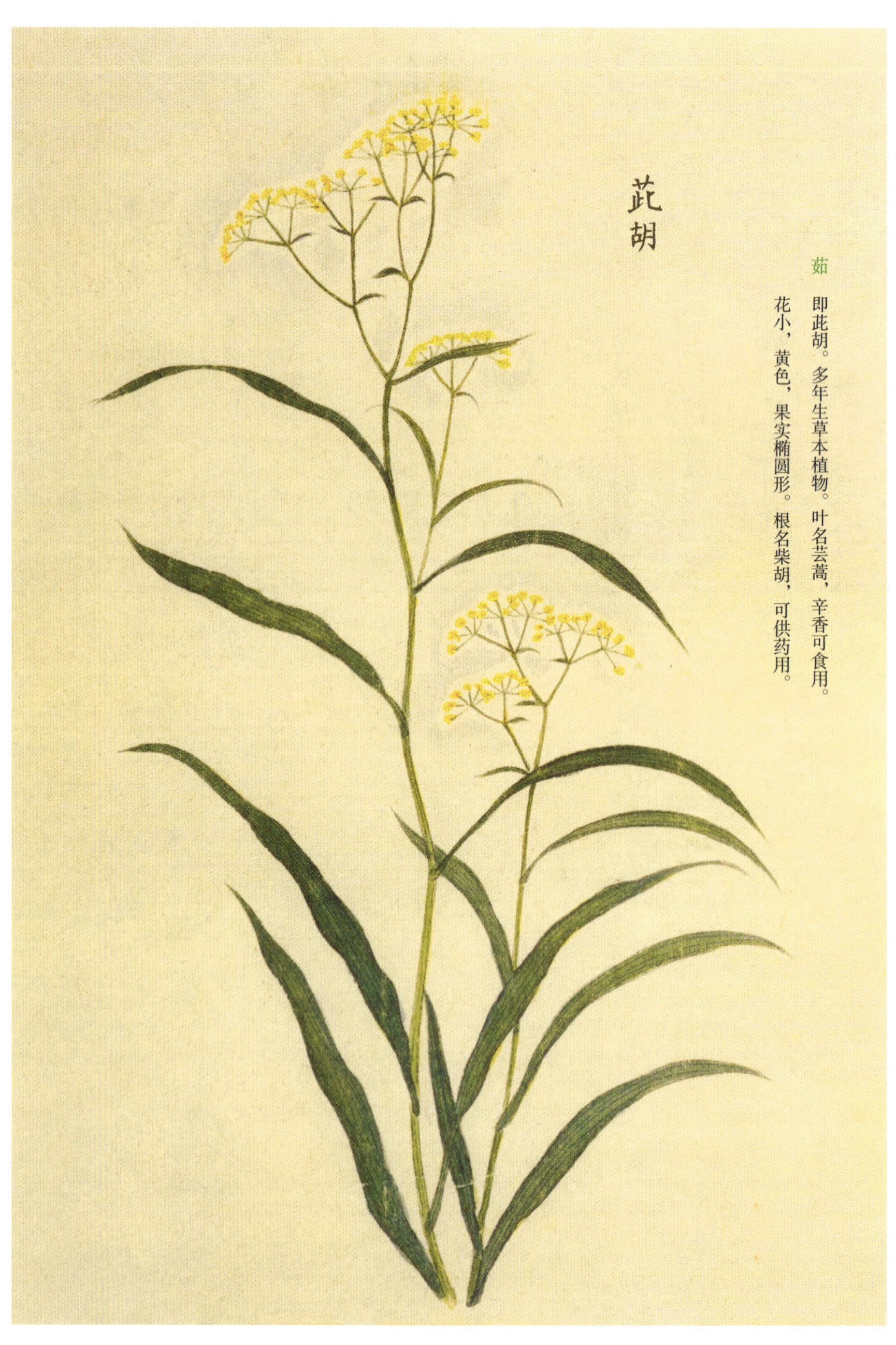
茈胡
茹
即茈胡。多年生草本植物。叶名芸蒿，辛香可食用。花小，黄色，果实椭圆形。根名柴胡，可供药用。

阽(diàn)余身而危死兮[1]，览余初其犹未悔[2]；

不量凿而正枘(ruì)兮[3]，固前修以菹醢。

曾歔(xū)欷(xī)余郁邑兮[4]，哀朕时之不当！

揽茹蕙以掩涕兮[5]，霑余襟之浪(láng)浪(láng)[6]！

虽然死神已向我走近，

回想初衷我并不悔恨；

不迁就凿孔改削木柄，

前贤为此而碎骨粉身。

心忧郁呜咽频频，

可悲我生不逢辰！

拔一些蕙草擦泪，

泪涟涟沾湿衣襟！

1 阽：临近危险。

2 初：初志，初衷。

3 枘：插孔用的木栓，此指凿的木柄。凿的上端圆形中空，枘插其内，是为柄。不迁就凿孔的方圆大小来削柄，就插不进去。这是比喻古代的诤臣，不肯苟合取容，而不得善终。

4 曾：借作“增”，屡次。 歔欷：悲泣抽噎的声音。

5 茹：柔软。一说茹亦为草名，即茈胡。

6 霑：同“沾”，浸湿。 浪浪：流不断的样子。

欲少留此灵琐兮　日忽忽其将暮

跪敷衽(rèn)以陈辞兮[1]，耿吾既得此中正[2]。

驷玉虬(qiú)以乘鹥(yī)兮[3]，溘埃风余上征。

朝发轫于苍梧兮[4]，夕余至乎县圃(xuán)[5]。

欲少留此灵琐兮[6]，日忽忽其将暮。

衣襟铺地，跪吐衷肠，
求得真理，心里亮堂。
驾四条白龙，乘五彩凤凰，
尘飞风卷，我到了天上。

早上启程离开了苍梧，
傍晚来到昆仑的悬圃。
想在这神山停留片刻，
无奈那日轮却匆匆入暮。

1 敷：铺。 衽：衣襟。

2 耿：明亮貌。 中正：即上文“节中”，正道，真理。

3 驷：古代一乘车套四匹马。这里作动词用，意同驾。 虬：传说是无角的龙。 鹥：传说中凤类的鸟，身有五彩。

4 轫：阻止车轮转动的木头。行车以前把轫移去称“发轫”。 苍梧：地名，舜所葬的九疑山在其境内。“吾”在九疑山向舜陈辞后上天，故说从苍梧发轫。

5 县圃：神话中的山名，在昆仑山顶。县，古“悬”字。

6 灵琐：神的宫门。灵，神。琐，门上雕刻的花纹。此代指门。县圃为神所居，灵琐代指县圃，故称“此”。闻一多把“琐”校作“薮”，薮即渊薮，人或物聚集的地方。灵薮，神灵集中之地，指县圃（《楚辞校补》）。也可通。

饮余马于咸池兮　总余辔乎扶桑

吾令羲(xī)和弭(mǐ)节兮[1]，望崦(yān)嵫(zī)而勿迫[2]；
路曼曼其修远兮[3]，吾将上下而求索。
饮余马于咸池兮[4]，总余辔乎扶桑[5]；
折若木以拂日兮[6]，聊逍遥以相羊[7]。

我叫那羲和把鞭儿暂停，
不要急乎乎向崦嵫靠近；
我前面的路程还很漫长，
将上天下地去寻求知音。

让白龙在咸池痛饮琼浆，
把缰绳拴在万丈扶桑；
折几枝若木遮住阳光，
让我自在地散步闲逛。

1 羲和：古代神话中太阳的车夫。 弭节：停鞭。

2 崦嵫：神山名，传说中日没之处。

3 曼曼：同“漫漫”，长而远貌。 修：长。

4 马：指上文当马驾用的玉虬。 咸池：太阳沐浴的神池。

5 总：系结。 辔：缰绳。 扶桑：神树名，据说在东方，日栖其上。

6 若木：神树名，据说在昆仑极西日入之处。扶桑在极东，若木在极西，《离骚》却把它们拉到一处。正如下文“吾”可以向远古的美女求爱一样，在《离骚》的神话世界里，原有素材的时间、空间界限，都被打通了。 拂：古通“蔽”。《怀沙》“修路幽蔽”，《史记》引作“修路幽拂”。《战国策·燕策》“跪而拂席”，《史记·刺客列传》作“跪而蔽席”，《索隐》云：“蔽犹拂也。”折若木以拂日，即《悲回风》“折若木以蔽光兮”。或说“拂”是击、扫，阻止太阳下山，似不确。

7 相羊：同“徜徉”、“倘佯”，自由自在地往来。

前望舒使先驱兮　后飞廉使奔属
鸾皇为余先戒兮　雷师告余以未具

前望舒使先驱兮[1]，后飞廉使奔属[2]；

鸾皇为余先戒兮[3]，雷师告余以未具。

吾令凤鸟飞腾兮，继之以日夜；

飘风屯其相离兮[4]，帅云霓而来御（yà）[5]。

派月神在前面做我的向导，

请风神作随从在后面奔跑；

鸾与凰已为我戒严开道，

雷师却说还没有准备好。

我命令凤凰飞腾，

不休息日夜兼程；

旋风啊前呼后拥，

率云霓前来恭迎。

1 望舒：月神。

2 飞廉：风神。　奔属：奔跑跟随。

3 鸾：神鸟名，形状如鸡而大，五色。　皇：即"凰"，雌凤。

4 屯：聚集。　离：读作"丽"，附着（用王夫之《楚辞通释》、朱骏声《离骚补注》说）。

5 帅：同"率"。　霓：通"蜺"，也称副虹。虹常有内外两层，通称为虹。古人分别言之，内层色鲜，称虹；外层色淡，称蜺。　御：读作"迓"，迎接。

吾令帝阍开关兮　倚阊阖而望予

纷总总其离合兮，斑陆离其上下[1]。
吾令帝阍开关兮[2]，倚阊(chāng)阖(hé)而望予[3]。
时暧暧其将罢兮[4]，结幽兰而延伫[5]！
世溷(hùn)浊而不分兮[6]，好蔽美而嫉妒！

这队伍闹纷纷恐后争先，
天地间光灿灿变化万千。
我叫上帝的守门人打开天门，
他倚着天门啊视而不见。

天色昏暗一日将尽，
我寄情幽兰却站着久等！
天上和人间都混浊不清，
总埋没妒忌那美好的事情！

1 斑：光彩斑斓。 上下：天地。
2 帝：上帝。 阍：守门人，因在黄昏时闭门，故名。 关：本义是门闩，此指天门。
3 阊阖：天门。
4 暧暧：昏暗貌。 罢：完，指一天将尽。
5 结：结交，这里是寄情的意思。 延伫：久站。
6 溷：义同“浊”，混浊，污浊。

朝吾将济于白水兮　登阆风而緤马

朝吾将济于白水兮[1]，登阆(láng)风而绁(xiè)马[2]。
忽反顾以流涕兮，哀高丘之无女[3]！

等破晓我渡到白水彼岸，
把白马拴在那阆风山颠。
举目四顾我不禁泪下，
伤心这高山上竟没有丽媛！

1 白水：神话里的水名，源出昆仑山，饮后不死。

2 阆风：神山名，在昆仑山上。 绁：系结。

3 高丘：指阆风山。一说是楚山名。 无女："吾"在天国碰壁以后，渡过白水，登上阆风山顶，却不见一个神女，上天求女的计划就此破灭。接着是去追求下界的古代名淑。

溘吾游此春宫兮　折琼枝以继佩
及荣华之未落兮　相下女之可诒

溘吾游此春宫兮[1]，折琼枝以继佩；
及荣华之未落兮[2]，相下女之可诒（yí）[3]。

匆匆地我游到春神宫旁，
折几根玉树枝插在玉佩上；
应该趁鲜花还没有凋谢，
到下界送给心爱的女郎。

1 春宫：东方青帝所居。

2 荣华：鲜花。

3 下女：指下文宓妃、简狄、二姚等下界名淑。她们都是神话式人物，只因不住在天上故称“下女”。“下”相对于天而言。 诒：通“贻”，赠送。

解佩纕以结言兮　吾令蹇修以为理

吾令丰隆乘云兮[1]，求宓（fú）妃之所在[2]；
解佩纕（xiāng）以结言兮[3]，吾令謇（jiǎn）修以为理[4]。
纷总总其离合兮[5]，忽纬繣（huà）其难迁[6]。
夕归次于穷石兮[7]，朝濯（zhuó）发乎洧（wěi）盘[8]。

我吩咐丰隆驾起云彩，
去走访女神宓妃的所在；
我解下兰佩寄托情怀，
请蹇修做媒把话捎带。

她开始没主意若即若离，
突然间身一转理也不理。
她晚上到穷石私会后羿，
清晨在洧盘河把头发梳洗。

1　丰隆：云神。

2　宓妃：传说是伏羲氏的女儿，因溺死于洛水，而成为洛水女神。宓，古通“伏”。

3　佩纕：佩带。这里指整个佩饰。　结言：寄言结交。

4　蹇修：人名，不见他书。王逸注：“伏羲氏之臣也。”恐系从“宓妃，伏羲氏之女”推想出来的，不可信。从《离骚》的艺术特点看来，也应该是作者虚构的寓言人物，与《庄子》的寓言人物一样，其名字可能也有寓意。章太炎引《释乐》“徒鼓钟谓之修，徒鼓磬谓之蹇”，认为“蹇修”寓有磬钟通情的微妙含义(《蓟汉闲话》)。其说新颖入理，颇有参考价值。　理：即“行理”之“理”，犹下文“行媒”，使人通礼问者。即使者。

5　纷总总：指宓妃开始时心绪很乱，拿不定主意。　离合：若即若离。

6　纬繣：拒绝。　难迁：固执不肯相从。

7　次：住宿。　穷石：地名，传说是夏代东夷族有穷氏后羿所居之地，地望说法不一。传说宓妃是河伯之妻，常与后羿偷情。

8　洧盘：神话里的水名，源于崦嵫山。

望瑶台之偃蹇兮　见有娀之佚女

保厥美以骄傲兮[1]，日康娱以淫游；
虽信美而无礼兮，来违弃而改求[2]！
览相观于四极兮[3]，周流乎天余乃下。
望瑶台之偃蹇兮[4]，见有娀(sōng)之佚女[5]。

她自恃美貌满脸高傲，
成天在外边浪游逍遥；
确实美丽却待人无礼，
来，撇开她另外寻找！

仔细观察了四方八极，
周游了天宇我降临大地。
望百尺琼楼平地耸起，
看见了有娀氏美女简狄。

1 保：恃，仗。
2 来：招呼从者之词。 违：王注：“去也。”
3 览相观：三字同义连用，都是看的意思。
4 瑶台：玉台，犹“琼楼”，华贵的建筑。 偃蹇：王注：“高貌。”
5 有娀：古代传说里的国名。 佚女：美女。传说有娀氏有个美貌的女儿，名叫简狄，居“九成（重）之台”（《吕氏春秋·音初篇》）。

吾令鸩(zhèn)为媒兮[1]，鸩告余以不好。
雄鸠之鸣逝兮，余犹恶其佻巧[2]。
心犹豫而狐疑兮[3]，欲自适而不可[4]；
凤皇既受诒兮，恐高辛之先我[5]。

我托鸩鸟给我介绍，
它却撒谎说她不好。
那雄的斑鸠边飞边叫，
想托它又嫌它奸诈轻佻。

我的心啊犹豫得直跳，
想亲自前往又不合礼貌；
凤凰既然送去了聘礼，
恐怕帝喾已比我先到。

1 鸩：传说中的毒鸟，羽毛稍置酒中，即能致人死命。

2 佻巧：轻佻巧诈。

3 犹豫、狐疑：都是双声联绵字，都是疑惑不决的意思。

4 适：往。

5 “凤皇”二句：受，通“授”。诒，通“贻”，此作名词用，指聘礼。高辛，即帝喾。传说简狄为帝喾之妃，吞食玄鸟（燕子）的卵而生契（xiè），为商人的祖先。《诗·商颂·玄鸟》、《天问》、《思美人》都记录了玄鸟的神话传说。《离骚》此处不写玄鸟而写凤凰，因为它是一部浪漫主义的作品，风格浓艳夸张，凤凰的形象比燕子华美得多，作者出于艺术上的需要，才这样处理。后人据此说玄鸟即凤凰，或说这里的凤凰是玄鸟之误，皆未可从。

欲远集而无所止兮[1]，聊浮游以逍遥。
及少康之未家兮，留有虞之二姚[2]。
理弱而媒拙兮，恐导言之不固[3]。
世溷（hùn）浊而嫉贤兮，好蔽美而称恶。
闺中既以邃远兮[4]，哲王又不寤（wù）[5]。
怀朕情而不发兮，余焉能忍而与此终古！

我想远就而无处投靠，
姑且漫游聊以逍遥。
或者趁少康还没有成家，
有虞氏还留着两位美娇。

一想到介绍人都笨拙无能，
怕传达不了我一片深情。
这世道太混浊容不得贤才，
就喜欢隐人善处扬人恶声。

内宫啊多么幽深，
明君啊睡得正沉。
衷情还没能面陈，
我怎忍心了此一生！

1 集：就。

2 “及少康”二句：少康，夏代中兴的国王，是太康弟仲康之孙，其父名相。寒浞指使自己的儿子过浇杀相，少康逃到有虞国，国君把两个女儿嫁给他。后来少康杀浇复夏。有虞氏属姚姓，故其两个女儿称“二姚”。

3 导言：传递言语。导，致。　固：成。

4 闺：宫中小门，引申为内室。　邃：幽深。

5 哲王：即灵修，其原型为楚怀王。哲，明智。　寤：醒，喻觉悟。

索藑茅以筳篿兮　命灵氛为余占之

索藑（qióng）茅以筳（tíng）篿（zhuān）兮[1]，命灵氛为余占之[2]。

曰两美其必合兮[3]，孰信修而慕之[4]？

拿来灵草与竹片啊，

请灵氛为我算上一卦。

他说郎才女貌，佳配天成，

真正的美人谁不爱他？

1 索：取。 藑茅：王注："灵草也。"是一种可用于占卜的草。古代楚人有"茅卜法"，即用此草。 以：与。 筳、篿：都是算卦用的竹片，楚人用于另一种占卜法。把两种不同的占卜工具写在一起，正如把扶桑与若木扯在一块、把燕子改作凤凰一样，是《离骚》特殊的艺术手法，《庄子》中常见此例。或如游国恩所说："此文为想像之辞，故并言楚人常用之草竹二卜而不嫌其重，读者似亦不必拘泥而强为之说。"（《离骚纂义》）

2 灵氛：王注："古明占吉凶者。"或以为即《山海经》之巫肦。从《离骚》的艺术特点看来，向灵氛问卜，是虚构假设之词。

3 其：表示肯定语气的语助词。"曰"字下至"谓申椒其不芳"十八句，都是灵氛所说。一说"曰"下至"岂唯是其有女"四句，是"吾"的问卜之词。

4 信：真正，确实。 修：美。 慕：与上下文义矛盾，与"占"字韵也不叶。郭沫若认为"是'莫心'二字误合而为一者也。心者任也，爱慕之极也"（《屈原赋今译》注）。闻一多认为是"莫念"的误合，"念，思也，恋也"（《楚辞校补》）。心、念与占，古韵都在侵部。译文从其说。

蔓茅 有二说。一说指用于占卜的灵草。一说即旋花，多年生蔓花，野生。叶互生，戟形，有长柄。夏间开淡红色花，漏斗状，似牵牛而小。根茎可食用，亦入药。此图所绘为旋花。

思九州之博大兮[1]，岂唯是其有女[2]？
曰勉远逝而无狐疑兮[3]，孰求美而释女（rǔ）[4]？
何所独无芳草兮，尔何怀乎故宇[5]？
世幽昧以昡曜兮[6]，孰云察余之善恶[7]？

想想天下是这样广大，
难道就这里才有娇娃？
高飞远走别迟疑牵挂，
谁人求美会把你丢下？

什么地方没芳草鲜花，
你为什么只恋着老家？
时代黑暗啊人眼迷乱，
谁能鉴别咱们的高下？

1 九州：泛指天下。

2 是：此。

3 曰：古书中同一个人说的话，中间往往再用曰字（俞樾说）。一说此“曰”字以下才是灵氛所说，以上四句是“吾”的问卜之词。　勉：劝勉。

4 释：放弃。　女：同“汝”。

5 宇：当从一本作“宅”，形之误。“宅”古音待洛反，与“恶”（乌各反）叶韵。《尔雅·释言》：“宅，居也。”故宅即老家，指楚国。

6 世：当从一本作“时”，世与“何所独无芳草”矛盾。一说“世幽昧”句起至“谓申椒其不芳”十句，是作者的感慨之词。　昡曜：眼花缭乱。

7 云：语词。　余：包括“灵氛”与“吾”，犹今“咱们”，是一种表示亲密的称谓，例同上文女媭说的“孰云察余之中情”。

民好恶其不同兮[1]，惟此党人其独异[2]；
户服艾以盈要(yāo)兮[3]，谓幽兰其不可佩。
览察草木其犹未得兮，岂珵(chéng)美之能当(dǎng)[4]？
苏粪壤以充帏兮[5]，谓申椒其不芳。

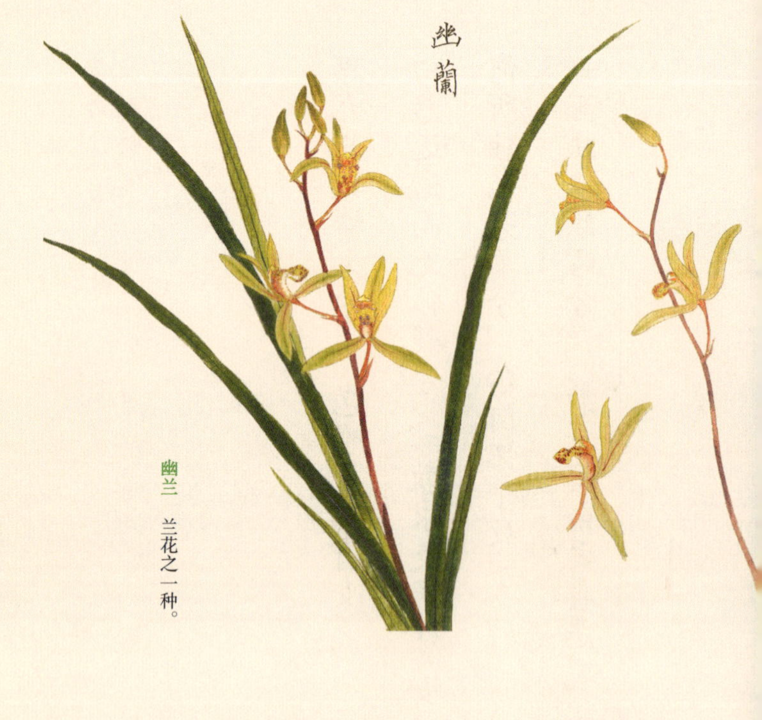

幽兰　兰花之一种。

1　民：人。

2　惟：唯。　此：指“故宇”。

3　户：读作“扈”，披。　艾：普通不香的草。　要：古“腰”字。

4　珵：美玉。　当：借作“党”，犹今“懂”，楚方言。《方言》：“党、晓、哲，知也。”

5　苏：借作“叔”，《诗经·豳风·七月》：“九月叔苴。”传：“叔，拾也。”　帏：佩在身上的香囊。灵氛劝“灵均”“远逝”“求女”，不要“怀乎故宅”。因为“故宅”的“党人”独异。

天下人固然各有所爱，

这里的小人却特别古怪；

都把野草挂满了腰间，

反而说幽兰不可佩戴。

连草木都不会辨别啊，

对美玉又怎能鉴赏？

拣来粪土充塞佩囊，

反而说那申椒不香。

椒

即花椒，芸香科花椒属，落叶灌木或小乔木。枝上有刺，果实球形，暗红色，种子黑色。可以做调味的香料，也供药用，有温中行气、止痛、杀虫等功效。古人认为花椒香气可辟邪，以花椒子和泥涂壁，取温暖、芬芳、多子之义。

百神翳其备降兮 九疑缤其并迎

欲从灵氛之吉占兮，心犹豫而狐疑。
巫咸将夕降兮[1]，怀椒糈(xǔ)而要之[2]。
百神翳其备降兮[3]，九疑缤其并迎[4]；
皇剡(yǎn)剡其扬灵兮[5]，告余以吉故。

想听从灵氛的吉卦，
又犹豫着忐忑不定。
今夜巫咸将从天降临，
我准备香椒饭将他邀请。

百神如云啊遮天共临，
九疑山仙子纷纷相迎；
巫咸光闪闪显着灵异，
把吉利的典故讲给我听。

1 巫咸：其名见于《尚书》、《庄子》、《吕氏春秋》、《韩非子》、《山海经》。王逸根据这些载籍，注曰：“巫咸，古神巫也，当殷中宗之世。”但文中的巫咸，仅借用其名，不是历史人物，而是寓言人物。游国恩说，“巫咸者，聊借以言降神之事，与灵氛同”，“不必实指本人”（《离骚纂义》）。故下文巫咸称引周代的吕望、宁戚。若把文中“巫咸”实指为“殷贤臣”那就无法解释得通。 降：从天降临。

2 怀：藏，准备。 椒糈，拌着香椒的精米饭。糈，精米。 要：读作“邀”。

3 翳：遮蔽，形容“百神”盛多。 备：全都。

4 九疑：指九疑山诸神。

5 皇：读作“煌”，辉煌，是“剡剡”的状语。 剡剡：发亮的样子。 灵：神。

说操筑于傅岩兮　武丁用而不疑

曰勉升降以上下兮[1]，求榘矱(huò)之所同[2]。
汤禹俨而求合兮，挚咎(gāo)繇(yáo)而能调[3]。
苟中情其好修兮，又何必用夫行媒？
说(yuè)操筑于傅岩兮，武丁用而不疑[4]。

他说要上下求索能卑能高，
寻求合乎法度的同道。
夏禹与商汤严格求贤，
方才求得伊尹与皋陶。

只要你内心爱好芳洁，
又何必到处去托媒介绍？
傅说在傅岩筑过土墙，
武丁重用他毫不动摇。

1　勉："勉强"。王注："强也。"　升降以上下：有两种截然相反的解释，一说是上天下地，远逝求女；一说是"犹云姑且俯仰浮沉，忍而暂留于此，不必皇皇焉远逝以求合也；尤非劝其过都越国，上下求索之谓也。其意与灵氛绝不同"（游国恩《离骚纂义》）。从下文看来，后说较长。"升降上下"，犹俯仰浮沉，只"求榘矱之所同"，不计地位之高低。

2　榘：即"矩"字。量方形的工具。　矱：量长度的工具。　同：孙诒让校作"周"，合。同与调失韵，周与调古同幽韵。

3　挚：即伊尹，帮助商汤灭夏。　咎繇：即皋陶（yáo），传说是舜的精明的立法官，禹继舜位后，选他做继承人，因早死于禹，未受位。

4　"说操筑"二句：说，即傅说，相传本是傅岩地方筑土墙的奴隶，商王武丁梦到他，就画了像到处寻访，结果在刑徒中找到，举为国相。筑，打土墙用的木杵。

宁戚之讴歌兮 齐桓闻以该辅

吕望之鼓刀兮，遭周文而得举[1]。
宁戚之讴歌兮，齐桓闻以该辅[2]。
及年岁之未晏兮[3]，时亦犹其未央[4]；
恐鹈(tí)鴂(jué)之先鸣兮，使夫百草为之不芳[5]。

姜太公在朝歌操过屠刀，
碰上周文王就不再潦倒。
宁戚喂牛时敲牛角高歌，
齐桓公听出了他的怀抱。

趁你的年华还没有衰老，
时势的极限还没有来到；
当心那伯劳鸟叫得太早，
使百草从此芳尽香消。

1 “吕望”二句：吕望，又称吕尚，俗称姜太公。本属姜姓，因先代封于吕，故以吕为氏。传说曾在朝歌当过屠夫，遇文王而被重用。鼓，敲。鼓刀，敲刀发声，以招揽生意。

2 “宁戚”二句：宁戚，春秋时卫国人，喂牛时敲着牛角唱歌，抒发怀抱，被齐桓公听到，带去列为客卿。该，预备。辅，辅佐大臣。该辅，预备作为辅佐。以上所举伊尹、傅说、吕望、宁戚诸人，都是处卑“好修”，就地待时，而得到知遇，都没有“用夫行媒”。

3 晏：晚。

4 “犹其未”：应该是“其犹未”之误。上文“虽九死其犹未悔”“唯昭质其犹未亏”“览余初其犹未悔”“览察草木其犹未得”，都作“其犹未”（从闻一多《楚辞校补》）。 央：王注：“尽也。”詹安泰说：“这句是说，楚国的时势也还有可为，未至衰尽。”（《离骚笺疏》）

5 鹈鴂：伯劳鸟，秋天鸣。巫咸的话至此止。

兰芷变而不芳兮，荃蕙化而为茅

何琼佩之偃蹇兮[1]，众薆（ài）然而蔽之[2]？
惟此党人之不谅兮[3]，恐嫉妒而折之！
时缤纷其变易兮，又何可以淹留[4]？
兰芷变而不芳兮，荃蕙化而为茅。

为什么玉佩出众地美丽，
人们就把它的光彩遮蔽？
这些小人真难以信赖，
怕他们因妒忌把玉佩毁弃！

叹时势反覆而世态易变，
我怎能在这里久久流连？
兰与芷默默地消散幽馨，
荃与蕙化茅草失去鲜艳。

1 琼佩：玉树枝做的佩。前文游春宫时，曾“折琼枝以继佩”，故云。“琼佩”是自喻。 偃蹇：高耸貌，前文有“望瑶台之偃蹇”；这里是高卓、突出的意思。

2 薆然：受到遮蔽而显得黯然。

3 谅：信赖。

4 淹留：久留。

何昔日之芳草兮，今直为此萧艾也[1]？
岂其有他故兮？莫好修之害也！
余以兰为可恃兮[2]，羌无实而容长[3]；
委厥美以从俗兮[4]，苟得列乎众芳[5]。

艾

艾 又名艾蒿、冰台，菊科。多年生草本。茎、叶皆可以作中药，性温味苦，有祛寒除湿、止血、活血及养血的功效。叶片晒干制成艾绒，可用于灸疗。

1 萧、艾：都是蒿草，不香。
2 兰：旧说是暗射子兰，恐未必。
3 羌：发语词。 容：外表。 长：义同修，美好。古人以长为美。
4 委：弃。
5 苟得：能够得到，实际上还配不上。

为什么往日的香花芳草，
今日里竟成了野艾臭蒿？
难道说还会有别的缘故？
都只怪它们不洁身自好！

本以为幽兰总是可靠，
谁知道它也虚有其表；
抛弃了美质随从时俗，
名列众芳应感到害臊。

萧

生于荒野，蒿类植物的一种。「萧」「蒿」古音相近，《尔雅·释草》：「萧，荻。」郭璞注：「即蒿。」后亦泛指野草。本图所绘为黄花蒿。

椒专佞以慢慆（tāo）兮[1]，榝（shā）又欲充夫佩帏。

既干进而务入兮[2]，又何芳之能祗[3]？

固时俗之流从兮[4]，又孰能无变化？

览椒兰其若兹兮，又况揭车与江离？

椒 即花椒。参见前注。

1 椒：王逸认为是暗射“楚大夫子椒”。《史记·屈原列传》没有提到子椒，东方朔《七谏·哀命》、刘向《新序·节士篇》、扬雄《反离骚》都写到子椒，说是屈原的政敌，王注应有所本。但《离骚》骂香草变质的，不止兰椒，还有芷、荃、蕙、留夷、揭车、杜衡，恐未可一一坐实。《离骚》对众芳芜秽写得特别沉痛，在作品中一再严词谴责，应有作者的实际感受为生活基础。大概屈原被疏以后，原来大批得到过屈原扶植、支持屈原的人，全都随风转舵，倒向靳尚等人一边，而与屈原为敌。这是符合旧时代官场世道的一般规律的。但要说哪种香草影射哪个人，那就很难说了。 慆：义同“慢”，傲慢。

2 干：义同“务”，追求。

3 祗：敬重。

4 流从：随波逐流，趋炎附势。一本作“从流”。

花椒谄上傲下有一套，
茱萸还想钻进香荷包。
既然只贪图攀援钻营，
又怎能敬重芳洁之道？

时俗本来就趋炎附势，
又有谁能够不生变异？
看花椒与兰草竟也如此，
更何况揭车与江离？

椴

即食茱萸，又称欓子。落叶乔木。有刺，果实红色，味辛辣，可用作调味品，又可入药。李时珍《本草纲目·食茱萸》：「此即欓子也……欓子则形味似茱萸，惟可食用，故名食茱萸也。」

和调度以自娱兮　聊浮游而求女
及余饰之方壮兮　周流观乎上下

惟兹佩之可贵兮[1]，委厥美而历兹[2]！
芳菲菲而难亏兮，芬至今犹未沬[3]。
和调度以自娱兮[4]，聊浮游而求女；
及余饰之方壮兮[5]，周流观乎上下！

只有这佩饰可珍可贵，
守美质永葆花红叶翠！
一阵阵清香毫不损减，
至今还如此沁人心肺。

舒一舒愁眉啊整一整衣衫，
且浪游去寻求理想的女伴；
趁我那佩饰啊正当璀璨，
到天地四方去一一游览！

这一段是听了巫咸“吉故”之说后的感慨，是对它的反驳。其中心意思是故国里连众芳都已变质，只剩下“琼佩”、“偃蹇”，“吉故”不可能在故国重演再现。故下段一开始就说要从灵氛之“吉占”，不提巫咸之“吉故”。

1　惟：同“唯”。

2　委：高亨：“似当作‘秉’，大概古秉字或写作委，因而错作委字。秉，把持。”（《楚辞选》）旧说“委”是被人委弃。如洪补曰：“上云‘委厥美而从俗’，言子兰之自弃也；此云‘委厥美而历兹’，言怀王之见弃也。”译文从高说。历兹：至今。

3　沬：终止。

4　“和调度”句：这句是说把自己的心情调整得和悦、愉快一些。和，调和，缓和。调度，调整。

5　饰：指“琼佩”。

为余驾飞龙兮　杂瑶象以为车

灵氛既告余以吉占兮，历吉日乎吾将行[1]。
折琼枝以为羞兮[2]，精琼靡(mí)以为粻(zhāng)[3]。
为余驾飞龙兮，杂瑶象以为车[4]。
何离心之可同兮？吾将远逝以自疏！

灵氛告诉我卜占吉祥，
选定好日子出走远方。
折琼树嫩枝作为菜肴，
把碧玉捣碎作为干粮。

会飞的神龙作驾车的御马，
装饰车辆的是美玉与象牙。
怎能跟异心人待在一块？
我将远游去追求放达！

1　历：选择。
2　羞：王注："羞，脯。"脯是干肉。这里泛指菜肴。
3　精：捣碎。今闽南话还称捣为"精"。　靡：细末。　粻：粮。
4　象：象牙。

邅[zhān]吾道夫昆仑兮[1]，路修远以周流。
扬云霓之晻[yǎn]蔼[ǎi]兮[2]，鸣玉鸾之啾啾[3]。
朝发轫于天津兮[4]，夕余至乎西极。
凤皇翼其承旂[qí]兮[5]，高翱翔之翼翼[6]。

把行程转向西方的昆仑，
路迢迢我作了天涯旅人。
举云霓作彩旗飘扬遮天，
玉制的车铃如鸾鸟和鸣。

早晨启程于天河的渡口，
黄昏就到了西天的尽头。
凤凰的彩翎连接着云旗，
高飞在天上多和谐自由。

1　邅：转，楚方言。
2　扬云霓：举云霓作为旌旗。　晻蔼：云旗蔽日的样子。
3　玉鸾：玉制的车铃，形如鸾鸟。　啾啾：铃声。
4　天津：天河的渡口。传说在箕、斗二星之间。津，渡口。
5　翼：展翅。　承：连接。　旂：指云旗。
6　翼翼：整齐和谐的样子。

忽吾行此流沙兮，遵赤水而容与[1]。
麾蛟龙使梁津兮[2]，诏西皇使涉予[3]。
路修远以多艰兮，腾众车使径待[4]。
路不周以左转兮[5]，指西海以为期[6]！

转眼间我来到这一片流沙，
沿着赤水河我从容优游。
指挥蛟龙在渡口搭桥，
命西皇帮我渡过河流。

行程悠远啊，天路艰难，
让随从的车辆侍候两旁。
翻过不周山再向左转弯，
那浩瀚的西海才令人神往！

1 遵：循。 赤水：神话里的水名，源出昆仑山。 容与：从容貌。
2 麾：指挥。 梁津：在渡口搭桥。梁，桥。这里用作动词。
3 诏：命令。 西皇：西方天帝少皞。 涉予：帮助我渡河。
4 腾：传告。 待：当从一本作"侍"，与"期"叶韵。径侍，在路边侍卫。
5 路：路过。 不周：神话里的山名，在昆仑山西北。
6 期：读作"极"，目的地。

驾八龙之婉婉兮　载云旗之委蛇
奏九歌而舞韶兮　聊假日以媮乐

屯余车其千乘兮，齐玉軑[1]而并驰；
驾八龙之婉婉兮[2]，载云旗之委蛇[3]。
抑志而弭节兮[4]，神高驰之邈邈[5]。
奏九歌而舞韶兮[6]，聊假日以媮乐[7]！

成千的车辆列队集中，
玉制的车轮隆隆转动；
每辆车驾八条蜿蜒的神龙，
车上的云旗啊飘曳在天空。

控制住兴奋吧，放缓鸣鞭，
我的心如奔马腾高驰远。
奏起《九歌》，舞起《九韶》吧，
及时行乐啊，在广阔的云天！

1 軑：车轮的别名，楚方言。
2 婉婉：一作蜿蜿。蜿蜒屈曲貌。
3 委蛇：即“逶迤”，舒卷蜿蜒貌。
4 抑志：抑制自己的情绪。一说“志”读作“帜”，抑志与弭节对文。
5 邈邈：远貌。
6 韶：即九韶，传说是舜时的舞乐。
7 假日：利用时间。 媮：通“愉”。

陟陞皇之赫戏兮　忽临睨夫旧乡

陟（zhì）陞皇之赫戏兮[1]，忽临睨夫旧乡[2]！
仆夫悲余马怀兮，蜷局顾而不行[3]。

我刚刚登上灿烂的天国啊，
忽然间又俯见熟稔的家园！
仆人悲伤，马儿也怀恋了，
它曲身回头啊，不肯向前。

1 陟：登。 皇：皇天。 戏：一本作"曦"，义同"赫"，光明貌。
2 临：居高临下。 睨：旁视。
3 蜷局：卷曲不伸，指"余马"，即驾车的"玉虬"。 顾：回头。

乱曰[1]：

已矣哉！

国无人莫我知兮[2]，又何怀乎故都？

既莫足与为美政兮[3]，吾将从彭咸之所居[4]！

尾声：

算了吧！

朝廷里没有人对我了解，

我何必对故都藕断丝连？

没有人能同我推行美政，

我将要独自去追随彭咸！

1 乱：本是古代乐曲里的一个名称，用在末尾，约相当于今天的“尾声”。辞赋最后往往也有“乱”辞作为一篇的总结。王注：“乱，理也。所以发理词指，总撮其要也。”

2 莫我知：“莫知我”的倒文。

3 美政：理想的政治。

4 从彭咸之所居：彭咸是虚拟的“前修”、偶像。“从彭咸之所居”，“犹言相从古人于地下也”（钱杲之：《离骚集传》）。但未必专指“投水”、“沉渊”。

九歌
秋蘭兮蘼蕪羅生兮堂下綠葉兮素枝芳菲
以兮愁苦秋蘭兮青青綠葉兮紫莖滿堂兮
出不辭乘回風兮載雲旗悲莫悲兮生別離
而來兮忽而逝夕宿兮帝郊君誰須兮雲之
阿望美人兮未來臨風怳兮浩歌孔蓋
幼艾荃獨宜兮為民正
右少司命

“九歌”之名，来源甚古。《左传》、《离骚》、《天问》、《山海经》都提到它，都说它是夏代的乐章，是夏后启从天上带来的。这些说法当然只是神话，“九歌”也只是神话中的乐曲名称。历史上确实存在过的《楚辞·九歌》则是一部用于祭祀的歌词、组诗。

《九歌》共十一篇，前九篇祀神，第十篇《国殇》祭鬼，第十一篇是尾声。祀神的九篇，以《东皇太一》所祀之神最为尊贵，而列为首篇。这样看来，《九歌》是颇有组织的，它可能是用于大规模祭祀典礼的完整乐章。

祭神歌舞是古民族的重要文化财富。楚国巫风极盛，王逸《章句》说：“昔楚南郢之邑，沅湘之间，其俗信鬼而好祠，其祠必作歌乐鼓舞，以乐诸神。”《九歌》有浓厚的民歌色彩，但比一般民歌华丽典雅，而且各篇风格相近，浑然一体，显然经过大手笔的统一润色；《九歌》里有不少常用词语也常见于《离骚》等屈原作品。这些迹象说明屈原确是《九歌》的作者，但对楚国民间流行的祭神歌辞，屈原必定有所因袭，因袭与创作的成分各占多少，很难确说，各篇的情况也不会一致。例如《国殇》祭祀为国阵亡的将士，民间祭词不可能有这样的作品，它应该完全是屈原的创作。《河伯》祭黄河之神，黄河没有流经楚国。纯粹的民间祭礼只祭与自己直接有关的自然神祇，也不可能有这样的作品。周礼规定，天子祭天下名山大川，诸侯祭自己境内的山川，不可越望。到春秋战国时代，因“礼崩乐坏”，而有僭越。《左传》哀公六年记载：楚昭王有病，占卦结果说是黄河之神作祟。大夫们要求在郊野祭河神，楚昭王以“祭不越望”为理由而予以拒绝。孔子因此称赞：“楚昭王知大道矣！”孔子的赞语从反面说明，这在当时是难能可贵的。因为早在宣公十二年，楚庄王在黄河附近的邲打败晋师后，曾“祀于河”，即祭祀河神（事见《左传》宣公十二年）。到了战国时期，各国君主在礼制上俨然以天子自居，楚国统治者祭河神就更加不足怪了。而且黄河虽不流经楚国，而楚军是要到黄河流域作战的，为了“保佑”战争胜利，祭河神也是完全“必要”的。至于楚民间，一则不会去祭与自己完全无关的国外大川；二则那是违背“大道”的僭越行为。因此，《河伯》不可能是民间祭词，它只能用于国家祀典。

《九歌》的第一篇祭“东皇太一”。东皇太一是楚人信仰中的至上神上帝。《史记·封禅书》说：“天神贵者太一，太一佐曰五帝。古者天子以春秋祭太一东南郊。”五方天帝尚且只是太一的辅佐神，太一当然就是至高无上的上帝了。古代有权祭太一的只有天子。战国各诸侯皆已称王，在礼制上都以天子自居，故楚王是可以祭“东皇太一”的，民间祭礼则断乎不可。

马其昶根据《汉书·郊祀志》载谷永对成帝说“楚怀王隆祭祀，事鬼神，欲以获福，助却秦军”的话，认为《九歌》是屈原“承怀王之命而作”（《屈赋微·读九歌》）。此说虽无坚实的直接证据，但我们如果联系《九歌》里有《东皇太一》、《河伯》、《国殇》这样三篇绝非楚民间可能有的特殊作品，那么，假设《九歌》是楚怀王为战胜秦国，举行宗教性的典礼而嘱咐屈原所写，也并不是没有道理的。《九章·惜往日》有“惜往日之曾信兮，受命诏以昭诗”之句，这“诗”字虽有别本作“时”，但如果是“诗”的话，可能即指“九歌”。

《九歌》虽是祭祀用的乐章，但其主要内容却是恋歌。古代的祀神祭节，也正是青年男女欢会游乐、采兰赠芍的大好时机，以恋歌作祭词是很自然的事。祭神的目的是为了获得神的“福助”，其手段是娱神、悦神。以恋歌娱神，在现代人看来似不严肃，在古代却是常见现象。《史记·滑稽列传》记载河伯娶妇，即其一例。以爱国为主题的祀神祭典，却以爱情为重要内容，这好比《招魂》、《大招》以救灾为主题，却以渲染上层统治阶级奢侈豪华的生活为重要内容一样，都是特定的历史条件下的特殊现象，不能用今天的眼光去评议。

《九歌》的主要作品是《湘君》、《湘夫人》、《少司命》、《山鬼》、《国殇》等，它们艺术完美，对后来二千多年的文学艺术有深刻的影响。

《九歌》的演唱形式，近代学者作了种种推测，众说不一，但有一点是可以肯定的，它是巫的唱词。巫有代表所祀神鬼的主巫，也有代表祭者的群巫；主巫视其所代表之神而有男女之别，群巫则都是女性。

東皇太一

【题解】

“太”即大，“一”即不二。“太一”是至大无比的意思。东皇太一是楚人信仰中最尊贵的天神，即上帝。本篇是群巫的合唱歌舞词，也可以看作是整个祭典的开场白。古代的上帝都是抽象的，无名号的，故本篇对“东皇太一”没有作具体的描写，与下面各篇迥然不同。

（旧传）宋　张敦礼　九歌图·东皇太一

东皇太一

吉日兮辰良[1]，穆将愉兮上皇[2]；
抚长剑兮玉珥（ěr）[3]，璆（qiú）锵（qiāng）鸣兮琳琅[4]。
瑶席兮玉瑱（zhèn）[5]，盍（hé）将把兮琼芳[6]，
蕙肴蒸兮兰藉[7]，奠桂酒兮椒浆[8]。

吉利日子好时光，
恭恭敬敬祭东皇；
手握长剑玉作柄，
身上佩玉响叮当。

瑶席玉镇压四角，
鲜花摆设散芳香；
蕙草包肉兰叶垫，
献上桂酒花椒汤。

1　辰良：“良辰”的倒文，为了与“皇”、“琅”叶韵。

2　穆：敬。　将：介词，同“以”。　愉：通“娱”，此作动词用，使之快乐。

3　抚：王注：“持也。”　珥：剑鼻，在剑柄上，此指剑柄。

4　璆锵：状佩玉相击之声。　琳琅：美玉名。

5　瑶：美玉名，这里形容席的质地精美。一说读作“蕃”，香草名。瑶席即蕃草编的席子。　玉瑱：压席的玉器。席铺在神位前面，上面摆着祭品。瑱，同“镇”。

6　盍：发语词。　将把：摆设的动作。将，举。把，持。　琼：美玉名，这里形容花色鲜美，例同“瑶席”。

7　肴蒸：祭祀用的肉。　藉：衬垫。

8　奠：祭献。　桂酒：桂花浸泡的酒。　椒浆：花椒浸泡的汤水。

扬枹（fú）兮拊鼓[1]，（□□□兮□□；）
疏缓节兮安歌，陈竽瑟兮浩倡[2]。
灵偃（yǎn）蹇（jiǎn）兮姣服[3]，芳菲菲兮满堂；
五音纷兮繁会[4]，君欣欣兮乐康[5]！

举起鼓槌齐击鼓，
（鼓声敲得咚咚响；）
节奏舒缓调安详，
吹竽鼓瑟放声唱。

东皇美服舞翩跹，
阵阵香气飘满堂；
五音交鸣齐奏乐，
神君快乐又健康！

1　枹：鼓槌。　拊：击。本篇皆四句一节，隔句押韵。疑"拊鼓"下脱一句，这脱漏的一句应叶韵。故译文在此虚垫一句。

2　陈：列。　竽：笙类的吹奏乐器，有三十六簧。　瑟：弹奏乐器，有二十五弦。　倡：同"唱"。

3　灵：《九歌》里的"灵"都指所祀之神。　偃蹇：舞姿宛转。

4　五音：宫、商、角、徵、羽，是我国古代音乐的五种音阶。宫相当于C调的第一音，商相当于D调的第一音，余类推。

5　君：指东皇太一。

雲中君

【题解】

云中君，即云神，名丰隆。

本篇先写拂晓以前，巫女沐浴更衣，等候云神的降临；再用激赏的笔调描写云神的住处、行色；最后写云神刚一下天，就风也似回到天上。来既迟迟，去又匆匆，候人之难，相思之苦，很有人神恋爱的情味。云中君矫捷远举、飘然四方的形象，很切合云的特点。有人认为云中君是月神，似不确。

元 张渥 九歌图·云中君

浴兰汤兮沐芳[1]，华采衣兮若英[2]。
灵连蜷兮既留[3]，烂昭昭兮未央[4]。
謇(jiǎn)将憺(dàn)兮寿宫[5]，与日月兮齐光；
龙驾兮帝服[6]，聊翱游兮周章[7]。

香水沐浴满身香，
披上华丽花衣裳；
喜看神君待云端，
神采灿烂正盛旺。

云间宫阙多安详，
可与日月比光芒；
驾起龙车穿帝服，
暂且逍遥游四方。

1　浴：浴澡。　沐：洗发。古人祭祀前必须斋戒，用兰草沐浴。《夏小正》："五月蓄兰，为沐浴也。"

2　英：花。以上二句，写迎神的巫女。

3　灵：云神。　连蜷：长而婉曲。　既留：已留在天上。

4　烂昭昭：写云神的神采灿烂。　未央：未尽，正盛。

5　謇：发语词，楚方言。　憺：安。　寿宫：云神在天上的宫阙。

6　龙驾：《九歌》诸神与《离骚》的"吾"一样，都用龙驾车。

7　聊：暂且。云神下天以前，先在天上盘旋一下。　周章：周游往来。

云中君

灵皇皇兮既降[1]，猋（biāo）远举兮云中[2]；
览冀州兮有余[3]，横四海兮焉穷[4]？
思夫君兮太息[5]，极劳心兮忡忡（chōng）[6]。

灵光闪闪下天来，
又似阵风回天上；
高瞻远瞩越冀州，
横奔四海远无疆。
思念神君长叹息，
忧心忡忡痛断肠！

1 皇：同“煌”。　降：从天下降临地面。古音洪。

2 猋：《尔雅·释天》郭璞注：“暴风从下上。”这句写云神来飨，刚下来很快就走了，引起巫女的相思之苦。

3 览：云神所见。　冀州：古称中国有九州，九州名目，《尚书·禹贡》《周礼·夏官·职方氏》《尔雅·释地》说法不尽相同，但都把冀州列在首位。洪兴祖《楚辞补注》引《淮南子》曰：“正中冀州，曰中土。”因以代指中国。有余：说云神的视野超出中国。

4 横：横奔。　四海：古人以为九州周围有东南西北四海包围。四海犹今世界。　焉穷：与“有余”互文，描写云神高瞻远瞩，无所不到，高大、自由的形象。焉，何。穷，尽。

5 夫：语词。　君：巫女对云神的尊称。

6 忡：同“忡”，心忧貌。

湘君

【题解】

秦汉以后的文献记载，虞舜巡视南方，死于苍梧，葬在九疑。舜的二妃娥皇、女英，都是尧的女儿，在洞庭湖的君山闻讯投水殉节，化为湘水女神，称“湘夫人”。人们同情她们的遭遇，又把舜尊为湘水男神，称“湘君”。如王逸《楚辞章句》即以湘君为湘水之神，湘夫人为尧二女。古代还有另一种传说，认为湘君也是女神。如《史记·秦始皇本纪》：“上问博士曰：‘湘君何神？’博士对曰：‘闻之尧之女、舜之妻。’”韩愈《黄陵庙碑》以湘君为娥皇，湘

夫人为女英，洪兴祖、朱熹皆从之。

同一神话有几种不同说法，是正常现象，不必以此非彼。更重要的是，从现有资料看来，把舜及二妃跟湘君、湘夫人连在一起，始于秦汉时候。先秦古籍，包括《楚辞》在内，都没有这种记载。如《远游》："张咸池奏承云兮，二女御九韶歌。使湘灵鼓瑟兮，令海若舞冯夷。"王注"二女"为"尧二女"，下文又有"湘灵"，可见在《远游》作者的心目中，尧二女不是"湘灵"。那么，先秦的"湘灵"是谁呢？《山海经·中次十二经》

（旧传）宋　张敦礼　九歌图·湘君湘夫人

说："洞庭之山……帝之二女居之，是常游于江渊。"《山海经》里的单个"帝"字，全部是上帝，其"二女"是上帝的二女，《山海经》说她们是湘水女神。《湘夫人》篇首的"帝子"二字，可能就是上帝之女的意思。关于"湘灵"的传说，可能原指上帝之二女，秦汉以后才换作尧之二女。

至于《九歌》的湘君、湘夫人，则要从作品实际出发进行考察，不必拘泥于某一种传说。从《九歌》所描写的实际内容来看，湘君、湘夫人是一对配偶神，所写的"湘夫人"，只有一个人。

《湘君》与下篇《湘夫人》虽是祭歌，却通篇描写湘君与湘夫人的爱情生活，是我国古典爱情诗的典范之作。

《湘君》写湘夫人思念湘君，《湘夫人》写湘君思念湘夫人。它们是两个姊妹篇，也可以连作一篇看。连结它们的纽带是"北渚"二字。"北渚"在《湘君》之末，在《湘夫人》之首。《湘君》以湘夫人到达北渚止，《湘夫人》以湘君看见湘夫人降临北渚始。前后的衔接关系是非常明显的。如果把《湘君》、《湘夫人》分开来看，是两场悲剧，合起来看却是一幕喜剧。在第一场的《湘君》里，湘夫人在场上，湘君则未出场。湘君在水洲吹排箫解忧，或许他正在思念着湘夫人，但可惜没有看见她。而湘夫人看他独自吹箫，不来相会，以为他在恋着别人。一气之下，驾龙舟而北征，一路上情思绵绵，痛苦欲绝，最后到了北渚，已经是心慵步懒，把赠礼都扔掉。这时候，湘君却看到了她。于是场上场下易处，爱情的烈火在另一个人的心上燃烧起来。湘君是个男子，毕竟大胆些，虽然心受"失恋"的煎熬，却还做着"偕逝"的美梦。但当梦境一破，他也像湘夫人那样意气萧索，愁思难消。两篇之间，多对举呼应之词，经常采用叠咏手法，让湘君与湘夫人唱着同样的诗句，这样，更可以博得观众的会心之笑："原来是两地相思，而不是单思。"一场误会也就在观众的笑声中冰释殆尽，人们可以相信，有情人终成眷属，他们一定会有美满的爱情生活。

君不行兮夷犹[1]，蹇(jiǎn)谁留兮中洲[2]？
美要(yāo)眇(miǎo)兮宜修[3]，沛吾乘兮桂舟[4]。
令沅湘兮无波，使江水兮安流；
望夫(fú)君兮未来[5]，吹参差兮谁思[6]？

您犹豫不来脚步留，
为谁逗留在沙洲？
我修饰得体的妆容，
急水里驾起桂木舟。

我叫沅湘息风波，
还使长江慢慢流；
望穿秋水不见来，
您吹着排箫把谁求？

1　君：湘夫人对湘君的尊称。　夷犹：即犹豫。
2　蹇：发语词，楚方言。　谁留：为谁而留。
3　要眇：美好貌。　宜修：修饰得恰到好处。
4　沛：水势急；这里形容桂舟行速很快。
5　夫：代词，那。指湘君。
6　吹：湘君在吹。　参差：一作“篸差”，即排箫。以竹管编排，各管参差不齐，故名。相传是舜发明(《风俗通》：“舜作箫，其形参差。”)。　谁思：“思谁”的倒文。

驾飞龙兮北征[1]，邅(zhān)吾道兮洞庭[2]。

薜荔柏兮蕙绸[3]，荪桡(náo)兮兰旌[4]。

望涔(cén)阳兮极浦[5]，横大江兮扬灵；

扬灵兮未极[6]，女婵(chán)媛(yuán)兮为余太息[7]。

横流涕兮潺(chán)湲(yuán)[8]，隐思君兮陫(fěi)侧[9]。

1 飞龙：指刻画着飞龙的船。 征：行。

2 邅：转弯，楚方言。

3 薜荔：蔓生灌木，一名木莲。 柏：即“箔”，帘。 蕙：兰草类，亦名薰草、佩兰。 绸：借作“帱”(chóu)，帱字同“裯”、“幬”，帐子。

4 荪：香草名，一作荃，俗名石菖蒲。 桡：短桨。 兰：兰草。 旌：旗杆顶上的饰物。

5 涔阳：地名，在涔水北岸，洞庭湖西北。 极浦：遥远的水边，指涔阳。今湖南澧县有涔阳浦，在洞庭湖与长江之间。涔阳可能是传说中湘夫人经常居留的地方。浦，水边。

6 极：至。

7 女：侍女(戴震说)。 婵媛：关心痛恻的样子。

8 潺湲：缓缓而流。

9 陫侧：即“悱恻”，内心悲痛。

我驾着龙舟往北行，
转个弯儿到洞庭。
薜荔作帘蕙作帐，
荪草为桨兰为旌。

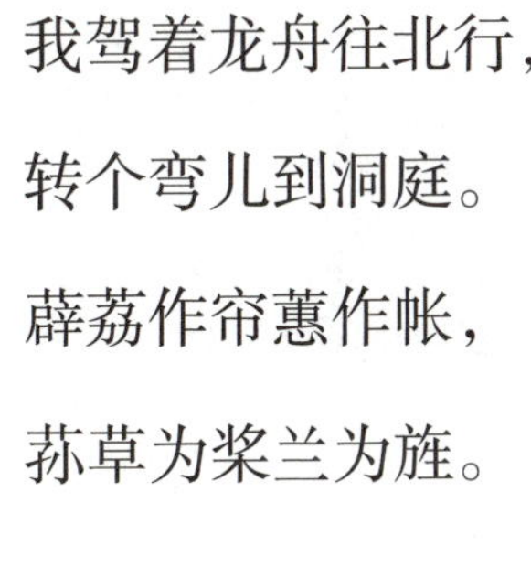

我极目骋怀望涔阳，
灵魂横飞过大江；
我虽神往您不来，
侍女为我也心伤。
泪珠横流收不住，
暗自相思痛断肠。

荪

即菖蒲。多年生水生草本。叶狭长，似剑形。初夏开花，淡黄色。全草可提取芳香油，根茎亦可入药。本图所绘为石菖蒲。明朱权《臞仙神隐书》云：「置一盆于几上，夜间观书，则收烟无害目之患；或置星露之下，至旦取叶尖露水洗目，大能明视，久则白昼见星」。

石菖蒲

桂櫂(zhào)兮兰枻(yì)[1]，斲(zhuó)冰兮积雪[2]；
采薜荔兮水中，搴(qiān)芙蓉兮木末[3]。
心不同兮媒劳[4]，恩不甚兮轻绝！
石濑(lài)兮浅浅，飞龙兮翩翩[5]。
交不忠兮怨长，期不信兮告余以不闲！

木蘭

兰　指木兰。古时常用于建筑及造舟。参见《离骚》「木兰」图注。

桂木桨，兰木艄，
敲散冰雪开航道；
谁知是水中拔山草，
又好比采莲上树梢。
两心不同媒人也徒劳，
恩爱不深决绝在一朝！

石滩水啊浅又浅，
龙舟急急奔向前。
爱情不忠怨绵绵，
失约推说没空闲！

1　桂、兰：都是香木名。　櫂：同“棹”，长桨。　枻：舵，也称艄，置于船尾，决定航向。

2　斲：同“斫”，砍也。江水冻结，上有积雪，须用櫂枻破冰开道。其实，当时还是秋风初起时节（《湘夫人》：“嫋嫋兮秋风”），不会有冰冻积雪。这是湘夫人比喻自己千方百计为爱情打开出路。

3　“采薜荔”二句：搴，拔。芙蓉，莲花。木末，树梢。薜荔长于陆地，芙蓉生在水中，这两句是缘木求鱼的意思，形容求爱的艰难。

4　劳：徒劳。

5　“石濑”二句：龙舟虽快，滩水太浅，这也是借喻单思之苦。濑，浅滩上的流水。翩翩，飞快貌。

鼂(zhāo)骋骛兮江皋[1]，夕弭(mǐ)节兮北渚(zhǔ)[2]；

鸟次兮屋上，水周兮堂下[3]。

捐余玦(jué)兮江中[4]，遗余佩兮澧浦[5]；

采芳洲兮杜若[6]，将以遗(wèi)兮下女[7]；

时不可兮再得，聊逍遥兮容与[8]！

1　鼂：古同“朝”（zhāo）。　皋：水边。

2　弭：停。　节：鞭。　渚：江中沙洲。

3　次：停宿。　周：环绕。这两句写处境的荒凉。

4　捐：弃。　玦：环形而有缺口的玉饰。

5　遗：读作“坠”，丢下，义同“捐”。　佩：佩玉。　澧：水名，在湖南，注入洞庭。

6　芳洲：生芳草的水洲。　杜若：香草名。

7　遗：赠，是“馈”的假借字。　下女：地位卑下的女子。“玦”与“佩”是男人的饰物，湘夫人本想送给湘君。因以为湘君背约不来，故而抛掉，表示决绝。采杜若给下女，则与此对照，意思是说，我与其送玦佩给你这个薄情郎，还不如采芳草给地位卑下的女子。一说“女”指湘君的侍女，希望通过她代为说情。或说“女”指自己的侍女，即上文“女婵媛兮为余太息”的“女”。译文兼采三说。

8　容与：舒缓貌。

我早上驱车在江岸，
晚上到北洲才停鞭；
鸟儿栖宿在屋檐，
江水围绕流阶前。
我把玉玦抛江心，
佩玉弃置澧水滨，
芳洲上面采杜若，
赠予侍女表我心。
良辰美景不再来，
只能漫步舒胸襟！

杜若

杜若　香草名，即今之高良姜，姜科多年生草本。茎丛生。叶狭线状披针形，边缘有细毛，花白色，有红色条纹，如左图所绘。味辛香，根茎可入药。一说指山姜，鸭跖草科宿根草本，根似高良姜而细，花白色，如右图所绘。

湘夫人

明　文徵明　湘君湘夫人图

帝子降兮北渚[1]，目眇眇兮愁予[2]；
嫋嫋(niǎo)兮秋风[3]，洞庭波兮木叶下[4]。

公主降临在北洲，
望眼欲穿使我愁；
不绝秋风轻吹拂，
洞庭落叶湖面皱。

1　帝子：湘君对湘夫人的尊称。古人称男女不分性别，均作“子”。“帝子”犹后世“公主”。

2　眇眇：远望不清的样子。　愁予：使我发愁。愁作动词用。

3　嫋嫋：柔弱不绝貌。

4　波：动词，生波。

登白薠（fán）兮骋望[1]，与佳期兮夕张[2]；
鸟何萃兮蘋中？罾（zēng）何为兮木上[3]？

田字草

蘋　也称四叶菜、田字草。多年生草本。生浅水中，叶有长柄，柄端四片小叶成田字形。夏秋开小白花。全草入药。

1　白薠：草名，秋季生长，雁所食。

2　佳：佳人，指湘夫人。　期：约会。　张：王注："施也。"为晚间的约会而准备、张罗。

3　"鸟何"二句：鸟，指不能入水的陆地飞禽。萃，聚集。蘋，水生植物，萍类。罾，鱼网。这两句与《湘君》的"采薜荔兮水中，搴芙蓉兮木末"意同。

我踩着白薠放眼望，
为约会忙到月昏黄；
谁知是山鸟集蘋草，
又好比渔网张树上。

白薠　即薠草，莎草类水生植物。朱熹《集注》：「薠草，秋生，今南方湖泽皆有之，似莎而大，雁所食也。」

湘君 湘夫人

沅有茝(chǎi)兮澧有兰[1]，思公子兮未敢言[2]；

荒忽兮远望，观流水兮潺湲。

麋(mí)何食兮庭中？蛟何为兮水裔[3]？

朝驰余马兮江皋，夕济兮西澨(shì)[4]；

闻佳人兮召予，将腾驾兮偕逝[5]：

澧有兰草沅有茝，
心想公主口难开；
远看一片白茫茫，
只见流水缓缓来。

麋鹿为什么寻食到庭院？
蛟龙为什么来到浅水滩？
我早上江边把马赶，
晚上渡过江西岸。
忽听佳人召唤我，
跟我驰车去成欢：

1　茝：香草名，即白芷。

2　公子：指湘夫人。古代贵族称公族，贵族子女不分性别，都可称“公子”。

3　“麋何”二句：麋，鹿的一种，较大。蛟，传说是无角的龙。水裔，水边。裔，本义是衣的下摆，引申为边。麋本当在山林而来到庭院里，蛟本当在深渊而来到水边。意同上文“鸟何萃兮蘋中，罾何为兮木上”。

4　济：渡。　澨：水边。

5　腾驾：驰车。　偕逝：同去。“召予”、“偕逝”，以及下文所写的同居生活，都是湘君夜宿“西澨”时的南柯美梦。

筑室兮水中，葺之兮荷盖[1]，
荪壁兮紫坛[2]，播芳椒兮成堂[3]。
桂栋兮兰橑(lǎo)[4]，辛夷楣兮药房[5]，
罔薜荔兮为帷[6]，擗(pì)蕙櫋(mián)兮既张[7]。

荷

荷 荷花。参见离骚「芙蓉」图注。

1 葺：编结。

2 紫坛：用紫贝铺砌的庭院。紫，指紫贝。坛，中庭，楚方言。

3 成：借作"盛"。用芳椒涂壁，香气满堂。

4 橑：椽。

5 辛夷：香木名。　药：白芷。

6 罔：古同"网"，此作动词用，编结。

7 擗：掰开。　櫋：古本作"槾"(màn)，闻一多校作"幔"，帐顶。

宫室筑在水中央，
荷叶编盖屋顶上，
紫贝庭院荪草墙，
香椒碾粉撒满堂。
桂木栋梁木兰椽，
辛夷门楣白芷房，
编结薜荔做帷帘，
张起一顶蕙草帐。

辛夷

木兰科落叶乔木，木有香气。花初出枝头，苞长半寸，而尖锐俨如笔头，因而俗称木笔。开花外紫内白，与玉兰花形、香气相近，故又称紫玉兰。

白玉兮为镇，疏石兰兮为芳[1]，
芷葺兮荷屋，缭之兮杜衡。
合百草兮实庭，建芳馨兮庑(wǔ)门[2]。
九嶷缤兮并迎，灵之来兮如云[3]。

石兰　即石斛。多年生草本植物。茎多节，绿褐色，开白花，花瓣的顶端呈淡紫色。茎可入药。

1　疏：分布。　石兰：兰草的一种。

2　庑：走廊。

3　九嶷：此指九疑山的群神，即下句的“灵”。“偕逝”的美梦至此止。

白玉压席镇四角，
石兰布列散芬芳，
荷叶屋顶加白芷，
杜衡绕在屋四旁。
百草相杂满庭院，
走廊四外香气扬。
九疑仙子纷相迎，
群神云集闹洋洋。

杜衡

又名马蹄香。马兜铃科，多年生草本。根状茎的节间短，下端集生多数肉质根。叶一二枚，生于茎端。单花顶生。蒴果肉质，具多数黑褐色种子。生于阴湿有腐植质的林下或草丛中。李时珍《本草纲目》：「杜衡，叶似葵，形似马蹄，故俗名马蹄香。」

捐余袂(zhì)兮江中[1]，遗余褋(dié)兮澧浦[2]；
搴汀洲兮杜若[3]，将以遗兮远者[4]；
时不可兮骤得[5]，聊逍遥兮容与！

杜若　香草名。即今之高良姜。参见《湘君》「杜若」图注。

我把佩囊抛江心，
汗衣摔在澧水滨；
沙洲上面拔杜若，
宁可送给陌生人；
良辰美景不再来，
只能散步舒愁心！

1 袂：原作“袂”（mèi）。王逸注：“衣袖也。”衣袖连着衣衫，不可单独抛弃。高亨认为“袂或当作袟（zhì），是传写的错误，袟是小囊，妇女所佩”，今从其说。

2 遗：读作“坠”，丢下。　褋：汗衫。

3 汀：水中平地。

4 远者：陌生人。一说指湘夫人，想作最后的努力，但这与捐袂遗褋的决绝态度不符。

5 骤得：多得。骤，屡次。袟与褋是妇女用物，湘君本想送给湘夫人。“捐袟（袂）”“遗褋”，而拔杜若给“远者”，也是一种生气的口吻。意思是说，与其送礼物给无情的亲人，还不如送芳草给不相识的“远者”。

大司命

【题解】

在古代典籍中，《周礼·大宗伯》、《礼记·祭法》、《史记·天官书》等有“司命”之称，而“大司命”则未见。于省吾引金文《齐侯壶》“嗣（辞）誓于大嗣（司）命，用璧、两壶、八鼎”，以补典籍之缺，并证明“齐人已祀‘大司命’，自不应以楚俗为限”（《泽螺居楚辞新证》）。

大司命是掌管人间寿夭的神，故本篇气氛严肃神秘。全诗描写巫女迎神的始末，与《云中君》一样，也有人神恋爱的味道。诗中有引号的几句是大司命说，其余都是巫女说。

（旧传）宋　张敦礼　九歌图·大司命

「广开兮天门，纷吾乘兮玄云[1]；
令飘风兮先驱，使涷(dōng)雨兮洒尘[2]。」

“大开天国的城门，
我驾着纷飞的乌云；
命令那旋风开道，
叫暴雨冲洗路尘。”

1　纷：多貌，形容“玄云”。　玄：黑色。
2　涷雨：《尔雅·释天》郭注：“今江东人呼夏月暴雨为涷雨。”

元　张渥　九歌图·大司命

君迴翔兮以下[1]，逾空桑兮从女[2]。
「纷总总兮九州[3]，何寿夭兮在予[4]！」
高飞兮安翔，乘清气兮御阴阳[5]；
吾与君兮齐速[6]，导帝之兮九冈[7]。

神君啊飞旋下降，
我跟你越过空桑。
“九州上芸芸众生，
生死都在我手上！”

高空里安详地飞翔，
乘清气掌握着阴阳；
我跟着你啊亦步亦趋，
把上帝的神威带到九冈。

1　君：巫女对大司命的尊称，下同。

2　空桑：神话里的山名。　女：同“汝”，指大司命。

3　总总：盛聚貌。“纷”形容“总总”之状。　九州：指九州上的人。

4　何：谁。　予：我，大司命自谓。

5　乘、御：都是驾驭的意思。　清气：天地间清明之气。　阴阳：我国古代辩证思想中两个对立的基本概念，阴代表地、柔、死……阳代表天、刚、生……“御阴阳”和下文“一阴兮一阳”，都是“寿夭予夺”的意思。

6　与：跟从。　齐速：一样快。一说读作“斋遫(sù)”，虔诚恭敬的样子，亦通。

7　导：引。　帝：上帝。　之：往。　九冈：王注“九州之山”，洪补则说冈是“山脊”。上帝是造物主，掌握人间生杀予夺的决定权。大司命是上帝这种权威的具体执行者，把大司命带到九州，就是把上帝的这种神威传到九州。这就是“导帝之兮九冈”的意思。故接下去就由大司命自我炫耀这种神威。

「灵衣兮被（pī）被（pī）[1]，玉佩兮陆离[2]；
一阴兮一阳，众莫知兮余所为。」
折疏麻兮瑶华[3]，将以遗（wèi）兮离居[4]；
老冉冉兮既极[5]，不寖（jìn）近兮愈疏[6]。

大麻

“我的神袍啊迎风飘举，
美玉佩饰啊光彩离奇；
一阴一阳啊变幻莫测，
大家不知我手中的天机。”

折一束神麻玉似的花英，
想送给这位离居的神明；
衰老已经渐渐地到来，
不接近他更将疏远感情。

麻

麻类植物的总名，古代专指大麻。桑科，一年生草本。纤维可织麻布，种子可榨油。洪兴祖《楚辞补注》：「瑶华，麻花也。其色白，故比于瑶。此花香，服食可以长寿。故以为美，将以赠远。」

1　灵衣：神灵之衣。　被被：同披披，飘动貌。
2　陆离：光彩闪耀貌。
3　疏麻：神麻。　瑶华：玉色的花。
4　遗：赠。　离居：离居的人，指大司命。大司命居于天，巫女居于地，故云。
5　冉冉：渐渐。　极：至。
6　寖近：渐渐使之亲近。寖，渐渐。

大司命　少司命

乘龙兮辚辚，高驰兮冲天[1]。
结桂枝兮延伫，羌愈思兮愁人[2]！
愁人兮奈何，愿若今兮无亏[3]；
固人命兮有当[4]，孰离合兮可为[5]？

神君驾龙啊车声辚辚，
高高驰骋啊冲向苍旻。
我手拿桂枝等了又等，
愈是想他啊愈是伤心！

光是伤心啊又有何用，
但愿康宁啊永像如今；
人生命运啊既然有定，
悲欢离合啊岂能由人？

1　“乘龙”二句：写大司命忽然回天而去。龙，指龙驾的车。辚辚，车声。
2　“结桂枝”二句：写巫女对大司命的怀恋。羌，发语词，楚方言。思，指思念大司命。
3　无亏：指身体没有亏损。
4　固：本来。　当：定规。
5　为：人为。　以上四句是失恋后的自我宽慰，也反映古人的宿命思想。

少司命

【题解】

少司命是主宰人间子嗣和儿童命运的神。本篇可分六节，首尾两节与少司命的职能有关。中间四节都是优美的情诗，看不出严密的连贯性，可能是少司命爱情传说的几个片断。

（旧传）宋 张敦礼 九歌图·少司命

秋兰兮蘼芜[1]，罗生兮堂下[2]。
绿叶兮素华[3]，芳菲菲兮袭予[4]。
夫(fú)人兮自有美子[5]，荪(sūn)何以兮愁苦[6]？

蘼芜伴着秋兰开，
缠丝牵藤满阶台；
绿叶白花相映衬，
阵阵清香扑面来。
人人都有好儿女，
您何必愁苦多挂怀？

1　蘼芜：芎䓖（xiōng qióng）幼苗的别名。《本草纲目》："嫩苗未结根为蘼芜，既结根乃为芎䓖。"芎䓖通体芬芳，秋天开花，花色洁白。参见《离骚》"江离"图。

2　罗生：生得繁密似网。

3　素：白色。　华：花。

4　袭：指香气扑鼻。　予：群巫自称。

5　夫：语词。　人：人们。　美子：美好的儿女。古代男女均可称子。

6　荪：香草名，这里用作对少司命的尊称。

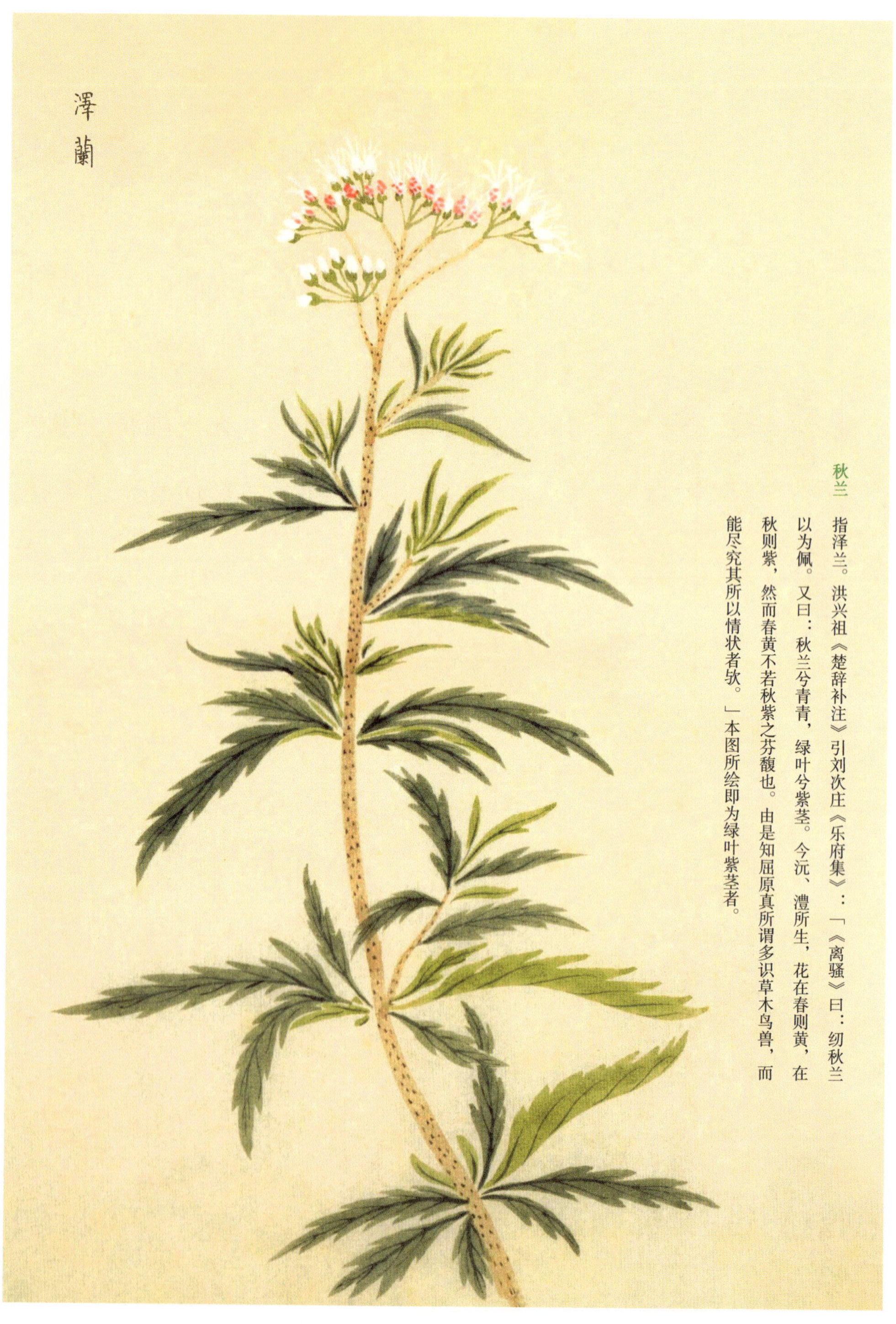

秋兰 指泽兰。洪兴祖《楚辞补注》引刘次庄《乐府集》：「《离骚》曰：纫秋兰以为佩。又曰：秋兰兮青青，绿叶兮紫茎。今沅、澧所生，花在春则黄，在秋则紫，然而春黄不若秋紫之芬馥也。由是知屈原真所谓多识草木鸟兽，而能尽究其所以情状者欤。」本图所绘即为绿叶紫茎者。

秋兰兮青（jīng）青（jīng）[1]，绿叶兮紫茎；
满堂兮美人，忽独与余兮目成[2]。

秋兰叶儿青又青，
绿叶紫茎相衬映；
济济一堂的美人儿，
只对我回眸送真情。

兰荪　菖蒲之一种。参见《湘君》「荪」图注。

1　青青：借作“菁菁”，草木茂盛貌。
2　余：少司命自称。　目成：眉目传情。

入不言兮出不辞[1]，乘回风兮载云旗[2]。
悲莫悲兮生别离，乐莫乐兮新相知。
荷衣兮蕙带，儵(shū)而来兮忽而逝[3]。
夕宿兮帝郊[4]，君谁须兮云之际[5]？

来去你都不作声，
乘风驾云上天庭。
悲不过生前翻脸断情根，
乐不过初恋时候心连心。

荷叶作衣蕙束腰，
忽来忽去像风飘。
晚上投宿在天郊，
您与谁约会在云霄？

1　入：来。　出：去。　辞：告辞。
2　“乘回风”句：以旋风为车，以云为旗。古人车上插旗。
3　儵：同“倏”，义同“忽”，快貌。
4　帝郊：上帝的城外。
5　君：对少司命的尊称。　谁须：须谁。须，等待。

与女沐兮咸池1，晞女发兮阳之阿2；
望美人兮未来，临风怳（huǎng）兮浩歌3。
孔盖兮翠旌（jīng）4，登九天兮抚彗星5；
竦（sǒng）长剑兮拥幼艾6，荪独宜兮为民正7！

想与您一同浴沐在咸池，
在旸谷晾干你的青丝；
盼望美人啊美人没来，
临风浩歌啊我惘然若失！

翠羽为旌旗，雀翎为车盖，
登上九天将彗星消弭；
手挺长剑，保护幼孩，
只有您才是百姓的主宰！

1 女：同汝。　沐：洗头。　咸池：传说中太阳沐浴的神池。

2 晞：晒。　阳之阿：未详。《淮南子》："日出于旸谷，浴于咸池。"阳之阿或即旸谷。

3 怳：同"恍"，失意貌。　浩歌：放声歌唱。

4 孔：孔雀的翎毛。　盖：车盖，圆形似伞。　翠：指翡翠的羽毛。　旌：古"旌"字，旗帜。

5 抚：朱熹注："扫除之也。"一说"抚"是抚摸、监护。　彗星：俗称扫帚星，古人认为是灾星（《尔雅》称之为"妖星"）。一说彗星是吉星。《左传》昭公十七年："彗所以除旧布新也。"

6 竦：挺耸。　幼艾：美好的儿童。艾，《孟子》注："美好也。"

7 正：主宰。

東君

【题解】

东君是太阳神。本篇可分四节：第一节是祭者设想太阳出来以后的景象；第二节描绘东君的出场；第三节写祭祀的热烈。以上三节都是群巫的合唱歌辞；第四节是扮东君的神巫独唱，用非凡的想像，淋漓酣畅的笔墨，刻画出护善惩恶、乐观豪迈的太阳神形象。

（旧传）宋　张敦礼　九歌图·东君

暾将出兮东方[1]，照吾槛兮扶桑[2]；
抚余马兮安驱，夜皎皎兮既明[3]。
驾龙辀兮乘雷[4]，载云旗兮委蛇[5]；
长太息兮将上，心低佪兮顾怀[6]。
羌声色兮娱人[7]，观者憺兮忘归[8]。

旭日将要出东方，
从扶桑照到我栏杆上；
我控着马儿慢慢走，
夜色消退露曙光。

驾龙车，声如雷，
云旗舒卷车上缀；
一声长叹将上天，
牵肠挂肚头儿回。
车声旗色令人醉，
观者入迷不思归。

1　暾：初出的太阳。

2　吾：祭者自称。　槛：栏杆。　兮：有“于”字的作用，说阳光将于扶桑那边照到我家栏杆。　扶桑：东方神树，日栖其上。

3　皎皎：同“皎皎”，光明貌。

4　辀：车辕，此指车。　雷：谓车声如雷。一说用雷作车轮，亦通。

5　委蛇：即逶迤，舒卷蜿蜒的样子。

6　心低佪：依恋不舍。低佪，徘徊不进。　顾怀：怀恋。顾，回头。

7　声色：指东君的车声旗色。

8　憺：安然不动，这里有入迷的意思。

扶桑

扶桑 神话中的树名，亦是著名观赏植物名。叶卵形，花冠大型，有红、白等色。多栽于我国南方。全年开花，李时珍《本草纲目》：「扶桑产南方，乃木槿别种。其枝柯柔弱，叶深绿，微涩如桑。其花有红黄白三色，红者尤贵，呼为朱槿。」

絙(gēng)瑟兮交鼓[1]，箫钟兮瑶簴(jù)[2]；

鸣䶵(chí)兮吹竽[3]，思灵保兮贤姱[4]；

翾(xuān)飞兮翠曾[5]，展诗兮会舞[6]；

应律兮合节，灵之来兮蔽日[7]。

紧弦密鼓相对敲，

撞钟撞得钟架摇；

横笛大笙声相和，

巫女贤德又美貌；

身姿翩翩像翠鸟，

边唱歌来边舞蹈；

歌舞合律节奏齐，

群神拥着东君到。

1　絙：绷紧弦线。　交鼓：相对击鼓。

2　箫：当作“㩋”(xiāo)，敲。　瑶：当作“摇”。　簴：挂钟的架。

3　䶵：同“篪”，与竽同是竹制的吹奏乐器，形如笛，有八孔。　竽：形如笙而略大。

4　思：发语词，带有赞叹语气。　灵保：指巫女。

5　翾：鸟儿小飞的姿态。　翠：翠鸟。　曾：读作“䎖”(zēng)，飞。

6　展诗：此指演唱诗篇。　会舞：合舞。

7　灵：指东君的随从诸神。　蔽日：形容众多。

东君

青云衣兮白霓裳，举长矢兮射天狼[1]；
操余弧兮反沦降[2]，援北斗兮酌(zhuó)桂浆[3]；
撰余辔(pèi)兮高驰翔[4]，杳冥冥兮以东行[5]。

青云上衣白霓裳，
架起长箭射天狼；
收拾大弓往西降，
高举北斗痛饮桂酒浆；
抓紧缰绳腾空跑，
乘夜摸黑回东方。

1　矢：箭。这里是星名。　天狼：恶星名。

2　弧：木弓，这里也是星名。　反：同“返”。　沦降：指降落西方。

3　援：举。　北斗：星名，这里象征酒斗。

4　撰：抓住。　辔：马缰绳。

5　杳：深远貌。　冥冥：黑暗。　东行：古人认为，太阳白天西行，夜里又要在大地背面赶回东方。本诗最后六句写太阳下山、群星毕现的情景。矢、天狼、弧、北斗，都是星名。全诗写了一天的始末。

河伯

【题解】

“河伯”是黄河之神，殷周以来都列入天子祀典，称河神。“河伯”之名，始见于战国（《庄子·秋水篇》）。

传说中的黄河神是个风流神仙，洛水女神宓妃是他的妻子。本篇从头到尾都在写河伯的恋爱游乐。男巫扮河伯，女巫迎神。或说本篇的“女”、“美人”、“子”均指洛神。

（旧传）宋 张敦礼 九歌图·河伯

与女游兮九河[1]，冲风起兮横波[2]；
乘水车兮荷盖[3]，驾两龙兮骖（cān）螭（chī）[4]。
登昆仑兮四望，心飞扬兮浩荡[5]；
日将暮兮怅忘归[6]，惟极浦兮寤怀[7]。

与你同去九河游，
暴风骤起洪波陡；
乘上水车荷作盖，
四条飞龙驾前头。

登上昆仑望四方，
快心荡意喜洋洋；
日暮留恋忘归家，
蓦然警醒怀水乡。

1　九河：传说禹治黄河时开了九条河道，此泛指黄河众支流。

2　冲风：暴风。

3　水车：以水为车。　荷盖：以荷叶为车盖，古代车盖圆形，似伞。

4　“驾两龙”句：这句是说：两条有角的龙驾在中间，两条无角的龙驾在两旁。骖，古代一辆车套四匹马，中间的两匹马叫“服”，两旁的两匹叫“骖”。这里作动词用，驾在两旁。螭，无角的蛟龙

5　浩荡：水大貌，这里形容心情开朗。

6　怅：当作“憺”（dàn），迷恋。意同《东君》“憺兮忘归”。

7　惟：思念。　极浦：遥远的水边。　寤怀：从对昆仑的迷恋中警醒过来，怀念起遥远的水乡。寤，醒。

河伯

鱼鳞屋兮龙堂[1]，紫贝阙兮朱宫[2]，
灵何为兮水中[3]？乘白鼋兮逐文鱼[4]，
与女游兮河之渚，流澌纷兮将来下[5]。
与子交手兮东行，送美人兮南浦[6]；
波滔滔兮来迎，鱼隣隣兮媵（yìng）予[7]。

鱼鳞屋瓦壁画龙，
紫贝阙门珍珠宫，
神君为何住水中？
骑着白鼋把文鱼追，
同游沙洲两相会，
冰融纷纷随流水。

与您携手同向东，
南浦渡口把您送；
前波后浪来欢迎，
鱼群列队相陪从。

1 龙堂：壁上画龙的厅堂。

2 阙：王宫前面两边高耸的望台。 朱：读作“珠”，一本即作“珠”，珠宫与贝阙对文。一说“朱”即红色，与“紫”对文。

3 灵：对河伯的尊称。

4 鼋：一种大鳖，色青黄。“白鼋”疑是神话中的怪异大鳖。 文鱼：王注为鲤鱼。《山海经·中山经》：“睢水东注江，其中多文鱼。”注：“有斑采也。”文鱼与白鼋一样，应该都是古代传说中的神异水族。

5 流澌：融解的冰块。一说即流水。 将：随同。

6 子、美人：都是河伯对巫女或洛神的美称。

7 隣隣：一作“鳞鳞”，连贯衔接，很有次序的样子。 媵：古代陪嫁的女子，此作动词用，伴送。 予：我，这里是单数作多数用，犹今咱们。

山鬼

【题解】

山鬼即山神，或说就是楚襄王所梦的巫山神女。

诗分三部分。开头八句用第三人称介绍山鬼的性情外貌，和乘车赴约的情景。中间十二句是主体，由山鬼自述到达目的地不见情人以后的种种心情，其缠绵悱恻，写得一波三折，愈折愈深。先是责怪自己迟到，后来埋怨对方失信，但又马上替他辩解，更见其爱笃情深。第三部分八句恢复第三人称的写法，用

背景的凄厉，渲染山鬼的内心痛苦，也写得入木三分。

唐人沈亚之《屈原外传》说：屈原写《山鬼》写到完篇时，“四山忽啾啾若啼啸，声闻十里外，草木莫不萎死”。这一神话传说，说明《山鬼》的艺术魅力对古代读者曾产生何等影响！

（旧传）宋 张敦礼 九歌图·山鬼

若有人兮山之阿(ē)[1]，被(pī)薜荔兮带女罗[2]；
既含睇(dì)兮又宜笑[3]，子慕予兮善窈(yǎo)窕(tiǎo)[4]。
乘赤豹兮从文狸[5]，辛夷车兮结桂旗；
被石兰兮带杜衡[6]，折芳馨兮遗(wèi)所思[7]。

松蘿

女罗 即松萝。地衣门植物，灰白或灰绿色。基部多附着在松树或别的树的树皮上，成丝状下垂。可入药，有祛寒退热的作用。

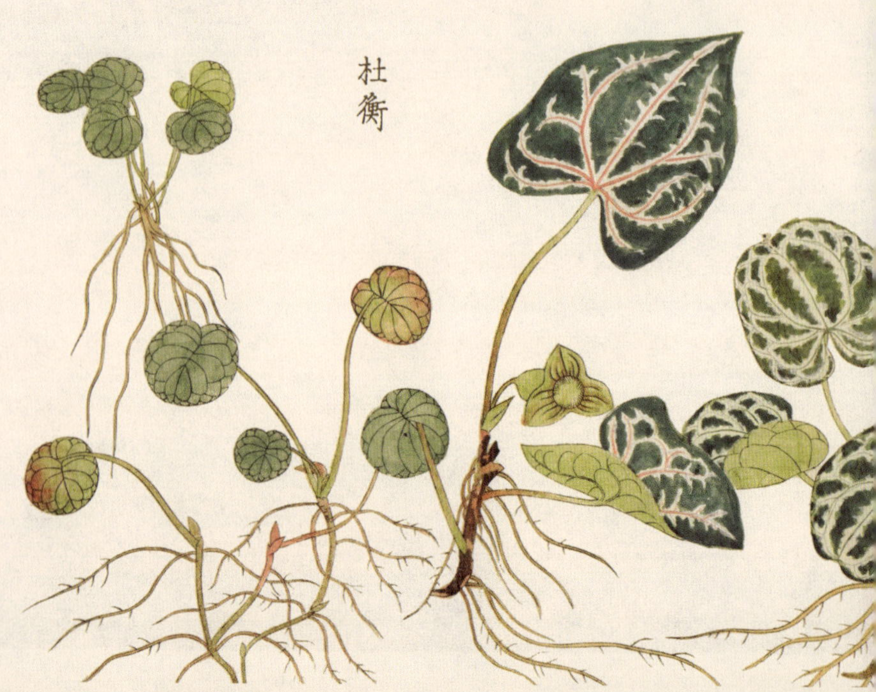

杜衡 俗名马蹄香。参见《湘夫人》「杜衡」图注。

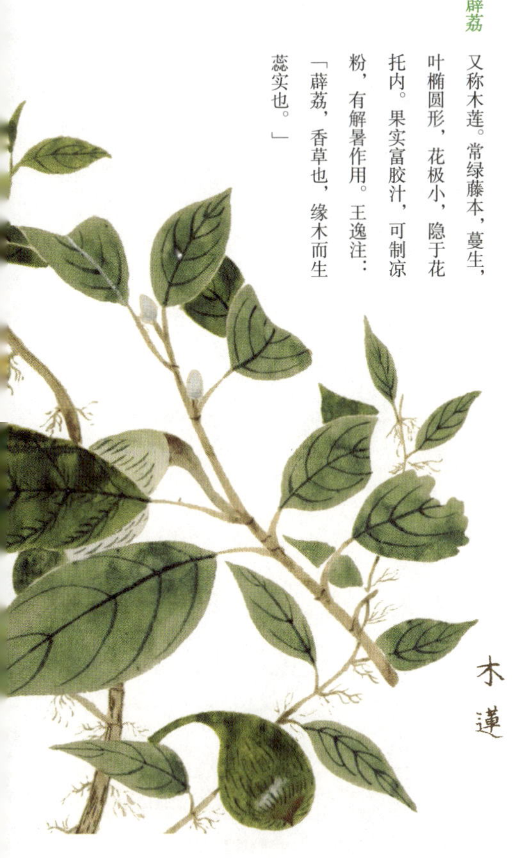

薜荔 又称木莲。常绿藤本，蔓生，叶椭圆形，花极小，隐于花托内。果实富胶汁，可制凉粉，有解暑作用。王逸注：「薜荔，香草也，缘木而生蕊实也。」

有个人儿啊在那山坳，
薜荔披身啊菟丝束腰；
含情微盼啊嫣然一笑，
温柔可爱啊形貌美好。

赤豹拉车啊文狸紧跟，
车扎辛夷啊桂旗如云；
石兰盖顶啊杜衡作带，
折枝香花啊送给情人。

1 若：发语词。 兮：在句法结构上具有“于”字的作用。 阿：曲隅处。山之阿，山凹。

2 被：同“披”。 带：腰带。此作动词用。 女罗：又名菟丝，是一种缘物而长的蔓生植物。

3 含睇：含情微盼。睇，微盼，楚方言。《说文》：“目小视也，南楚谓眄曰睇。” 宜笑：笑得自然得体。

4 子慕予：温柔可爱。子，借作“慈”。“慈”是后起字，甲文、金文无“慈”字，都以“子”、“字”为“慈”。慕，义同“慈”，爱。予，同“舒”。 善：善于。 窈窕：美好的姿态。

5 乘：驾车。 文：花纹。 狸：野猫。

6 被石兰：石兰做车盖。石兰，即山兰，是兰草的一种。 带杜衡：杜衡作车上的飘带。杜衡，俗名马蹄香。

7 遗：赠。 所思：所爱的人。

山鬼

余处幽篁兮终不见天[1]，路险难兮独后来[2]。
表独立兮山之上[3]，云容容兮而在下[4]。

竹林深暗啊看不见天，
路途艰险啊来得太晚。
孤孤零零啊站在山巅，
脚下云海啊茫茫一片。

1　篁：竹。　终不见天：整日看不到天空。
2　后来：迟到。
3　表：突出。这句说：独个儿站在山上突出的地方，盼望情人。
4　容容：通“溶溶”，大水流动的样子，此指云。

杳冥冥兮羌昼晦[1]，东风飘兮神灵雨[2]。
留灵修兮憺(dàn)忘归[3]，岁既晏兮孰华予[4]！
采三秀兮於山间[5]，石磊磊兮葛(gé)蔓蔓。
怨公子兮怅忘归，君思我兮不得闲。

葛
多年生草本植物。茎蔓生。块根含淀粉，供食用，亦可入药，能发汗解热。茎皮可制葛布。

1 杳：深远。 冥冥：黑暗。 羌：语助词，楚方言。 昼晦：白天昏暗。

2 神灵雨：雨神在降雨。

3 留灵修：为灵修而留。"灵修"是山鬼对情人的尊称。 憺：安心，安然。这里是入迷的意思。

4 岁既晏：年已老。晏，晚。 孰华予：谁能使我再像花一样鲜美。孰，谁。华，同"花"，此作动词用。

5 三秀：芝草，一年开花结穗三次，故名。《山海经·中山经》说"服之媚于人"，吃了可以赢得别人的喜爱。"采三秀"直承上句的"孰华予"，目的当在此。 兮於山：郭沫若认为此"兮"字在句中有"於"字的作用，"於山"即巫山，於、巫古可同音假借。可备一说。

白天阴暗啊如同夜间，
东风扑面啊带着雨点。
痴心等你啊不思回归，
红颜凋谢啊怎再鲜妍！

采摘灵芝啊在那山间，
山石磊磊啊葛藤蔓延。
心怨公子啊不该忘返，
莫非恋我啊不得空闲。

三秀

灵芝草的别名。灵芝，菌类植物，生枯木上，有青、赤、黄、白、黑、紫等色。古以为瑞草，服之可以成仙，故名灵芝。一年开花三次，故又称三秀。

靈芝

山中人兮芳杜若[1]，饮石泉兮荫松柏；
（□□□兮□□□：）君思我兮然疑作[2]。
雷填填兮雨冥冥[3]，猨(yuán)啾啾兮狖(yòu)夜鸣[4]；
风飒飒兮木萧萧，思公子兮徒离忧[5]！

栢

柏

常绿乔木或灌木。叶小，鳞片形。果实卵形或圆球形。性耐寒，经冬不凋。木质坚硬，纹理致密，可供建筑、造船等用。

1 芳杜若：像杜若一样芬芳可爱。

2 "君思"句：费解，可能有错字。闻一多《楚辞校补》："案本篇例，于韵三字相叶者，于文当有四句，此处若、柏、作三字相叶，而文只三句，当是此句上脱去一句。《礼魂》'姱女倡兮容与'上亦有脱句，例与此同。"闻说甚是，译文臆补一句。

3 填填：雷声。　雨冥冥：因下雨而天色昏暗。

4 猨：同"猿"。　啾啾：猿声。　狖：黑色的长尾猿。

5 徒：徒然，白白地。　离：借作"罹"(lí)，遭受。

山中人儿啊芳草一般，
松柏庇荫啊饮着山泉；
（心念公子啊暗自沉吟：）
是否想我啊信疑参半。

雷声隆隆啊雨色昏黄，
猿猴夜啼啊声声断肠；
风声飒飒啊树木萧萧，
思念公子啊空自悲伤！

松

木名。松科植物的总称。常绿或落叶乔木，少数为灌木。树皮多为鳞片状，叶子针形，球果。材用很广，种子可食用、榨油，松脂可提取松香、松节油。

國殤

【题解】

《小尔雅》：“无主之鬼谓之殇（shāng）。”国殇，王逸注：“谓死于国事者。”本篇哀悼为国阵亡的将士，是《九歌》里风格特殊的祭诗。其他各篇都很纤丽，这篇十分壮美。如果《九歌》是爱国祀典的祭词，本篇应该是它的主题歌。马其昶《屈赋微》：“怀王怒而攻秦，大败于丹阳，斩甲士八万。乃悉国兵复袭秦，战于蓝田，又大败。兹祀国殇，且祝其魂魄为鬼雄，亦欲其助却秦军也。”此可备一说。

全诗十八句，可分为两大部分。前十句写战斗，头四句就写出了一幕白热化的战斗场面。接着描写阵地被敌人冲入以后的战况，表现了将士们破釜沉舟、誓死不屈的伟大精神。后八句对死者的赞颂，选择了几个富有特征意义的具体形象，既慷慨激昂，又不流于概念化。《国殇》是我国古代最杰出的爱国战歌之一，是屈原爱国情操的典范之作。

（旧传）宋 张敦礼 九歌图·国殇

操吴戈兮被（pī）犀（xī）甲[1]，车错毂（gǔ）兮短兵接[2]。
旌蔽日兮敌若云，矢交坠兮士争先。
凌余阵兮躐（liè）余行[3]，左骖殪（yì）兮右刃伤[4]。
霾（mái）两轮兮絷（zhí）四马[5]，援玉枹（fú）兮击鸣鼓[6]。

手举锋利的吴戈，身穿坚韧的犀甲；
敌我战车相碰撞，拔刀劈面厮杀。
战旗遮住了阳光，敌人好似黑云压；
箭镞相射碰落地，勇士争先杀伐。
敌人闯进我阵地，队列冲乱遭践踏；
战车左马已阵亡，右马受伤挣扎。
索性埋掉那车轮，拴住那四匹战马；
挥动发亮的鼓槌，阵阵鼓声迸发。

1　吴戈：戈是一种尖端有钩的长武器，《说文》称“平头戟”。吴是古国名，都城在今苏州。春秋时，吴国冶炼技术较高，所产武器锋利精良。战国时，原吴国领土属楚国所有。这里的“吴戈”泛指锋利的武器。　犀甲：犀牛皮制的铠甲，此泛指坚韧的铠甲。

2　错：交错。　毂：轮轴，这里代表整个车轮。　短兵接：指近战。短兵，短武器。

3　躐：践踏。　行：行列。

4　左骖：驾在左边的骖马。古代一车驾四马，中间的两匹称服，外边的两匹称骖。　殪：死。　右刃伤：驾在右边的骖马受了刀伤。一说“刃”是“㞋”（古服字）的误字，右边的服马受伤。右服与左骖互文，亦可通。

5　霾：当作“薶”，字同“埋”。　絷：绊。把车轮埋进土中，把马绊住不用，这就断绝了退路，只能与敌人作决死的拼搏。此即《孙子·九地》所说“方马埋轮”战术。

6　援：拿。　玉：美称。　枹：同“桴”，鼓槌。

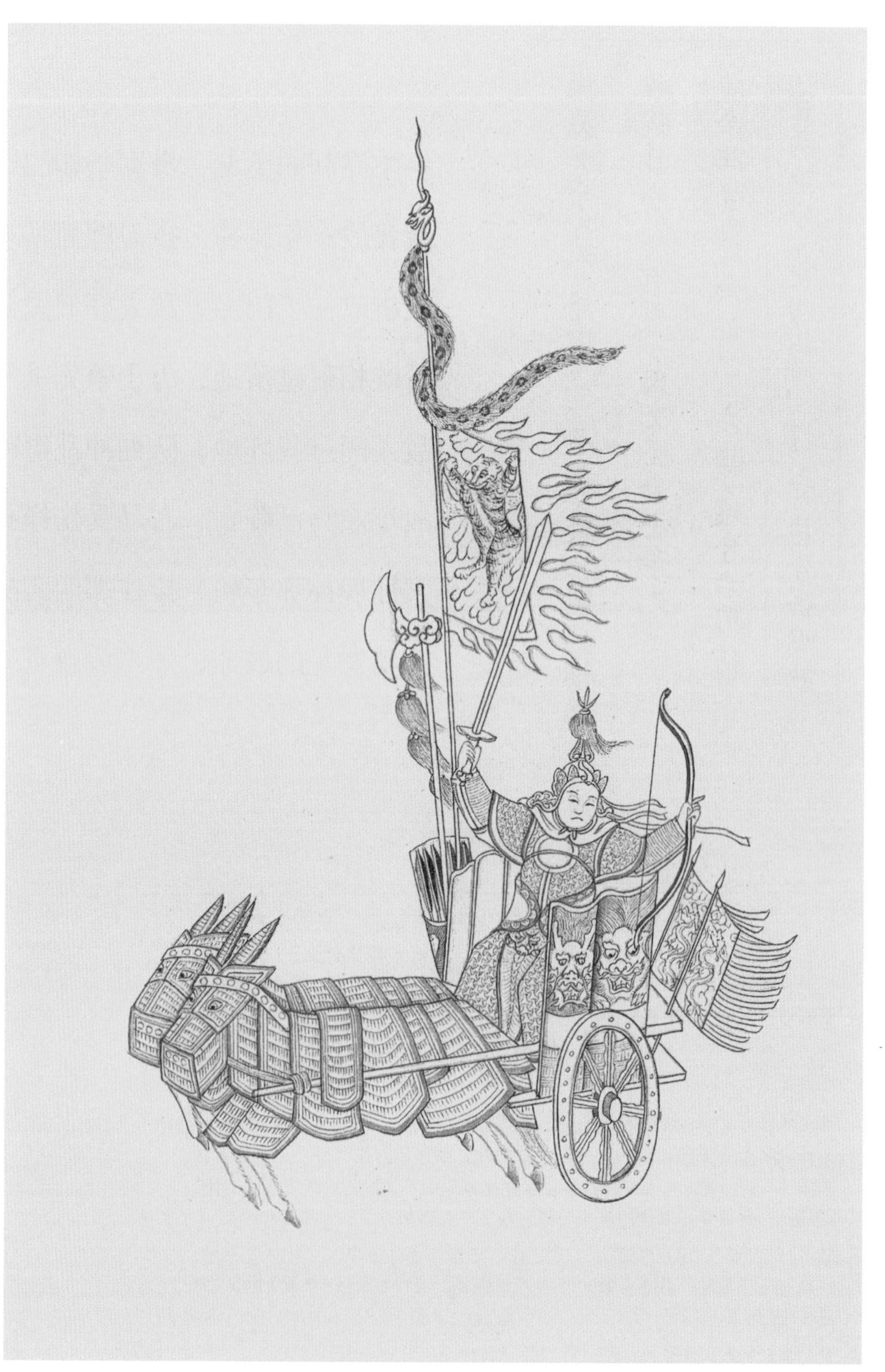

国殇

天时坠兮威灵怒[1]，严杀尽兮弃原野[2]。
出不入兮往不反，平原忽兮路超远。
带长剑兮挟秦弓[3]，首虽离兮心不惩[4]。
诚既勇兮又以武[5]，终刚强兮不可凌[6]。
身既死兮神以灵[7]，魂魄毅兮为鬼雄[8]！

苍穹啊快要坍塌，鬼神啊竖起怒发；
战士们全部阵亡，原野开遍血花！
壮士出征不旋踵，江水滚滚永向东；
原野风尘雾迷漫，道路无尽无穷！
他们还佩着长剑，胳膊下挟着大弓；
身首虽然已分离，壮心依然鲜红！
精神是多么英勇，武力是盖世出众！
刚强坚毅直如弦，不受凌辱侮弄。
肉体虽然已死亡，浩气却长留太空；
英魂毅魄永不灭，虽死犹为鬼雄！

1　天时：天象。　坠：一作“怼”（duì），怨、恨。也可通。
2　严：严酷。
3　秦弓：秦国制造的弓。这里泛指良弓。
4　惩：戒惧、悔恨。《离骚》：“岂余心之可惩。”
5　诚：诚然。　勇、武：古代勇武有别，勇是精神英勇，武是富有武力。或说武指精神，勇指力气。
6　终：到头。
7　神：指烈士的精神。　灵：显赫，形容“神”。
8　魂魄：古人认为“神”包括“魂”和“魄”两个方面。《淮南子·说山训》“魄问于魂”注：“魄，人阴神也；魂，人阳神也。”

禮魂

【题解】

本篇是礼成送神之辞，是祭典的最后一个节目。

（旧传）宋　张敦礼　九歌图·礼魂

成礼兮会鼓，传芭兮代舞[1]；
（□□兮□□，）姱女倡兮容与[2]。
春兰兮秋菊，长无绝兮终古！

祭礼完成齐击鼓，
传递鲜花轮番舞；
（笙竽伴着编钟奏，）
美人歌声好安舒。
春日兰花秋日菊，
永不凋谢垂千古！

1 芭：同“葩”，初开的花。 代舞：轮番跳舞。
2 倡：同“唱”。 容与：从容。 按押韵规则，这句前疑脱落一句，今译臆补之。

礼魂

天問

曰遂古之初誰傳道之上下未形何由考
瞢闇誰能極之馮翼維像何以識之明明
時何為陰陽三合何本何化圜則九重孰
惟茲何功孰初作之斡維焉繫天極焉加
當東南何虧九天之際安放安屬隅隈多
其數天何所沓十二焉分日月安屬列星
自湯谷次於蒙汜自明及晦所行幾里夜
死則又育厥利維何而顧菟在腹

《天问》是我国古典诗坛上的一朵奇花。诗从天地未形的远古，写到楚国的现状；先问天文地理，再问历史传说，由远及近，一口气提出一百七十多个问题。鲁迅赞叹它道："怀疑自遂古之初，直至百物之琐末，放言无惮，为前人所不敢言。"（《摩罗诗力说》）

《天问》是我国古代重要的神话宝库，保存了大量的古代神话。《天问》的很大部分写历史上兴亡大事，这部分充分表现了屈原的进步思想。

像《天问》这样的内容，实在不容易入诗，屈原却赋予它们诗的形象、诗的感情、诗的格律；而在想象的丰富、形式的奇特、语言的洗炼方面，更有突出的成就。

《天问》是了解屈原的重要资料。它不但能使我们进一步认识屈原的民本思想与艺术才华，而且证实了屈原确是一位"博闻强志"的大学问家。

《天问》的形式在二千多年的古典诗史上是独一无二的，但从西南少数民族的古老叙事民歌里，可以发现《天问》的艺术血统。苗族、白族、彝族至今仍有多部史诗流传于世，采取问答形式。它们从内容到形式都与《天问》有相似之处。屈原创作《天问》，显然借鉴了南方的民间古歌，至少是从那里得到了启发。《天问》与《九歌》、《招魂》一样，植根于楚国民间文化的沃土。

《天问》素以难懂著称，近代学者为训释《天问》付出了大量劳动，笔者广泛吸取他们的成果，一般都注明出处，唯对闻一多《天问疏证》等，采纳其精义特多，恕不一一注明。

阴阳三合　何本何化
天何所沓　十二焉分

曰遂古之初1，谁传道之？
上下未形，何由考之？
冥昭瞢(méng)闇(àn)2，谁能极之3？
冯(píng)翼惟象4，何以识之？
明明闇闇，惟时何为5？
阴阳三合，何本何化6？

请问那远古的初态，
是谁传告给后代？
天地还没有形成，
凭什么考证出来？

黑沉沉日夜未分，
谁能够穷尽钩沉？
无形而运动的大气，
要怎样才能辨认？

昼与夜终于分明，
这又是怎样的过程？
阴气与阳气渗合变化，
何为本原何为化生？

1 遂：通“邃”，远。

2 冥：暗，指黑夜。 昭：明，指白昼。 瞢闇：都是昏暗的意思，瞢闇连文，是极言其暗。

3 极：穷究。

4 冯翼：大气运动的状态。古代传说，未有天地之时，宇宙间只有大气在运动。例如《淮南子·天文篇》：“天地未形，冯冯翼翼。”《广雅·释训》：“冯冯翼翼，元气也。” 惟：语助词。 象：只可想象得之，而无实形可见。古代“形”、“象”有别，形实象虚。《韩非子·解老篇》：“人希见生象也，而案其图以想其生，故诸人之所以意想者，皆谓之象也。”《韩诗外传》卷八“未见凤凰，惟思凤象”，《老子》“无形之象”、“大象无形”，《淮南子·精神训》“惟象无形”，都有这个意思。“想象”、“意象”诸词即由此义派生。

5 惟：发语词。 时：古同“是”，即今“这”。

6 “阴阳三合”二句：我国古代的朴素辩证思想，认为宇宙万物的生长，都由于阴气与阳气这两个对立物渗合统一的结果。又说阴阳渗合是由阳者吐气，阴者含气；吐气称“施”，含气称“化”；施出者为本，化即化育、化生。三，同“参”，渗合。或说“三”指阴、阳、天。如《春秋穀梁传》庄公三年：“独阴不生，独阳不生，独天不生，三合然后生。”

圜（yuán）则九重[1]，孰营度之[2]？
惟兹何功[3]，孰初作之？
斡维焉系[4]？天极焉加（jià）[5]？
八柱何当[6]？东南何亏[7]？
九天之际[8]，安放安属（zhǔ）[9]？
隅（yǔ）隈（wēi）多有[10]，谁知其数？

浑圆的天盖共有九层，
谁绕着天边度量尺寸？
这工程多么巨大，
当初造它的又是何人？

斗柄与绳子怎样缚系？
天盖的脊梁怎样架起？
八根柱子又怎样支撑？
东南的地势为什么偏低？

天体的九野之间，
怎么样衔接相连？
曲折的角隅很多，
其数字谁能计算？

1 圜：同“圆”，指天。 则：语助词。

2 营：通“萦”，环绕。 度：计量。

3 惟：发语词。 兹：此。 何：赞叹词。

4 斡：构成北斗斗柄的三颗星。 维：斗柄后面的三颗星。维的本义是绳，古人认为三颗维星构成一根系斗柄于天极的绳子。

5 天极：星名，构成天顶，故名。极，屋梁，引申为顶义。加：读作“架”。

6 八柱：古说有八山擎天，一说有八柱托地。 当：承。

7 亏：缺损。

8 九天：这里指天的中央和八方。《吕氏春秋·有始篇》和《淮南子·天文训》都说：天有九野，中央曰钧天，东方曰苍天，东北曰变天，北方曰玄天，西北曰幽天，西方曰颢（hào）天，西南曰朱天，南方曰炎天，东南曰阳天。别有数家命名稍有异。 际：间，指九野之间。

9 放：《广雅·释诂四》：“依也。” 属：连接。

10 隅：角落。 隈：弯曲处。《淮南子·天文训》：“天有九野，九千九百九十九隅。”

天何所沓[1]？十二焉分[2]？
日月安属？列星安陈[3]？
出自汤(yáng)谷，次于蒙汜(sì)[4]；
自明及晦，所行几里？
夜光何德，死则又育[5]？
厥利维何，而顾菟在腹[6]？

天与地在哪里会合？
十二辰是怎样划分？
日月怎样安装？
星星又怎样铺陈？

太阳出发于旸谷，
到蒙水河边栖宿；
从天亮直到黄昏，
走了多少里路？

月亮得到了什么神术，
每个月都能够死而复苏？
究竟有什么好处呵，
肚子里养一只蟾蜍？

1　沓：王逸注："合也，言天与地合会。"

2　十二：王注："十二辰。"岁星（木星）运行，大约十二年一周天，古代天文家定一年为一辰，分别用子、丑、寅、卯、辰、巳、午、未、申、酉、戌、亥代表之，称十二辰。后来十二辰变成黄道带（即日月五星运行的路线）的十二等分，叫做十二次，每次有若干星官作为标志。

3　属：附着。　陈：陈列。

4　"出自"二句：《淮南子·天文训》："日出于旸谷"，"沦于蒙谷。"汤谷，一作"旸谷"，"汤""旸"古通。次，停宿。蒙，神话中的水名。汜，水边。

5　"夜光"二句：《孙子·虚实篇》："月有生死。"《释名·释天》："朔，苏也，月死复苏生也。"夜光，月的别名。德，通"得"（从闻一多说）。则，而。育，生。"死"、"育"指月的亏、盈。

6　"厥利"二句：厥，其，指"夜光"。惟，语词。顾菟，指月中的阴影。旧说"菟"即兔字，但"顾"字费解，众说不一。闻一多《天问释天》列举十一条理由，论证"顾菟当即蟾蜍之异名"。我国古代关于月中阴影的神话，有蟾蜍与兔二说，蟾蜍之说较早。汉言蟾蜍始于《淮南子》，兼言蟾蜍与兔者莫早于刘向《五经通义》，单言兔者莫早于诸纬书。蜍与兔古音近，兔之说是以音似而后生。闻说甚辩，可从。

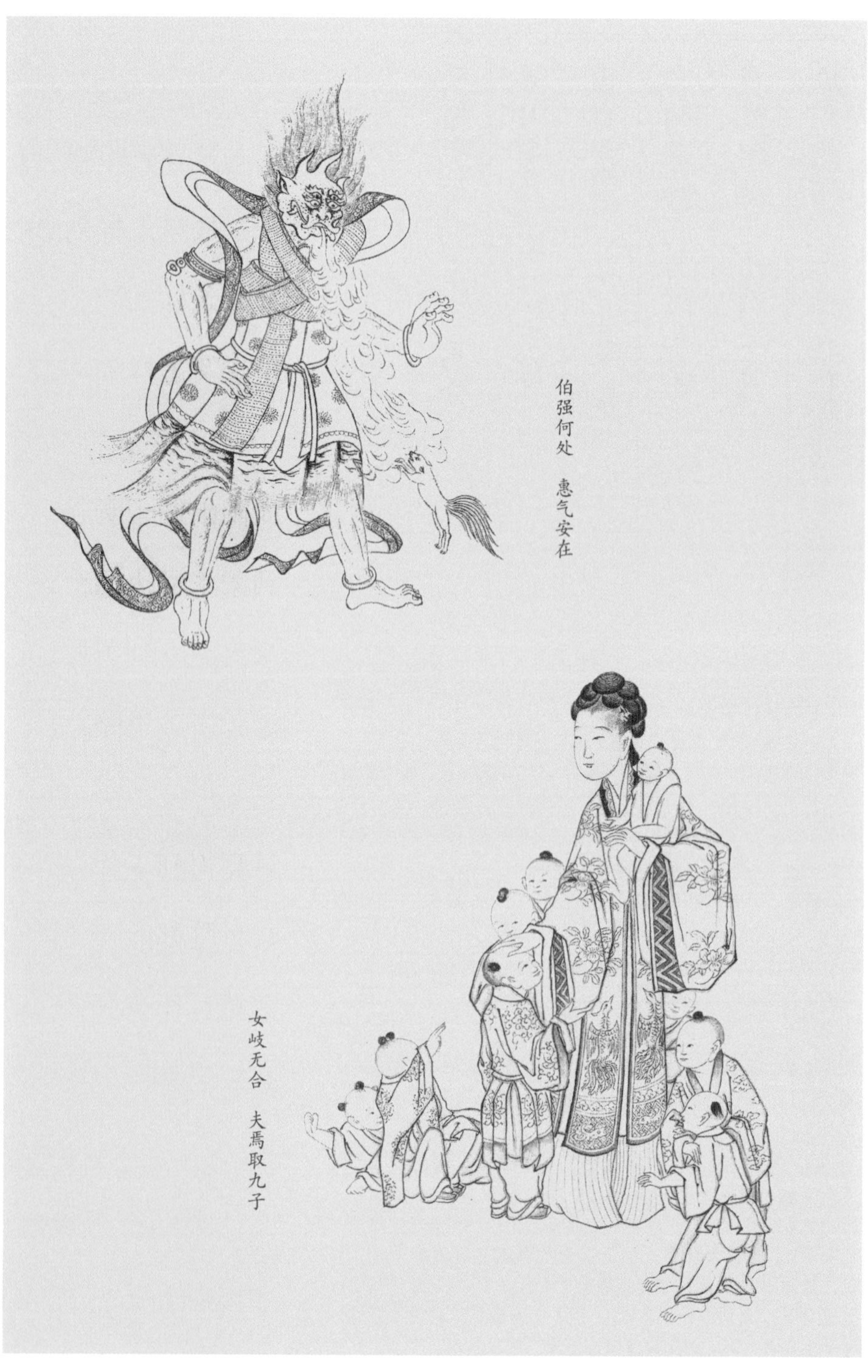
伯强何处 惠气安在
女岐无合 夫焉取九子

女岐无合，夫焉取九子[1]？

伯强何处[2]？惠气安在[3]？

女岐还未曾婚配，

怎么有九个小孩？

伯强他住在何处？

寒风从哪里吹来？

1 “女岐”二句：女岐，王注：“神女，无夫而生九子也。”故亦名九子母。合，婚合。夫，发语词。取，得。《汉书·成帝纪》“甲观画堂”注引应劭曰：“画堂画九子母，或云即女岐也。”据此可知，西汉时尚有女岐生九子的壁画。

2 伯强：亦名禺强、隅强，北方的一位风神。《淮南子·地形训》：“隅强，不周风之所生也。”《山海经》的《海外北经》和《大荒北经》都说禺强“人面鸟身”，甲骨文中风字用“凤”字代，“鸟身”符合风神的特点。

3 惠气：寒风，即伯强所生之风。惠有寒义，《庄子·逍遥游》司马注：“惠蛄，寒蝉也。”《释名·释采帛》：“齐人谓凉为惠。”气，风。“女岐”与“伯强”又都是星名。《史记·天官书》：“尾有九子。”女岐是尾星名，尾星又称九子星，有九颗。附近有箕星四颗，管风。《汉书·天文志》：“箕星为风。”闻一多《天问释天》说：“上言女岐，指尾星；则下言伯强似当指箕星。”

角宿未旦　曜灵安藏

何阖(hé)而晦[1]？何开而明？

角宿(xiù)未旦[2]，曜灵安藏[3]？

什么门一关天就暗？
什么门一开天就亮？
天门未开的时候，
太阳在何处躲藏？

以上是《天问》的第一部分，都写天象。先写鸿蒙未开，再写建立天盖，最后写日月星宿。秩序井然。

1 阖：关闭。

2 角宿：星名，有两颗，传说这两颗星之间就是天门。 旦：明，指天亮。

3 曜灵：对太阳的尊称。

鸱龟曳衔　鲧何听焉

不任汩(gǔ)鸿[1]，师何以尚之[2]？
佥(qiān)曰何忧[3]，何不课而行之[4]？
鸱(chī)龟曳(yì)衔[5]，鲧(gǔn)何听焉？
顺欲成功[6]，帝何刑焉[7]？

鲧治洪水不成功，
大家为什么推崇？
都说何必担忧，
怎不先试后用？

那鸱龟一个个牵引相衔，
鲧为何就听任它们去办？
不过总还想治平洪水，
上帝为什么把死刑来判？

1　任：胜任。　汩：治水。　鸿：借作“洪”。

2　师：众人。　尚：推举。

3　佥：都。

4　课：试。　行：用。《周礼·夏官》司爟“掌行火之政令”，注：“行犹用也。”

5　鸱：猫头鹰一类的鸟。鸱龟，旧说指鸱、龟二物，蒋骥、游国恩、闻一多等认为鸱龟是一物，即《山海经·中山经》所说“旋龟，其状鸟首而鳖尾”者。　曳：洪兴祖《楚辞补注》：“牵也，引也。”　衔：相衔接。

6　顺欲：顺从愿望。鲧这样做也是为了治平洪水，顺从众人的愿望。一说欲是“将”的意思。顺欲成功，犹言将要成功。

7　帝：上帝。谁处死鲧，古书有三说。《墨子》、《山海经》都说是上帝；《左传》、《尚书·尧典》都说是尧；《孟子·万章上》、《吕氏春秋·行论篇》则说是舜。《天问》这部分写的是神话，不是历史；《天问》的神话部分与《山海经》最接近，观点不同于儒家。故此“帝”字从《山海经》译作“上帝”。　刑：极刑。

永遏在羽山[1]，夫何三年不施[2]？
伯禹腹鲧[3]，夫何以变化？

尸体长久地抛弃在羽山，
怎能过三年还不腐烂？
肚里还孕出个伯禹，
怎会有这样的变幻？

1 永遏：长久弃绝。遏，绝。 羽山：神山名，传说在东边海滨，鲧死于此。

2 施：通“弛”。《说文》：“弛，弓解也。”这里是毁坏的意思。“不弛”指鲧尸不烂。

3 腹：一本作“愎”。《广雅·释诂一》：“腹，生也。”言禹直接从鲧尸的腹部生出来。《山海经·海内经》：“帝令祝融杀鲧于羽山之郊，鲧復(腹)生禹。”《初学记》：“鲧殛死，三岁不腐，副(剖)之以吴刀，是用(以)出禹。”一说指禹在鲧的怀抱中长大。

纂就前绪[1]，遂成考功[2]。

何续初继业，而厥谋不同[3]？

伯禹承遗志继续治水，

结果代亡父取得成功。

为什么做的是相同的工作，

父子俩采取的方法不同？

1 纂就：继续。 前绪：前业。

2 考：父死称“考”。

3 谋：指治水的方法。传说鲧用筑堤堵塞的消极方法，禹用疏通九河的积极方法。下面对比两人不同的方法及其不同的后果。

应龙何画　河海何历

洪泉极深，何以窴[1]（tián）之？
地方九则[2]，何以坟之[3]？
（□□□□，□□□□？）
应龙何画？河海何历[4]？

洪水的渊源深得没底，
填塞它要花多少力气？
广漠的大地共有九州，
鲧能有多少息壤筑堤？

（禹用有翼的应龙，
怎么把江海沟通？）
应龙怎样用尾巴画地？
河水怎样向大海流动？

1 窴：同“填”。

2 方：音义同“旁”，广大。 则：当从一本作“州”。

3 坟：堤。此作动词用，筑堤。传说鲧盗息壤以筑堤。“息”是生长的意思，息壤是一种会自行增殖的神泥。

4 “应龙”二句：原作“河海应龙，何尽何历”，今据洪兴祖《楚辞补注》所引另本，及朱熹集注本改。“历”字失韵，疑这两句前或后脱二句。故译文改为四句。应龙，有翼的龙。传说禹治水时，有应龙以尾巴画地，成为江河，导水入海。历，经过，指水通过。

康回冯怒　地何故以东南倾

鲧何所营？禹何所成？

康回冯(píng)怒，地何故以东南倾[1]？

鲧经营了哪些事情？

禹成就了哪些事情？

共工氏盛怒之下，

大地怎就向东南斜倾？

1　康回：王注："共工名也。"　冯：通"凭"，满、盛。　地何故以东南倾：传说共工与颛顼（zhuān xū）争帝，败后盛怒，用头撞坏西北天柱周山，周山因而改称不周山，大地也因而向东南倾斜。在总结夏禹治水时，插入共工之事，是因为共工使地倾东南，为禹的导洪入海准备了地理条件。共工争帝虽败，在改造自然方面，却是胜利的英雄。故写完鲧禹治水后，即追述共工的先行之功。

九州安错[1]？川谷何洿[2]（wū）？
东流不溢，孰知其故？
东西南北，其修孰多[3]？
南北顺椭，其衍几何[4]？

九个大州怎安排？
河道深谷谁犁开？
水流入海海不满，
谁能讲出道理来？

大地纵横宽又广，
东西南北哪个长？
若说南北成椭圆，
它比东西多几丈？

1　错：同“措”，安排。

2　洿：凹坑，此作动词用，使之成为凹坑。

3　修：长度。我国古代有各种关于大地广度的臆说，具体数字各不相同，有的认为南北比东西略短，有的认为南北与东西同，有的认为南北长于东西。观《天问》文意，屈原属后一种看法。

4　“南北”二句：这两句是说，以南北的宽度减东西的长度，尚余多少。衍，余。

昆仑xuán县圃[1]，其尻安在[2]？
增城九重，其高几里[3]？
四方之门[4]，其谁从焉？
西北辟启，何气通焉[5]？

昆仑山上有县圃，
它的根基在何处？
还有增城共九重，
有谁知道它高度？

昆仑山门设四方，
什么人出入来往？
西北方门儿常开，
什么风流动通畅？

1 县圃：神话里的地名。

2 尻：旧说同“居”，地址。戴震《屈原赋注》认为是“尻”的误字。尻（kāo），臀部，这里是基础的意思。上句“县圃”的“县”是悬空的意思，即系于天，故此句问其地基安在。

3 增城：《淮南子·地形训》说昆仑山上有“增城九重，其高万一千里，百一十四步，二尺六寸”。

4 四方之门：王逸以为天之四门，洪兴祖以为昆仑山之门。这句上承昆仑，洪说近是。

5 辟：同“闢”，开也。 气：风。传说昆仑西北有“不周之山”，昆仑的“北门开以纳不周之风”（《淮南子·地形训》）。

日安不到　烛龙何照

日安不到？烛龙何照[1]？

羲和之未扬[2]，若华何光[3]？

什么地方阳光射不到？
烛龙怎么样睁目而照？
太阳的车夫还没有扬鞭，
若木的花怎么也有光耀？

1 烛龙：古代神话中一种能照明的神物。其照明的方法有二说，《山海经》的《海外北经》和《大荒北经》都说以目照明，“视为昼，瞑为夜”；王逸《楚辞章句》和《洞冥记》（旧题汉郭宪撰，实系六朝人伪托）都说“衔烛而照”。王逸《章句》与《洞冥记》较后出，可能因“烛龙”之名而误为衔烛之龙。

2 羲和：神话中太阳的车夫。　扬：扬鞭。

3 若华：若木的花。若木是神树，在昆仑西极，花发红光，照耀大地。

焉有石林　何兽能言

何所冬暖？何所夏寒？
焉有石林？何兽能言？
焉有虬(qiú)龙[1]，负熊以游？
雄虺(huǐ)九首[2]，儵(shū)忽焉在[3]？
何所不死[4]？长人何守[5]？

什么地方冬天温暖？
什么地方夏天严寒？
什么地方石树成林？
什么野兽能讲人言？

哪里的无角龙，
背着大熊游泳？

哪里的雄蛇九个头，
闪电也似匆匆奔走？
哪里的人不死永寿？
那长人把什么看守？

1　虬龙：无角的龙。

2　虺：传说中的毒蛇。

3　儵：义同“忽”，极快貌。

4　不死：《山海经·海外南经》：“不死民在其（交胫国）东，其为人黑色，寿不死。”《吕氏春秋·求人篇》说禹“南至……不死之乡”。

5　长人：指防风氏。据《国语·鲁语》下记载，传说防风氏长三丈，守封嵎之山。禹会群神于会稽山，防风氏后到，被禹杀戮，其骨节装满一车。

雄虺九首　儵忽焉在
焉有虬龙　负熊以游

何所不死　长人何守

一蛇吞象 厥大何如

靡蓱（píng）九衢（qú），枲（xǐ）华安居[1]？

一蛇吞象[2]，厥大何如？

哪里的萍草九个杈，

开着神麻一样的花？

巴蛇把象一口吞下，

它的身子该有多大？

1 "靡蓱"二句：靡蓱，一种神异的萍草。靡，古通"麻"。蓱，同"萍"。衢，犹"歧"。《荀子·劝学篇》："行衢道者不至。"《大戴礼记》作"歧途"。这里的九衢，指一枝多杈，或一叶多瓣。枲，麻的一种。华，古"花"字。蓱的花与枲花相似，故称"枲华"，这种蓱也就称"靡蓱"。

2 蛇吞象：《山海经·海内南经》："巴蛇食象，三岁而出其骨。"

黑水玄趾　三危安在

黑水玄趾[1]，三危安在[2]？
延年不死，寿何所止？

黑水能染黑脚趾，
三危在哪个位置？
那边的人长生不死，
究竟要活到何时？

1　黑水：水名。《山海经·海内经》："流沙之东，黑水之间，有山名不死之山。"玄趾：染黑脚趾。一说玄趾亦地名。

2　三危：地名。《淮南子·时则训》："三危之国，石室金城，饮气之民，不死之野。"

羿焉彃日 乌焉解羽

鲮[líng]鱼何所[1]？鬿[qí]堆[què]焉处[2]？
羿[yì]焉彃[bì]日[3]？乌焉解羽[4]？

哪里的鲮鱼人面鱼体？
哪里的大雀形状如鸡？
后羿怎么样射下九日？
金乌的羽毛散落哪里？

1　鲮鱼：一种怪鱼，古书记载颇多，说法不一。《山海经·海内北经》："陵鱼人面手足，鱼身，在海中。"

2　鬿：义同"魁"，大。　堆："雀"的误字。《山海经·东山经》："北号之山，临于北海……有鸟焉，其状如鸡而白首，鼠足而虎爪，其名曰鬿雀，亦食人。"

3　羿：神话中的英雄，善射。　彃：射。

4　乌：金乌，传说是太阳里的三脚神鸟。　解羽：羽毛脱落，指死。传说尧时，十日并出，草木焦枯。羿奉尧命，射落九日，日中金乌羽毛飘零，都被射死。

禹之力献功[1]，降省(xǐng)下土方[2]。
焉得彼涂山女，而通之于台桑[3]？
闵妃匹合[4]，厥身是继[5]。
胡维嗜不同味[6]，而快鼌(zhāo)饱[7]？

禹为治水而出力献身，
从天降临去考察水文。
怎会找到涂山氏之女，
在桑林里与她通婚？

应该是伉俪恩爱，
生后嗣传宗接代。
为什么同床异梦，
只贪图一时欢快？

1 之力：之作“致”解，致力，用力，与“献功”对文。 功：指治水。

2 降：从天降临。 省：察看。

3 “焉得”二句：涂山，传说中的南方古国名。一说在安徽当涂，一说在浙江会稽。传说禹在治水途中，娶涂山氏之女为妻。台桑，旧说是地名。一说指桑间野地。桑间野地是古代男女私会的地点，如《诗经》的《鄘风·桑中》、《小雅·隰桑》等篇所写。《吕氏春秋·当务篇》说“禹有淫湎之意”。原始神话里的英雄，并不像后世所传的那么道貌岸然。

4 闵：爱怜。 妃：配偶。

5 继：继嗣。

6 维：语助词。 嗜不同味：指志趣不同。

7 快：满足于。 鼌：音义同朝(zhāo)。 饱：与“继”韵不协，疑是“食”的误字。“朝食”是古代男女情事的隐语，如《诗经·陈风·株林篇》：“朝食于株。”

启代益作后1，卒(cù)然离蠥(niè)2。
何启惟忧3，而能拘是达(tà)4？
皆归(kuì)䠶(shè)籟(jū)5，而无害厥躬6。
何后益作革7，而禹播降8？

夏启取代伯益，
突然遭到攻击。
为什么被益拘禁，
还能从中逃离？

敌军纷纷缴械，
自身没受伤害。
为什么伯益失败，
而繁昌禹的后代？

1 “启代”句：传说益是禹的助手，禹死后，启与益争夺王位，最后启胜。后，国王。

2 卒然：突然。卒，读作“猝”，出其不意。　离：借作“罹”，遭遇。蠥：忧患。

3 惟：刘盼遂《天问校笺》说是“罹”的借字。“惟忧”义同“离蠥”。但“离蠥”指启称王以后遭到敌人的进攻；“惟忧”指启当初被益所囚。

4 拘是达：游国恩认为是“达是拘”的“倒句以取韵”（《楚辞论文集》，古典文学出版社1957年版，第169页）。达，读作“ 达(tà)”，《方言》：“ 达，逃也。”是，其。拘，囚。“拘是达”是说启逃脱益的拘禁。

5 归：通“馈”，送来。例同《论语·阳货》“归孔子豚”的“归”。　䠶：古“射”字，此指弓箭。　籟：音义同“鞠”，一本即作“鞠”。是练武用的毬。游国恩解释说：“射与籟二者皆指兵器言。‘皆归射籟，无害厥躬’者，盖言启与益战，益之兵徒皆授其兵器于启。”（《楚辞论文集》，第170页）

6 躬：身。

7 作：刘盼遂校作“祚”(zuò)，王位。　革：推翻。

8 播降：播下种子，比喻子嗣繁昌。传说夏代从禹至桀，共十四世，十七王，四百多年。刘永济说：“播降当读为蕃隆”，“降隆古通”，“蕃隆者，言禹之后嗣蕃衍隆昌也。”（《屈赋通笺》）

启棘宾商　九辩九歌

启棘宾商[1]，九辩九歌[2]；
何勤子屠母[3]，而死分竟地[4]？

启屡次送美女上天朝见，
得到了天乐《九歌》《九辩》；
上帝为什么厚子而薄母，
竟使她变石头裂为碎片？

1 棘：读作"亟"，屡次。 宾：宾礼，古代的一种礼制，是诸侯朝见天子。此作动词用，朝见。一说读作《山海经》"上三嫔于天"的"嫔"。译文兼采二说。 商：当为"帝"字之误（朱骏声《说文通训定声》）。

2 九辩九歌：神话中的两部天乐。《山海经·大荒西经》："开（启）上三嫔于天，得《九辩》与《九歌》以下。"

3 勤：读如《左传》僖公三年"齐方勤我"的"勤"，厚待，这里是偏爱的意思。 屠母：传说禹妻涂山氏孕启时，化为石头，禹高呼："归我子！"石即破裂，启从中出。启的名字就是由此而来。"屠母"指破石的传说。"勤子"与"屠母"互为对比，有厚此薄彼的意思。

4 死：古通"尸（屍）"。 竟：满。启是个淫君，上帝却对他特别偏爱，为了使他出生，不惜屠母分尸；后来又与他往来密切，送给他天乐《九辩》《九歌》，更助长夏王朝的淫乐生活（《离骚》"启九辩与九歌兮，夏康娱以自纵"）。屈原笔下的"上帝"，远不是道德的典范。

胡䠶夫河伯 而妻彼雒嫔

帝降夷羿[1]，革孽夏民[2]；
胡䠶(shè)夫河伯，而妻彼雒嫔[3]？

上帝派后羿来到尘寰，
为的是替夏民去灾除患；
他为何射瞎那河伯，
把他的洛神霸占？

1 帝：王注："天帝也。"《山海经·海内经》："帝俊赐羿彤弓素矰，以扶下国，羿是始去恤下地之百艰。"《天问》原文未提及帝俊，故译文称上帝。 夷羿：古代传说中似有两个羿。上文"羿焉弹日"的羿，据《淮南子》说是尧时人；这里的"夷羿"是夏代太康时有穷国的君主。有穷氏是东夷族，故称"夷羿"。

2 革孽夏民："革夏民孽"的倒文。史传启之子太康耽于游猎，羿利用夏民的不满情绪夺了夏都。《左传》襄公四年："昔有夏之方衰也，后羿自鉏迁于穷石，因夏民以代夏政。"革，革除。孽，灾祸。

3 妻：娶。 彼：指河伯。 雒嫔：指洛水女神宓(fú)妃。据说宓妃是河伯之妻，后羿射瞎河伯左眼，夺宓妃为妻。

冯（píng）珧（yáo）利决[1]，封豨（xī）是射（shè）[2]；
何献蒸肉之膏[3]，而后帝不若[4]？

雕弓引满，扳指一放，
巨大的野猪应声而亡；
为什么献祭肥美的猪肉，
上帝也不领情赏光？

1 冯：音义同“凭”，满；此指把弓引满。 珧：蚌壳；此指蚌壳装饰的弓。决：射箭时钩弦的用具，套在右手指上，今称扳指。利决，灵活顺利地使用扳指。

2 封：大。 豨：野猪。

3 蒸：祭。 膏：肥美的肉。

4 不若：不顺从，即不顺从羿的心愿。指羿不得善终。屈原认为行为不善，祭祀无用，下文“缘鹄饰玉，后帝是飨；何承谋夏桀，终以灭丧”也以祭礼的丰厚来挖苦、讽刺暴君的可悲下场。若，王注：“顺也。”

浞娶纯狐[1]，眩妻爰谋[2]；
何羿之䠶革[3]，而交吞揆之[4]？

寒浞勾引后羿的妃子，
那淫妇布下杀夫的罗网；
后羿能射穿七层皮革，
怎会遭暗算被烹成肉汤？

1 浞：即寒浞，后羿的国相。 纯狐：纯狐氏之女，后羿之妻。后羿重蹈太康的覆辙，也耽于游猎，不理国政，寒浞得以擅权，并与其妻私通。

2 眩：惑乱，此作淫乱解。眩妻，犹淫妻，指“纯狐”。一说“眩妻”即《左传》昭公二十八年的“玄妻”，是名字。 爰：乃，于是。 谋：指纯狐与寒浞图谋杀羿。

3 䠶革：传说后羿能射穿七层皮革。

4 交吞：联合吞食。传说后羿打猎回来，被家众烹食。《左传》襄公四年：“浞行媚于内，而施赂于外……。羿犹不悛，将归自田，家众杀而亨（烹）之。”揆：揣度；此作暗算解。刘永济说：“揆乃拨字之误。”拨有败、除诸义。“交吞揆之”，“即并吞蹶灭义也”。也可通。

化为黄熊　巫何活焉

阻穷西征，岩何越焉[1]？

化为黄熊[2]，巫何活焉？

鲧流放羽山不准西向回国，

巉岩重重他哪能超越而过？

化为羽渊里三脚的神鳖，

巫医怎能使他死而复活？

1 “阻穷”二句：王逸以来，一般都说是写鲧流放羽山的行程。但羽山在“东裔”，何能称“西征”？钱澄之《庄屈合诂》认为：“阻穷”犹阻止禁绝，即把鲧“永遏在东，不容西征”，不得越羽山之岩。

2 黄熊：王逸根据《左传》昭公七年注云：“鲧死后化为黄熊，入于羽渊。”洪兴祖根据《国语·晋语》校作“黄能”。熊不能入水，能是三足的鳖，神异之物。译文从此。传说东海人祭禹庙，不用熊肉及鳖为膳，以鲧化为二物之故。

咸播秬（jù）黍（shǔ）[1]，莆（pú）雚（huán）是营（yún）[2]；
何由并（píng）投[3]，而鲧疾修盈[4]？

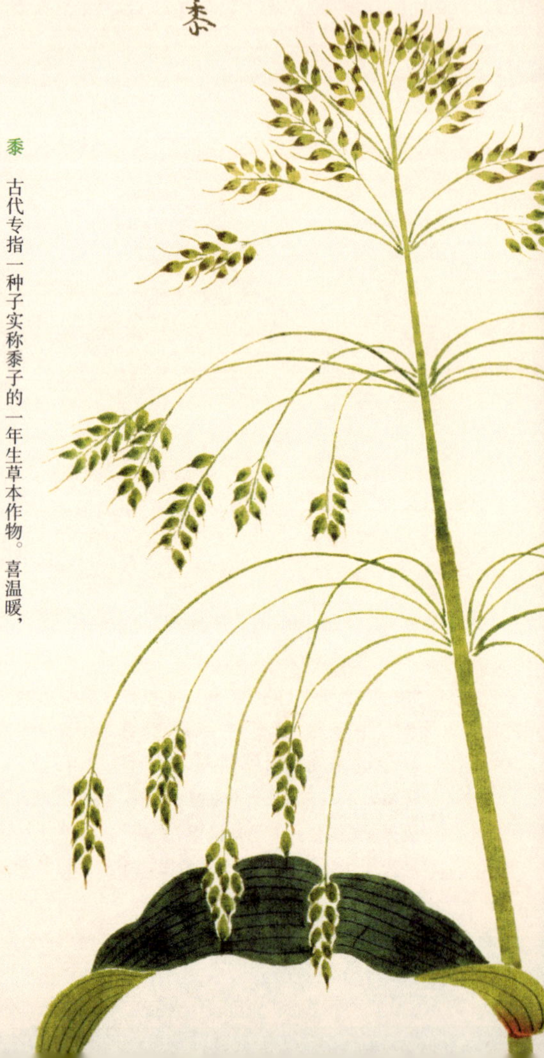

黍 古代专指一种子实称黍子的一年生草本作物。喜温暖、抗旱力极强。子实淡黄色者，去皮后北方通称黄米，性黏，常用于酿酒。

鲧为使黑黍播满大地，
清除水草有一定功绩；
有什么理由把他屏弃呵，
使他常背着一身坏名气？

1　咸：都。　秬黍：黑色黍子，是古代良种。

2　莆：疑即"蒲"字，水生的草。　雚：芦苇类植物。　营：读作"耘"，除草。莆雚是营即清除水草。鲧虽未根治洪水，却也有一定成绩。原来的一些草泽地区，清除了水草，种上了小米。

3　并：读作"屏"。　投：弃。

4　疾：恶，指恶名。在儒家经典里，鲧与共工、驩兜、三苗共称为"四凶"、"恶人"。　修盈：历久不衰之意。修，长久。盈，满。

大鸟何鸣　夫焉丧厥体

白蜺(ní)婴茀(fú)[1]，胡为此堂[2]？
安得夫良药，不能固臧[3]？
天式从横[4]，阳离爰死；
大鸟何鸣[5]，夫焉丧厥体？

霓裳羽衣，珠光宝气，
嫦娥何必打扮得这样华丽？
她从哪里得到了仙药，
怎么仍然不能把自己隐蔽？

自然的法则矛盾交替，
阳气一离开，生命就停息；
太阳里的金乌多么肥大，
为什么也会被后羿射毙？

1　白蜺：指嫦娥身着霓裳羽衣。蜺，同"霓"。　婴：颈饰。　茀：妇女首饰。

2　堂：盛装貌。《论语·子张篇》"堂堂乎张也"，《广雅》："盛饰也。"

3　臧：读作"藏"。传说嫦娥吞了西王母的不死之药，飞进月宫。不能固臧，是说嫦娥变成月影蟾蜍，仍显露于人间。

4　天式：自然的法则。式，法式，法则。　从横：喻矛盾交错。从，同纵。

5　大鸟：姜亮夫认为是指太阳里的金乌。　鸣：姜校作"鸿"（hóng），鸟肥大貌（《屈原赋校注》）。金乌古称"踆乌"（《淮南子·精神训》），踆有大义；踆乌又是太阳精魂的化身，以踆乌之死说明"阳离爰死"这条"天式"，最为切当。姜说可从。

撰体胁鹿　何以膺之
鳌戴山抃　何以安之

萍号起雨[1]，何以兴之？
撰体胁鹿[2]，何以膺之[3]？
鳌戴山抃[4]，何以安之？
释舟陵行，何以迁之[5]？

雨师萍翳一声呼号，
为什么就大雨泼瓢？
那鸟鹿合体的风神，
为什么也跟着飞跑？

巨鳌顶着山拍手舞蹈，
那神山怎么不会翻掉？
巨人不坐船在陆地垂钓，
怎能使二神山向北浮漂？

1　萍：即萍翳，或作屏翳，神话里的雨师。

2　撰：洪补：“具也。”　胁：《说文》：“两膀也。”借指身体。　鹿：指风神飞廉（用蒋骥说）。传说飞廉鹿身鸟头。

3　膺：读作“应”。以上两句通行本作“撰体协胁，鹿何膺之”，疑“协”字因“胁”字而衍。洪补：“一云：撰体胁鹿，何以膺之。”今从此。

4　鳌：神话中的大海龟。　抃：拍手，此指抃舞，即鼓掌欢舞。传说渤海之东，有十五只巨鳌，用头顶着五座神山（《列子·汤问》）。

5　“释舟”二句：释，放弃。陵行，在陆地上行走。陵，陆地，楚方言。迁之，指神山迁移。传说龙伯国有一巨人，一次钓去六只巨鳌，它们所负载的岱舆、员峤两山，因而漂到北极，沉入大海（《列子·汤问》）。毛奇龄、俞樾、刘永济都认为“释舟”二句写浇能在陆地行舟，闻一多论证尤详。《论语·宪问篇》有“奡荡舟”之说，奡即浇。“荡”与“释”都有“推”的意思。浇与鳌音同；传说浇发明作甲，鳌有甲壳；传说浇多力，鳌也能负山；鳌是两栖动物，浇能陆地行舟。总之，浇与鳌颇多类同之处。古代传说往往人兽不分，浇可能是鳌的化身，故《天问》将鳌负山与浇释舟合为一节（详见《天问疏证》）。此说颇有价值，录以备考。

何颠易厥首　而亲以逢殆

惟浇在户[1]，何求于嫂[2]？
何少康逐犬[3]，而颠陨厥首？
女岐缝裳[4]，而馆同爰止[5]；
何颠易厥首[6]，而亲以逢殆[7]？

浇到嫂嫂的房门口，
对嫂嫂提什么要求？
为什么少康赶狗出猎，
这家伙就掉下了头？

女岐替浇缝衣裳，
两个人睡在一床；
怎会被少康错杀，
为亲热遭到灾殃？

1 惟：发语词。 浇：通“奡”(ào)，寒浞之子，又称“过浇”，富有武力，曾杀死夏国君相（太康之侄，仲康之子），后又被相之子少康所杀。 户：门。

2 嫂：浇之嫂，据说是寡妇。

3 少康：夏代的中兴之主，杀浇复国。

4 女岐：人名，即浇之嫂。

5 馆：馆舍。馆同即同馆。 止：宿。

6 颠易厥首：少康派人夜袭，错杀了女岐的头。易，以此代彼，指杀错。

7 亲：亲近。 殆：危险。这句意思是说，与坏人亲近会遭到危险。

汤谋易旅　何以厚之

汤谋易旅[1]，何以厚之[2]？
覆舟斟寻[3]，何道取之？

过浇对战甲作何研究，
怎么能造得特别坚厚？
覆灭斟寻的战船，
又是从何处入手？

1 汤：牟廷相、闻一多认为是"浇"的误字。 谋：筹划、研究。 易：治。 旅：甲的别名。传说浇最早作甲。

2 厚：指浇制的战甲坚厚。

3 斟寻：古国名。《左传》哀公元年："昔有过浇杀斟灌以伐斟鄩。"《今本竹书纪年》帝相二十七年："浇伐斟鄩，大战于潍，覆其舟，灭之。"

妹嬉何肆　汤何殛焉

桀伐蒙山，何所得焉[1]？

妺（mò）嬉何肆？汤何殛（jí）焉[2]？

夏桀把蒙山攻下，

得到哪两位女娃？

妺嬉怎么样放肆？

成汤怎么样灭夏？

1 "桀伐蒙山"二句：桀，夏朝末代国君。蒙山，古国名。据《竹书纪年》，桀伐蒙山，得琬、琰二女，而弃元妃妺嬉。妺嬉与伊尹结交，因而亡夏。

2 殛：诛灭。指灭夏国。

尧不姚告　二女何亲

舜闵在家[1]，父何以鳏（guān）[2]？
尧不姚告[3]，二女何亲？

虞舜在家里蹙眉忧闷，
他父亲怎么不给他成婚？
尧事先没有告诉姚家，
两个女儿怎么就嫁给了虞舜？

1　闵：忧闷。

2　鳏：字同“鳏”，无妻的男子。舜幼年丧母，父亲是个糊涂的盲人，偏爱继妻的儿子象。舜三十岁，还不曾娶妻，且受到全家人多方虐待。后来，尧访知舜是贤人，提拔他作继承人，并把自己的两个女儿娥皇和女英都嫁给他。

3　姚：舜属姚姓，此指舜父瞽叟。尧不姚告，尧不把配亲的事告诉姚家长辈。《孟子·万章上》也有这样的记载。

女娲有体　孰制匠之

厥萌在初，何所亿焉[1]？
璜台十成，谁所极焉[2]？
登立为帝[3]，孰道尚之[4]？
女娲（wā）有体[5]，孰制匠之？

纣王的贪欲初露征兆，
那后果箕子怎会料到？
美玉砌成的十层楼台，
是谁最后把它造好？

女娲氏登位称帝，
谁开始推崇称道？
一天形体七十变，
她的身体又是谁造？

1　“厥萌”二句：萌，指贪欲初萌。亿，通“臆”，预料。纣王制作象牙筷子时，太师箕子叹道：有了象牙筷子，势必要配上玉的杯子；有了玉的杯子，势必要配上山珍海错。发展下去，终将劳民伤财，滥建宫室。

2　“璜台”二句：璜，美玉。十成，指十层。极，至，这里是最后完成的意思。

3　立：古通“位”。　帝：天帝。

4　道：通“导”，开始。　尚：推崇。

5　女娲：我国神话里一位造人、补天的女神。在先秦古籍中，其名仅见于《天问》，汉以后记载渐多。女娲又是女性的天帝，《山海经·大荒西经》注：“女娲，古神女而帝者。”　有：一说是语词，无义；刘永济“疑有乃货字传写之误，货化古字声义皆同”。王注：“传言女娲人头蛇身，一日七十化。”可知在王逸古本里，“有”可能原为货（化）字。

舜服厥弟　终然为害

舜服厥弟，终然为害[1]。

何肆犬豕[2]，而厥身不危败？

虞舜一再地顺从弟弟，

象对他还是陷害不止。

为什么这样的狼心狗肺，

到头来也没有遭到诛夷？

1 “舜服”二句：服，顺从。弟，指象。舜娶帝尧二女，象很嫉妒，为了夺取嫂嫂，千方百计地陷害兄长，这就是“终然为害”的意思。

2 肆：放纵。 犬豕：泛指兽性。

孰期去斯 得两男子

吴获迄古[1]，南岳是止[2]。
孰期去斯[3]，得两男子[4]？

吴国获得了久远的国运，
疆土开拓到南岳的山根。
这一切事先谁能够料到，
只因为有两位开国贤君！

1 吴：古国名，春秋时据有今江苏、浙江的一部分。 获：得。 迄古：久远。

2 南岳：指衡山，或称横山，衡横古通。今苏南、浙北一带名横山者很多，《日知录》云，即丹阳县之衡山，今名横山。按丹阳出土周器很多，可能是周人初到之地。 止：止境。

3 期：料想。 去：一本作"夫"，当据改。夫斯，这样；指上文"迄古"二句。

4 两男子：指太伯、仲雍。他们分别是古公亶父（周文王的祖父）的长子和次子，由于看出父亲要把君位传给幼子季历，就主动避开，逃到江南。吴地人拥太伯为国君，太伯死后，仲雍继位（《史记·吴太伯世家》）。

缘鹄饰玉　后帝是飨

缘[yuàn]鹄饰玉[1]，后帝是飨[2]；
何承谋夏桀[3]，终以灭丧？
帝乃降观[4]，下逢伊挚[5]；
何条放致罚[6]，而黎服大说[yuè][7]？

雕鹄嵌玉的祭器，
隆重地供奉上帝；
为什么传位到夏桀，
就断了王朝世系？

上帝下天来了解民意，
碰到伊尹就授以天机；
为什么把夏桀放逐鸣条，
老百姓个个都欢天喜地？

1 缘：衣服的边饰，引申为装饰。

2 后帝：上帝。 飨：祭献。

3 承：传，贻。《仪礼·少牢馈食礼》：“承致多福无疆，於女孝孙。”注：“承，犹传也。” 谋：通“规”，规谋，规划。《战国策》“齐无天下之规”，注：“规，犹谋也。”《后汉书》凡谋皆作规。《诗经·大雅·文王有声》：“诒厥孙谋，以燕(安)翼子。”承谋犹诒谋，“承谋夏桀”，犹“诒厥孙谋”，即把天下的规谋传给了夏桀。王夫之《楚辞通释》：“后世子孙，贻谋可承，何至桀而灭丧。”意近是。

4 帝：上帝。 降：从天而降。 观：了解下情。

5 伊挚：即伊尹，名挚。

6 条放：从鸣条放逐。条，鸣条，地名，在今河南开封北岸，或说在今山西安邑县北。夏桀败于鸣条，并从这里被流放到南巢(在今安徽巢湖市附近)。致罚：即《尚书·汤誓》所说的“致天之罚”。“条放”是传致上帝对桀的惩罚。

7 黎服：黎民百姓。刘永济说“服”是“民”的误字。服古写作“𠬝”，与民字形近。 说：同“悦”。《吕氏春秋·慎大篇》：“汤立为天子，夏民大悦。”

玄鸟致贻　女何喜

简狄在台，嚳（kù）何宜[1]？
玄鸟致贻（yí），女何喜[2]？

简狄深居在九层瑶台，
帝嚳怎知道前来求爱？
燕子给简狄把蛋送来，
简狄一吞下怎就怀胎？

1 “简狄”二句：简狄，传说中有娀氏之女，嫁给高辛氏帝喾，生子契，契是商族的始祖。台，《吕氏春秋·音初篇》：“有娀氏有二佚女，为之九成之台。”宜，同“仪”，《尔雅·释诂》：“仪，匹也。”此作动词用，求偶。

2 “玄鸟”二句：玄鸟，即燕子。致，送去。贻，赠，此作名词用，礼物。传说“玄鸟堕其卵，简狄取吞之，因孕生契”（《史记·殷本纪》）。《离骚》“凤皇既受诒兮”和《思美人》“遭玄鸟而致诒”的“诒”字，都指高辛氏的聘礼，这“贻”字指玄鸟的卵。喜，当从一本作“嘉”，吉祥得子之意（戴震说）。嘉古音与宜叶韵。

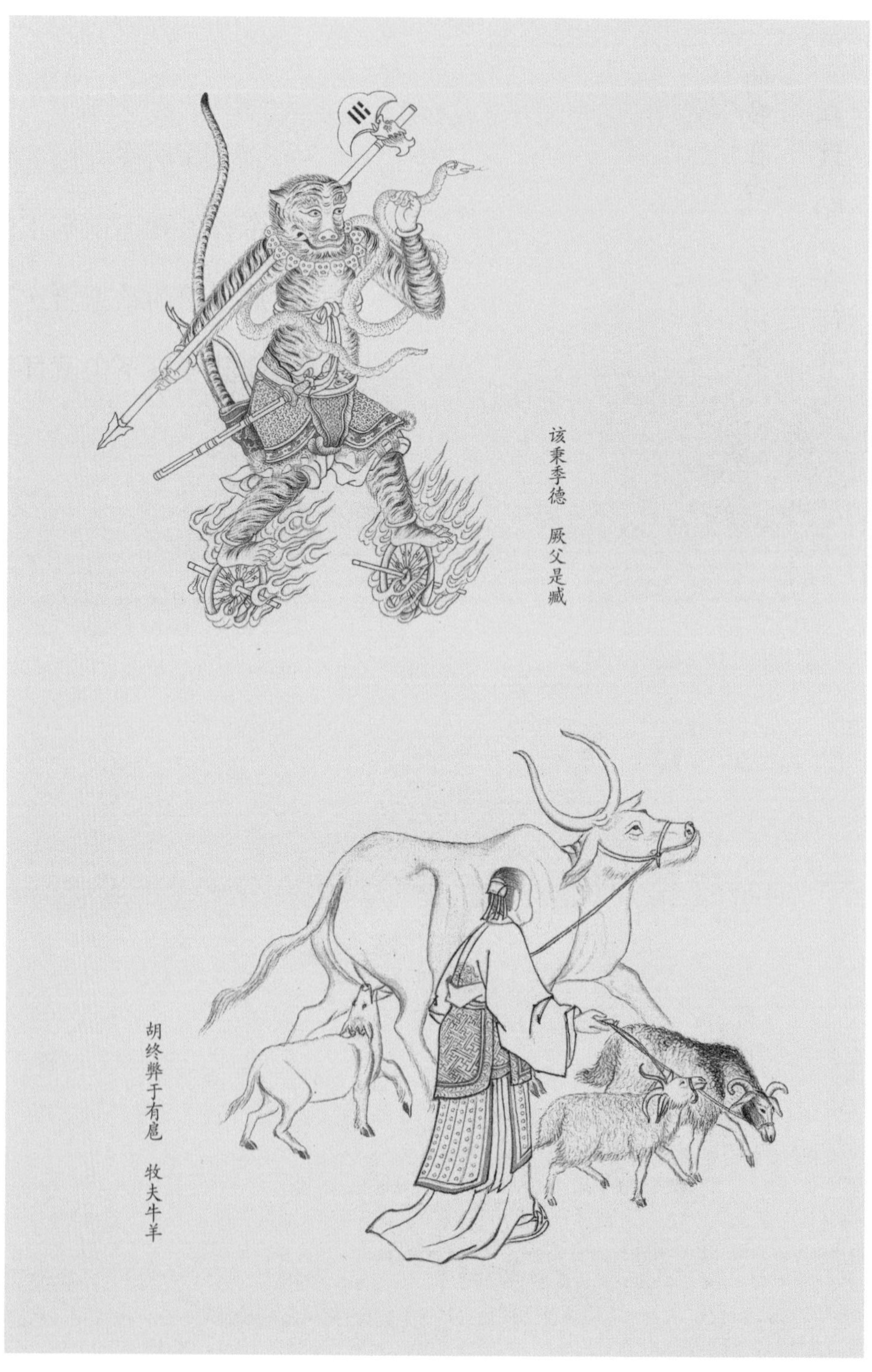
该秉季德　厥父是臧
胡终弊于有扈　牧夫牛羊

该秉季德[1]，厥父是臧[2]；
胡终弊于有扈[3]，牧夫牛羊？

王亥既然保持父亲的贤良，
以父亲作为自己的榜样；
为什么最后在有易遭殃，
当他在那里放牧牛羊？

1 该："亥"字之误。亥是殷人祖先，契的八世孙，传说他始"服牛"，即用牛驾车的创始人。　秉：保持。秉德是古代常用语。　季：王亥之父，即甲骨文和《史记·殷本纪》里的"冥"（王国维《殷虚卜辞中所见先公先王考》）。

2 厥：其。　臧：善。此作榜样解。

3 弊：通"毙（斃）"。　扈："易"之误（王国维说）。有易是古代一个部落。亥到有易放牧，被有易人杀死。《山海经·大荒东经》："有易杀王亥，取仆牛。"

干协时舞　何以怀之

干协时舞，何以怀之[1]？
平胁曼肤[2]，何以肥之？

王亥在有易执盾舞蹈，
凭什么使女人思慕倾倒？
胸膛丰满，皮肤发亮，
他怎么这样壮实美好？

平胁曼肤　何以肥之

1　"干协"二句：干，盾。《方言》："盾，自关而东，……或谓之干。"协，配合。时，古同是，此作其解。王亥执盾入舞。这是古代一种流行的武舞，称干舞，是万舞（包括文舞龠舞和武舞干舞）的一部分。有时也径以万舞称干舞，如《公羊传》宣公八年："万者何，干舞也。"据《左传》庄公二十八年记载：楚令尹子元，曾用万舞引诱文夫人。《山海经·大荒东经》郭璞注引《竹书纪年》说："殷王子亥宾于有易而淫焉。有易之君緜臣杀而放之。"王亥因奸淫事被杀，诗的这两句可能是写王亥以干舞诱惑有易女人。怀，诱惑。

2　平胁：肌肉丰满，使肋骨不显露。胁，腋下有肋骨的部位。　曼肤：肤色润美。曼，美。

击床先出　其命何从

有扈牧竖[1]，云何而逢？
击床先出[2]，其命何从？

有扈那个放牧的童仆，
丑事怎么会被他看到？
袭击床第，先下手为强，
是谁命令他下这一刀？

1 牧竖：牧童。竖，童仆。
2 击床：指牧竖袭击王亥于床第之间。

恒秉季德　焉得夫朴牛

恒秉季德[1]，焉得夫朴牛[2]？
何往营班禄[3]，不但还来[4]？

王恒也有先父的操守，
可哪里能索回那些大牛？
何必到有易去颁爵讨好，
弄得一去就不得回头？

1　恒：王恒，王亥之弟。商族有兄终弟及的继承法。亥死于有易，弟恒继立。

2　朴：大。

3　班禄：颁布爵禄。班，同“颁”。往营班禄，姜亮夫认为可能说王恒到有易去颁赐爵禄，希望以此换回所失之牛。

4　但：疑是“得”字因形残而误。

何繁鸟萃棘　负子肆情

昏微遵迹，有狄不宁[1]；
何繁鸟萃棘，负子肆情[2]？

上甲微把父业继承，
有易人从此不得安宁；
难道树上群鸟看不到丑行，
竟背着儿子与媳妇偷情？

1　“昏微”二句：昏微，即上甲微，亥之子。遵迹，遵循祖宗的行迹，指继承王位。有狄，即有易。“狄”“易”古音相近。传说上甲微借河伯的军队讨伐有易，杀其国君绵臣。《山海经·大荒东经》注引《竹书纪年》：“殷主甲微假师于河伯以伐有易，灭之，遂杀其君緜臣也。”

2　“何繁鸟”二句：歧解纷纭，疑也记上甲微之事。“繁鸟萃棘”是古代典故。晋大夫解居父聘吴，过陈之墓门，见妇女背负其子，欲与之淫，肆其情欲。这妇女引《诗经·陈风·墓门》讽刺他道：“墓门有棘，有鸮萃止。”意思是说：你若行丑事，连鸟都会看到，不怕羞吗？此“繁鸟萃棘”，即用此典，比喻众目睽睽，丑行难饰。萃，集中。棘，酸枣树。很多鸟集中在酸枣树上。“负子”句，姜亮夫认为：“疑上甲微晚年，或有新台之行乎？”《诗经·邶风·新台》记载：卫宣公将为儿子娶媳于齐国，因闻女美而想自娶，遂于边境上建造新台，齐女入卫时，即截为己有。此即“负子”之谓。负，背弃。肆情，放纵情欲。上甲微或许就因有这丑行，而被屈原称为“昏微”。

眩弟并淫　危害厥兄
何变化以作诈　而后嗣逢长

眩（xuàn）弟并淫[1]，危害厥兄[2]；
何变化以作诈[3]，而后嗣逢长[4]？

象糊涂而又淫乱，
陷害自己的兄长；
为什么诡计多端，
却能够子孙满堂？

这四句没有主名，旧说指为象事。但其上下文都写商族历史，王国维、姜亮夫等学者认为仍写商族祖先之事。此说于理可通，于史无征，且无确诂。故姑用旧说，另立一段。也有可能是错简。

1 眩：眼花，引申为糊涂、昏乱。 弟：王逸说是舜弟“象”。
2 厥：其。
3 变化：传说象为了陷害舜，变换过三种奸诈的阴谋。
4 逢：大。传说舜做天子后，不咎既往，封象于有庳，子孙都做了诸侯。

何乞彼小臣　而吉妃是得
水滨之木　得彼小子

成汤东巡，有莘（shēn）爰极[1]；

何乞彼小臣，而吉妃是得[2]？

成汤到东方巡视，

直达有莘国为止；

为什么想要那小臣伊尹，

却得到个美丽的妃子？

1 有莘：古国名，在今山东曹县西北。 极：至。

2 “何乞”二句：小臣，官名；此指伊尹。商代的“小臣”，“职位皆甚高”（李亚农《殷代社会生活》），“地位等于后世的大臣”（于省吾《释小臣的职别》）。屈原去伊尹千三百年，他所使用的“小臣”已非商代人原来的理解，可能与战国时有伊尹做过“庖宰”之类的传说有关。先秦古书常称伊尹为小臣，如《墨子·尚贤下》“汤有小臣”，《吕氏春秋·尊师篇》“汤师小臣”，《知度篇》“故小臣、吕尚听而天下知殷、周之王也”。据战国时的传说，成汤访知伊尹贤能，三次派人往聘，有莘国君不允。后来，成汤改求娶有莘国君的女儿为妻，有莘氏才把伊尹作为陪嫁送给了汤。吉，美好。

水滨之木，得彼小子[1]；

夫何恶之，媵(yìng)有莘之妇[2]？

汤出重泉[3]，夫何罪尤[4]？

不胜心伐帝[5]，夫谁使挑之？

桑

桑

落叶乔木。叶可饲蚕，果可食用和酿酒；木材可制器具，树皮可造纸。叶、果、枝、根、皮皆可入药。

桑树长在伊水之滨，
树洞中弃婴便是伊尹；
有莘氏为什么鄙视他，
把他当女儿的陪嫁品？

成汤囚禁在重泉，
哪里有什么罪愆？
他从不向上帝称功，
谁挑起他灭夏之念？

1 “水滨”二句：传说伊尹的母亲住在伊水边上，怀孕时伊水泛滥，母溺死，化为空心桑树。水退以后，人们听到婴儿哭声，就从空桑中抱出伊尹，献给国君。

2 媵：陪嫁的人，此作动词用。

3 出重泉：王逸注：“重泉，地名也。言桀扣汤于重泉而复出之。”此释与下句“尤”字矛盾。今疑“出”是“幽”之误，古篆字“出”与“幽”外壳相同，容易相乱。《荀子·王霸》：“公侯失礼则幽。”注：“幽，囚也。”译文从此。

4 尤：罪。

5 胜心：好胜心。 伐：称功，夸耀。 帝：上帝。句谓成汤原是个好胜心不强、不肯称功于上帝的人。

会朝争盟　何践吾期

会朝争盟[1]，何践吾期[2]？
苍鸟群飞[3]，孰使萃之[4]？
列击纣躬[5]，叔旦不嘉[6]。
何亲揆发，定周之命以咨嗟[7]？

甲子的早晨在牧野誓师，
诸侯们何以都按时而至？
好似那雄鹰合群而飞，
是谁使它们团结一致？

猛击纣王的尸体，
周公并不赞许。
他何以猜到武王的本意，
平定天下用怀柔之计？

1 会朝：史称甲子之朝，各路诸侯在殷郊牧野（今河南淇县西南）盟誓，当天攻下殷都。1976年出土的铜器《利簋》也说："武王征商，隹甲子朝。"会，会合。 争：一本作"请"，宣告。

2 吾：疑是"晤"字之残。晤期，会晤的日期。

3 苍鸟：鹰。喻各路诸侯。

4 萃：聚集。

5 列击纣躬：据《周书·克殷篇》和《史记·周本纪》记载：周武王攻下殷都后，先乘车到达纣王自尽的地方，亲自向尸体射了三箭，然后下车用剑击之，最后用大斧砍下纣王的头，挂在大白旗上。列，通"烈"。躬，身体。

6 叔旦：即周公，武王之弟，故称叔旦；因封于周（岐山北），而称周公。嘉：称赞。

7 "何亲"二句：费解而歧说纷纭。上两句未发问，按《天问》通例，这两句的问义当与上两句有关。亲揆，贴心领会。揆，猜度。发，武王名。咨，叹息，此疑代指怀柔政策。周公不赞成残杀败军，而能领会武王的真正心意，用怀柔政策平定天下。"列击纣躬"，大概是武王的一时激愤，怀柔政策才是他一贯主张。

并驱击翼　何以将之

授殷天下，其位安施？
反成乃亡[1]，其罪伊何[2]？
争遣伐器[3]，何以行之？
并驱击翼，何以将之[4]？

上帝把天下给了殷人，
殷人是怎样安排王位？
强大的王业一下子崩溃，
这都是由于何人之罪？

争先恐后地举起武器，
怎样调遣行军的部队？
齐头并进，夹攻两翼，
是哪位将领的英明指挥？

1 反：当从一本作“及”。

2 伊：语助词，无义。

3 伐器：于省吾说：“古无‘伐器’之称”，“‘伐’乃‘戎’字的形伪。”（《泽螺居楚辞新证》）《礼记·王制》“戎器不粥于市”，郑注：“戎器，军器也。”

4 将：统率。

厥利惟何　逢彼白雉

昭后成游[1]，南土爰底[2]；
厥利惟何，逢彼白雉(zhì)[3]？

周昭王出外巡游，
直游到南方各地，
到底有什么好处呵，
去索取白色的野鸡？

1　昭后：西周第四代国王。　成：读作“盛”，规模盛大。

2　南土：指楚国。　爰：乃。　底：至。昭王南游，据说淹死于汉江。《史记·周本纪》正义引《帝王世纪》：“昭王德衰，南征，济于汉，船人恶之，以胶船进王，王御船至中流，胶溶船解，王及蔡公俱没于水中而崩。”

3　逢：迎取。　雉：野鸡。闻一多认为当为“兕”（《楚辞校补》）。《初学记》卷七引《竹书纪年》：“周昭王十六年，伐荆楚，涉汉，遇大兕。”雉、兕音近，古有通用例。

穆王巧梅　何为周流

穆王巧梅(méi)[1]，何为周流[1]？
环理天下[2]，夫何索求？
妖夫曳衒(xuàn)，何号于市[3]？
周幽谁诛，焉得夫褒姒[4]？

周穆王善于驾马，
为什么周游天下？
环行了东西南北，
他还想贪求些啥？

怪夫妇一搭一档，
在市场叫卖什么名堂？
周幽王讨伐何人？
怎么得来褒姒这祸殃？

1 “穆王”二句：穆王，西周第五代国王。巧梅，谓善于驾驭。梅与枚通，指马鞭。周流，周游。《左传》昭公七年：“穆王欲肆其心，周行天下。”

2 理：借作“履”，行。《穆天子传》注引《竹书纪年》穆王十七年：“西征还履天下，亿有九万里。”“环理”即“还履”。

3 “妖夫”二句：据《国语·郑语》、《史记·周本纪》记载：周厉王（幽王祖父）时，有一个七岁的小宫女碰到龙的吐沫所化的玄鼋，等她长大就自然怀孕了，在宣王（幽王父）时生一女。因害怕处罚，把她扔掉，被一对叫卖木弓、箭袋的夫妇拾去收养，带到褒国（在今陕西勉县东），后来就是传说“千金一笑”、“致亡西周”的褒姒。妖夫，夫是夫妇之省，《天问》多有此例。指收养褒姒的夫妇。曳，牵引，指夫妇相引而行。衒，炫耀，指行卖时夸说货美。号，指叫卖。

4 “周幽”二句：谁诛，诛谁。诛，讨伐。幽王若不讨伐褒国，就不会得到褒姒。这二句意同上文“桀伐蒙山，何所得焉？”伐人等于自伐，诛人等于自诛。

齐桓九会　卒然身杀

天命反侧[1]，何罚何佑[2]？

齐桓九会[3]，卒然身杀[4]。

老天爷反复无常，

有什么一定的罚赏？

齐桓公九会诸侯，

到头来凄然身亡。

1　反侧：反复无常。

2　何罚何佑：当作“何佑何罚”。“罚”“杀”叶韵。佑，通“祐”，神的福祐。

3　齐桓：齐桓公，是“春秋五霸”的第一个霸主。　九会：多次会盟诸侯。实际上齐桓公与诸侯会盟不止九次。九表示多，不是实指。

4　卒：《尔雅·释诂》：“终也。”　身杀：犹言身亡。据《管子·小称篇》、《韩非子·十过篇》和《吕氏春秋·知接篇》记载，齐桓公晚年任用竖刁、易牙、堂巫、开方四个恶人，酿成内乱。桓公被禁于一室，病时竟得不到饮食，“乃援素幭(帷帐)，以裹首而绝”(《管子》)。死后诸子争权，六十七天尚未入殓，以致尸体腐烂，虫都爬出门外。

梅伯受醢　箕子佯狂

彼王纣之躬[1]，孰使乱惑？
何恶辅弼[2]，谗谄是服[3]？
比干何逆[4]，而抑沈之？
雷开何顺[5]，而赐封之？
何圣人之一德，卒其异方[6]？
梅伯受醢(hǎi)[7]，箕子佯(yáng)狂[8]。

纣王这个独夫，
是谁使他糊涂？
为什么厌恶忠良，
任用谗谄之徒？

比干怎样进逆耳忠言，
纣王要剖他的心来验看？
雷开怎么样逢迎拍马，
纣王竟赐给他厚禄高官？

圣人何以美德相仿，
而结果却并不一样？
梅伯被剁成肉酱，
箕子却披发装狂。

1　之躬：这个人。之，这。
2　辅弼：能起辅佐作用的贤臣。弼，义同“辅”。
3　服：任用。《说文》：“服，用也。”
4　比干：纣的叔父。据《韩诗外传》，纣制炮烙酷刑，比干谏，纣杀之，剖其心。
5　雷开：也称“来革”，纣王的佞臣。《吕氏春秋》说他“进谀言，纣赐金玉而封之”。《说苑·杂言篇》说他“顺纣之心欲以合于意”。
6　卒：结局。　异方：不同的方式。
7　醢：是“菹(zū)醢”的省文。菹醢是古代的一种酷刑，把人剁成肉酱。诸侯梅伯因忠谏而受此刑。
8　箕子：纣王的叔父，封于箕，为殷太师，忠谏纣王不被接纳，而披发装疯。　佯：假装。

何冯弓挟矢　殊能将之

稷惟元子1，帝何竺之2？
投之于冰上，鸟何燠(yù)之3？
何冯(píng)弓挟矢4，殊能将之5？
既惊帝切激6，何逢长之7？

稷是帝喾第一个小孩，
上帝为什么对他残害？
把他抛在寒冰上面，
大鸟为什么把温暖送来？

他怎么样弯弓射箭，
才干特异能任将帅？
上帝受到激烈震动，
他怎么还能长大成材？

1　稷：后稷，名弃。　惟：是。　元子：长子。传说稷是帝喾的长子，是周族的始祖。喾正妃姜嫄踩着上帝脚印而怀孕生稷(《诗·大雅·生民》)。

2　帝：上帝，帝喾的神化。　竺：借作“毒”。《广雅·释言》：“毒，憎也。”《诗·大雅·生民》说稷诞生后“上帝不宁”，故要“竺之”。

3　“投之”二句：投，弃。稷诞生后，家里人先弃之于“隘巷”，再弃之于“平林”，都未弃成，最后弃之于“寒冰”，但又有“鸟覆翼之”(《生民》)。因多次被弃，故取名为“弃”。燠，暖。刘盼遂《天问校笺》说：后稷被“竺”、被弃的原因，在于“元子”。氏族社会末期，对偶婚未严，丈夫往往怀疑第一个孩子是妻子在母家怀胎的，故有“杀首子，以荡肠正世”(《汉书·元后传》)的风俗。后稷遭弃正是这种远古风俗的史影。

4　冯：音义同“凭”，满，把弓引满。

5　殊：特异。　能：才能。　将：《说文》：“帅也。”刘盼遂《天问校笺》说：“此言稷为司马事也。古经籍皆言稷播殖稼穑，无言其将弓矢者，惟《尚书刑德放》云稷为司马(《诗》疏引)。王充《论衡》亦曾言之，《初禀》篇曰：弃事尧为司马，居稷官，故为后稷。《诗·鲁颂·閟宫》郑笺云：“后稷虽作司马，天下犹以后稷称焉。据此知《天问》所言，多为古代所传最古之史料矣。”司马是武官，这两句说稷从小就有特殊的将才。

6　惊帝：惊动上帝，即《诗·大雅·生民》所说的“上帝不宁”。　切激：激烈，指上帝震惊激烈。

7　逢长：长大成人。逢，大。

伯昌号衰[1]，秉鞭作牧[2]；
何令彻彼岐社，命有殷国[3]？
迁藏就岐，何能依[4]？
殷有惑妇[5]，何所讥？
受赐兹醢[6]，西伯上告；
何亲就上帝罚[7]，殷之命以不救[8]？

1 伯昌：即周文王，姬姓，被殷王朝封为雍州伯，也称西伯。 号衰：发号于衰微之世。号，号召。郭沫若读为“荷蓑”，译作“披着蓑衣”。

2 秉鞭作牧：喻执政为国事勤劳。秉，持。一说即执鞭放牧，史称文王亲自参加劳动。《尚书·无逸》：“文王卑服，即康功田功。”注：“文王节俭，卑其衣服，以就其安人之功，以就田功，以知稼穑之艰难。”

3 “何令”二句：令，使，指天命使然。彻，朱熹《集注》：“通也。”引申为发展、扩大。岐，地名，在今陕西岐山县东北。古公亶父开始迁居于此。社，祭祀土地神的庙，建于国都，象征政权。有殷国，《墨子·非攻下》：“赤乌衔珪降周之岐社，曰：‘天命周文王代殷有国。’”

4 依：归。《史记·周本纪》说：西伯“笃仁、敬老、慈少、礼下贤者，日中不暇食以待士，士以此多归之”。

5 惑妇：指妲己。

6 受：纣王。 兹：“读若孳，即子之借字”（姜亮夫说）。据《史记·殷本纪》正义引《帝王世纪》说：文王的长子伯邑考“质于殷，为纣御，纣烹为羹，赐文王”。

7 亲就：亲受，主动接受。纣王灭绝人性，等于自讨上帝的惩罚。

8 以：同“用”，因而。

明 戴进 渭滨垂钓图

当衰世西伯昌发出号令，
为国事亲执鞭不避苦辛；
怎使他兴起在西岐成周，
代殷朝得天下承受天命？

搬出宝藏迁往岐山，
老百姓要找什么靠山？
殷朝有一个乱世淫妇，
人们对她有什么讥讪？

纣赐文王喝亲儿肉汤，
文王向上帝控告凶顽；
为什么要自招天罚呵，
殷朝的命运无法可挽？

鼓刀扬声　后何喜

师望在肆，昌何识[1]？
鼓刀扬声[2]，后何喜？
武发杀殷[3]，何所悒[4]？
载尸集战[5]何所急？

吕尚还在开店经营，
文王怎么就看出异禀？
敲刀叫卖的声音，
文王听了为什么开心？

武王伐纣的时候，
为什么那么愤激？
载着文王灵牌去会战，
为什么这样心急？

1 “师望”二句：师，太师，军队的统帅。望，吕尚，号太公望，俗称姜太公，做周的太师。肆，店铺。昌何识，据王逸《章句》说，吕望在店铺里卖肉，文王去请教，他说：“下屠屠牛，上屠屠国。”“文王喜，载与俱归也。”

2 鼓刀：敲刀。鼓，鸣。

3 武发：周武王，名发。

4 悒：忧郁。这里是愤恨的意思。

5 尸：木主，即灵牌。《淮南子》、《史记》等书，都说武王把文王的灵牌载于兵车，去征伐纣王。先秦古籍唯《天问》有此记载。 集战：会战。

伯林雉经　惟其何故

伯林雉经[1]，惟其何故[2]？
何感天抑地[3]，夫谁畏惧？

纣王吊死在柏树之林，
究竟是为了什么原因？
为什么他要顿地骂天，
谁还会有怕他之心？

1　“伯林”四句：很费解，旧说为晋太子申生自杀事，文义难通。郭沫若说是写纣王下场，虽无确证，然与上下文较贯通，姑从之。伯，“柏”字之误。雉经，缢死。

2　惟：语助词。　故：游国恩读作“辜”，罪。也可通。

3　感：通“憾”。《广雅·释诂》曰：“憾，恨也。”《左传》昭公十一年“唯蔡于感”，注：“楚常恨其不服顺。”《左传》隐公三年“降而不憾”，《释文》：“憾，本又作感，胡暗反，恨也。”《哀时命》“志恨憾而不逞兮”，王注：“憾，亦恨也。”字亦作感。可见“感”“憾”古可通训为“恨”。感天，指纣王恨天“不救”。　抑地：击地。抑，义同“按”。《招魂》“陈钟按鼓”，五臣注：“按，犹击也。”

初汤臣挚　后兹承辅

皇天集命[1]，惟何戒之？
受礼天下[2]，又使至代之[3]。
初汤臣挚[4]，后兹承辅[5]，
何卒官汤，尊食宗绪[6]？

老天爷让君王登极，
是怎样示以儆戒之意？
纣王既受理天下，
怎么又让周人去代替。

当初汤选用了伊尹，
后来他当上了国相，
死了怎又追配成汤，
享受起王宗的祀飨？

1 集命：集禄命而授之，即授予天下。

2 礼：借作“理”，治理。

3 至：郭在贻说是“周”的借字（《楚辞解诂》）。

4 汤：商汤。 挚：伊尹。伊尹初为商汤的媵臣。

5 兹：读作“滋”，益，进而。 承：通“丞”，犹辅。《吕氏春秋·介立篇》“为之丞辅”，高注：“丞，佐也。辅，相也。”

6 卒：死。 官：姜亮夫“疑追字之讹”，并引《殷虚书契前编》卷上言“伊尹从享成汤”。这两句是说，伊尹死后的地位竟配享成汤，牌位进入商的宗庙，跟成汤一起受到祭祀。“尊食宗绪”是享受王宗的庙食。

何壮武厉 能流厥严

勋阖（hé）梦生[1]，少离散亡[2]；
何壮武厉[3]，能流厥严[4]？

显赫的阖闾是寿梦的长孙，
年轻时却遭到流浪的命运；
为什么长大以后勇猛非凡，
成为威名远扬的显赫国君？

1　勋：功。此作“阖”的状词，言“阖”功勋显赫。　阖：吴王阖庐。　梦：吴王寿梦。　生：古“姓”字，指长孙。阖庐是寿梦的长孙。

2　少：少年。　离：借作“罹”，遭遇。　散亡：指阖庐年少时曾离散亡放在外（据王逸《章句》说）。

3　壮：长大。　武厉：勇武猛厉。

4　流：流播。　严：原来应当是“庄”字，与“亡”叶韵，汉代人为避明帝之讳而改。“庄”在这里指战功。《逸周书·谥法解》说：“屡称杀伐曰庄”，“兵甲亟作曰庄”，“胜敌志强曰庄”。阖庐任用孙武、伍子胥，国力强盛，曾攻破楚国都郢。

彭铿斟雉 帝何飨

彭铿（kēng）斟雉，帝何飨[1]？
受寿永多，夫何长[2]？

彭铿烹调的野鸡汤，
上帝为何乐于品尝？
给他的寿命这么长，
怎还嫌短心里惆怅？

1 “彭铿”二句：彭铿：即彭祖。斟，用勺子舀水，引申为调和，此指烹调。传说彭铿善于烹调。飨，享食。

2 “受寿”二句：寿，《说文》：“久也。”传说彭铿是尧时人，活到周代。长，闻一多《楚辞校补》校作“怅”，烦恼不快。王逸《章句》：“彭祖至八百岁，犹自悔其不寿，恨枕高而唾远也。”

蠭蛾微命　力何固

中央共牧，后何怒[1]？
蠭蛾微命，力何固[2]？

周公、召公共同统治国土，
谁让厉王为国人谤议暴怒？
老百姓如蜂蚁般群起拼命，
这顽强的力量要如何拦阻？

1 "中央"二句：中央，王逸释为"中央之州"。今人张德育认为指周公、召公"共和行政"，牧，指牧民，即执政。译文今从之。后，指周厉王。据《史记·周本纪》记载，厉王"好专利"，"不布利"，《国语·周语》载召公劝谏厉王"防民之口，甚于防川"，厉王不听遂引起国人起义。

2 "蠭蛾"二句：蠭，古"蜂"字；蛾，古通"蚁"。蜂蚁，比喻起义的国人。微命，指国人赤手空拳，以命相拼。力何固，力量为什么那么顽强。《史记·周本纪》记载："民……乃相与畔（叛），袭厉王。厉王出奔于彘。厉王太子静，匿召公之家，国人闻之，乃围之。召公……乃以其子代王太子。"这种不达目的决不罢休的态度，实在堪称"固"。

惊女采薇　鹿何祐

惊女采薇，鹿何祐[1]？
北至回水，萃何喜[2]？

妇女提醒采的是周薇，
白鹿为什么又来饲喂？
向北来到河水环绕的山隈，
相聚隐居为什么欣慰？

薇

菜名。也称野豌豆。《诗·召南·草虫》：「陟彼南山，言采其薇。」陆玑疏：「薇，山菜也。茎叶皆似小豆，蔓生。其味亦如小豆藿，可作羹，亦可生食。」

1　“惊女”二句：殷亡后，原殷的属国孤竹国国君二子伯夷、叔齐隐居首阳山，采薇充饥，不吃周朝的粮食。有位妇女提醒他们说：“这薇也是周的草木啊！”从此，他们连薇也不吃。传说有白鹿给他们哺乳。惊女，闻一多校作“女警”，“惊”是“警”之误，妇女警醒他们。薇，一种野菜，高二三尺，嫩时可食。祐，当从一本作“佑”，帮助。

2　“北至”二句：北至，伯夷、叔齐隐居前大概住在首阳山以南。《庄子·让王篇》说：“二子北至于首阳之山。”《吕氏春秋·诚兼篇》也说：“北行至首阳之下。”回水，河水环绕处，即河曲。首阳山在今山西永济市南，其西、南是黄河，北是汾水，周围河网稠密，故称回水。萃，聚集。指兄弟相聚隐居。

兄有噬犬　弟何欲

兄有噬（shì）犬，弟何欲？
易之以百两，卒无禄[1]。

秦景公有一头猛狗，
他弟弟为什么想弄到手？
拿百两黄金去交换，
结果连爵禄也不能保留。

1 “兄有”四句：噬，咬。据王逸《章句》说：春秋时秦景公有恶狗，弟鍼（qián）想要，景公不肯。鍼以百两黄金去换，景公怒而夺其爵禄。洪兴祖补说，“百两”指百辆车。

何环闾穿社　以及丘陵

何环闾穿社[1]，以及丘陵[2]？
是淫是荡，爰出子文[3]。

怎样绕过闾门穿出村，
一直跑进了山丘密林？
表兄妹这样荒淫放荡，
私生出来一个子文。

1 自此至终是《天问》的尾声，写楚国与自己。原文自“薄暮雷电”起，至“忠名弥彰”止，文意不贯，很难读通，几乎公认有错简讹字。今试以文意相从，调整其次序，归为五节。前三节写楚国历史，后两节写自己。闾，里巷的大门。社，古代二十五家为一社，这里泛指村庄。

2 及：到达。

3 爰：乃。 出：生出。 子文：春秋前期楚成王的令尹（丞相）。其母是邧（yún）国之女，处女时代与表兄斗伯比（楚宗室）私通而生子文，产后嫁给伯比（《左传》宣公四年）。传说其母产下子文，弃之梦中，有虎乳之，以为神异。

吾告堵敖，以不长[1]。
何试上自予[2]，忠名弥彰？
荆勋作师，夫何长[3]？
吴光争国，久余是胜[4]。

子文曾胡言乱讲，
说堵敖天命不长。
为什么弑上自立，
竟然能忠名远扬？

楚国如大举用兵，
国运又怎能久长？
别忘了与吴光交战，
我们吃过许多败仗。

1 “吾告”二句：吾，疑是“牾”字之误。《说文》：“牾，逆也。”即今“忤”（wǔ）字。牾告，犹今乱讲。堵敖，楚文王的长子熊艱（jiān），《史记·楚世家》作“杜敖”。文王死后，熊艱继位，当了五年楚王，其弟熊恽弑他自立，是为成王。文王死时，熊艱与熊恽都还年幼，五年后的内讧，当有旁人教唆。子文后来做了成王熊恽的令尹，可能起过这种作用。以，读作“已”。

2 试：读作“弑”。　予：王逸、朱熹同引一本作“与”。予、与古通。自与，给自己，犹取代。《孔子家语·辩政篇》：“取善自与谓之盗。”《说苑·政理篇》作“取人善以为己，是谓盗也”。在传统观念里，楚成王与子文是一对明君贤臣，素享美名，屈原却揭了他们的老底，颇有非议。

3 “荆勋”二句：荆，楚国。勋，大。作师，兴兵。长，指国运久长。

4 “吴光”二句：吴光，吴公子光，即吴王阖庐，曾于楚昭王时攻破郢都，打了五次胜仗。久余是胜，屡次战胜我们楚国。按：楚怀王受张仪之骗后，曾心血来潮，轻举妄动，倾全国军队伐秦，结果兵败地削。这一节是提醒楚怀王要记取历史教训，不可轻易兴兵。如果这个解释接近原意，则知《天问》作于其时。

薄暮雷电，归何忧？
厥严不奉[1]，帝何求？
伏匿穴处，爱何云[2]？
悟过改更，我又何言[3]？

黄昏时电闪雷响，
回家去何必心慌？
不保持做人的尊严，
求上帝有什么用场？

我即使蛰居山洞，
有什么叹惜哀伤？
只要你悔改前非，
我还有什么话讲？

1　奉：奉持，保持。

2　“伏匿”二句：伏匿穴处，隐居山洞。此说自己遭到排斥，退居在野。爱何云，闻一多校作“云何爱”（《楚辞校补》）。云，语助词。爱，哀叹，楚方言。“爱”与“言”叶韵。

3　“悟过”二句：当是作者对楚王讲的话。

九章

余幼好此奇服兮年既老而不衰帶長鋏之陸離兮冠切雲之崔嵬被明月兮佩寶璐世溷濁而莫余知兮吾方高馳而不顧駕青虯兮驂白螭吾與重華遊兮瑤之圃登崑崙兮食玉英與天地兮比壽與日月兮齊光哀南夷之莫吾知兮旦余濟乎江湘乘鄂渚而反顧兮欸秋冬之緒風步余馬兮山皋邸余車兮方林乘舲船余上沅兮齊吳榜以擊汰船容與而不進兮淹回水而凝滯朝發枉渚兮夕宿辰陽苟余心其端直兮雖僻遠之何傷入溆浦余儃徊兮迷不知吾所如深林杳以冥冥兮乃猿狖之所居山峻高而蔽日兮下幽晦以多雨霰雪紛其無垠兮雲霏霏而承宇哀吾生之無樂兮

“章”是篇章,“九章”就是九篇，包括九个内容与《离骚》近似、篇幅较小的作品。“九章”这个总名是汉代人所加，最早见于西汉末年刘向《九叹·忧苦篇》:“叹离骚以扬意兮，犹未殚于九章。”宋人朱熹说:“屈原既放，思君念国，随事感触，辄形于声。后人辑之，得其九章，合为一卷，非必出于一时之言也。”(《楚辞集注》)

《九章》的思想情绪与《离骚》大体相近，而艺术方法不同。它主要用写实的方法，反映作者一些具体的生活片断及当时的思想情绪，因此有较准确的史料价值，是了解屈原生平思想的第一手资料。《史记·屈原列传》没有记载屈原流放的地点,《九章》填补了这个重大的空白。读《抽思》，可知屈原曾放汉北；读《哀郢》，可知屈原曾流放到郢都以东的遥远地区；读《涉江》，可知屈原曾从今天的武汉一带，流浪到荒凉的湘西；读《怀沙》，可知屈原曾从湘西奔赴长沙死节。这四篇艺术性也较强，是《九章》中的代表作。

惜诵

【题解】

本篇的写作时间大概较早，像是政治上初次碰壁时的作品。作者对楚王还有幻想，希望回朝从政，根本没有想到去死。

吾使厉神占之兮　曰有志极而无旁

惜诵以致愍（mǐn）兮[1]，发愤以抒情。

所非忠而言之兮[2]，指苍天以为正[3]。

令五帝以折中兮[4]，戒六神与向服[5]，

俾山川以备御兮[6]，命咎（gāo）繇（yáo）使听直[7]。

痛唱自己的忧愤啊，

喷发心底的怨情！

如果我说话不忠诚，

愿指青天作见证！

请五方天帝都来判断吧，

请六神来核对我的罪愆！

让高山与大江都来陪审，

请立法官皋陶来断案！

以上是本篇的引子。

1　惜：痛切。　诵：诵唱。　致：表达。　愍：内心忧苦。一说“惜”是爱，“诵”是谏诤，“惜诵”就是好谏，“致”是招致，也可通。

2　所：如果。　非：一本作“作”，“作”是“非”的形近之误。所字下面用一个否定词，是古代誓词的习语。如晋文公同舅父逃走，到河边时赌咒说：“所不与舅氏同心者，有如白水！”（《左传》僖公二十四年）

3　正：同“证”。

4　五帝：五方的天帝：东方太皞，南方炎帝，西方少昊，北方颛顼，中央黄帝。　折中：判断。

5　戒：告。　六神：说法不一。朱熹说是日、月、星、水旱、四时、寒暑的神。　与：义同“以”。　向：对。　服：罪。

6　俾：使。　备御：联系上下文，相当于陪审。备，预备、陪伴。御，侍。

7　咎繇：即皋陶（yáo），舜时的立法官，传说是法律的创始者。　听直：听取是非曲直。

竭忠诚以事君兮，反离群而赘肬（yóu）[1]！
忘儇（xuān）媚以背众兮[2]，待明君其知之！
言与行其可迹兮[3]，情与貌其不变；
故相臣莫若君兮，所以证之不远[4]。

我对君王啊竭诚尽忠，
却被小人们看作肉瘤！
我不会谄媚寡不敌众，
只能等君王明察我衷！

言谈与行为可以印证，
表情与内心彼此相应；
没有人比君王更了解臣子，
您就近观察就可以验明。

1 赘：多余。 肬：肉瘤。
2 忘："亡"的误字。 儇：轻佻。 媚：谄媚。
3 迹：脚印，引申为印证。
4 证：验证。 不远：指君臣日夕相处。

吾谊先君而后身兮[1]，羌众人之所仇也；
专惟君而无他兮[2]，又众兆之所雠(chóu)也[3]。
壹心而不豫兮，羌不可保也[4]；
疾亲君而无他兮[5]，有招祸之道也！

我主张先君后私，
受群小白眼仇视；
我心中只有君王，
被大家咬牙切齿。

专一而毫不犹豫，
反而保不住自己；
尽力亲君无他心，
却招祸害来袭击！

1　谊：同义，正当高尚的行为。这里作动词用，是认为应当如何，即主张的意思。
2　惟：思。
3　众兆，指朝廷里的群小。兆，百万，或说万亿。　雠：同“仇”。
4　羌：发语词，楚方言。　保：自保。
5　疾：极。　无他：无他心。

思君其莫我忠兮，忽忘身之贱贫[1]；
事君而不贰兮，迷不知宠之门。
忠何罪以遇罚兮？亦非余之所志也[2]！
行不群以巅越兮[3]，又众兆之所哈(hāi)也[4]！

没有人更比我忠心，
哪怕会遭受贱贫！
对君王毫无二意，
全不懂邀宠的窍门。

忠心何罪，竟遭到惩罚？
这实在出乎我的意料！
走正路被群小绊倒，
大家还热讽冷嘲！

1 贱贫：可有两种解释：一，屈原时，屈氏这支王族已较疏远，或趋没落。东方朔《七谏》说“平生于国兮长于原野”，屈原的童年生活可能是寂寞的。“贱贫”是对没落门第的夸张。二，“贱贫”是设想之词，忠言切谏可能遭到“贱贫”。译文取第二义。

2 志：犹“知”，意料。

3 行不群：行为与群小不同。 巅越：跌倒。

4 哈：讥笑，楚方言。

纷逢尤以离谤兮[1]，謇(jiǎn)不可释也[2]。
情沉抑而不达兮，又蔽而莫之白也。
心郁邑余侘(chà)傺(chì)兮[3]，又莫察余之中情。
固烦言不可结而诒兮[4]，愿陈志而无路[5]。
退静默而莫余知兮，进呼号又莫吾闻。
申侘傺之烦惑兮[6]，中闷瞀(mào)之忳(dùn)忳[7]！

责怪诽谤，纷纷扰扰，
把我纠缠得不可开交。
心情压抑，舒畅不了，
想要辩白又受到阻挠。

忧郁失意，心头沉重，
没有人了解我的苦衷。
一肚子话，没法投寄，
想要面陈又无路可通。

隐退沉默，无人知情，
上前呼号又没人肯听。
怅然失志，心烦意乱，
我的内心真忧闷莫名！

1　纷：多貌。　逢、离：都是遭遇的意思。　尤：责怪。
2　謇：发语词，楚方言。　释：摆脱。
3　侘傺：失意貌。
4　烦：多。　结：缚。古人信写在竹木的简片上，用绳线缚结。　结诒：犹今封寄。诒，通“贻”，送。
5　“路”字失韵：疑是“径”之误。
6　申：重重。
7　中：内心。　瞀：烦乱。　忳忳：忧闷貌。

昔余梦登天兮，魂中道而无杭[1]。
吾使厉神占之兮[2]，曰有志极而无旁[3]。
终危独以离异兮，曰君可思而不恃[4]。
故众口其铄金兮[5]，初若是而逢殆[6]。

从前我做梦登天远航，
到半路无渡船神魂彷徨。
我请厉神为我占梦，
说我有大志却没人相帮。

“与众不同终将被迫害，
君王可思念却不可依赖。
众口诽谤黄金也会销熔，
自古以来谗言多成灾。

1　中道：中途。　杭：读作“航”，渡船。
2　厉神：大神，此指附在占梦者身上的神。
3　志极：志向。极，方向、目标。　旁：帮助。
4　“曰”字疑在“终危独”句前，表示厉神对梦兆作进一步的阐述，犹今“又说”。
5　众口铄金：古代成语，形容人言可畏。铄，熔化。
6　初若是：自古以来就是这样。　殆：危险。

惩热羹而吹齑兮[1]，何不变此志也？
欲释阶而登天兮[2]，犹有曩之态也[3]！
众骇遽以离心兮[4]，又何以为此伴也[5]？
同极而异路兮[6]，又何以为此援也？

“怕烫嘴忍不住要吹冷菜，
你的志向何不改一改？
想不攀梯子一步登天，
你还是从前那副姿态！

“大家吓得不跟你同心，
又怎能作你的同路人？
共事君王却各行其是，
又有谁会把你来援引？

1　惩：警戒。　羹：汤。　齑：切细的菜，是冷食品。被热羹烫过嘴的人，吃冷食品也先吹口气。

2　释阶而登天：比喻不依靠群小而要直接取信君王。释，放弃。阶，梯子。

3　曩：以往。

4　骇遽：惊惶。

5　伴：同“伴”。一说“伴”与下文“援”字是“伴援”一词的拆用。“伴援”是叠韵联绵词。叠韵联绵词拆作两个韵字，是古诗用韵的一种方式。“伴援”即“畔援”、“畔岸”、“畔涣”，是倔强、傲岸的意思。说较牵强。

6　同极：指屈原与群小共事君王。　异路：屈原忠直，群小阿谀，所走的道路不同。

晋申生之孝子兮，父信谗而不好[1]。
行(xìng)婞直而不豫兮[2]，鲧(gǔn)功用而不就[3]。
吾闻作忠以造怨兮，忽谓之过言[4]；
九折臂而成医兮[5]，吾今而知其信然[6]。

“晋国的申生是个孝子，
父亲听谗言把他逼死。
行为刚直一点不变通，
鲧的鸿图才未能实施。”

我曾听说忠是怨的根，
一直认为这言之过甚。
毕竟要久病才能成医，
今天才知道正确万分！

1 “晋申生”二句：申生，春秋时晋献公的太子，献公听信后妻骊姬的谗言，申生被迫自杀。不好，指待申生不好。

2 婞直：刚直。 豫：犹豫。

3 功：功业，指治水。 用而：因而。 就：成。厉神的话至此止。

4 忽：忽略，不介意。 过言：过分的话。

5 “九折”句：可能是古代谚语，《左传》“三折肱知为良医”，意同此。

6 信然：真是这样。

矰(zēng)弋(yì)机而在上兮[1]，罻(wèi)罗张而在下[2]；
设张辟以娱君兮[3]，愿侧身而无所[4]。
欲儃(chán)佪以干傺(jì)兮[5]，恐重患而离尤；
欲高飞而远集兮[6]，君罔谓汝何之[7]？
欲横奔而失路兮，盖志坚而不忍。
背膺胖(pàn)以交痛兮[8]，心郁结而纡(yū)轸(zhěn)[9]！

曳绳的短箭射向空间，
捕鸟的罗网张在地面；
设下陷阱要陷害君王，
哪里有我容身的地点。

想徘徊寻求机会，
只恐怕重受牵累；
想隐居而远走高飞，
怕蒙受叛逃之罪。

放弃正路去瞎跑乱冲，
又为坚定的志向所不容。
背与胸像要撕裂一般，
心头是难言的绞痛！

1　矰、弋：系着丝绳的两种短箭。　机：发箭用的机括，此作动词用，发射。
2　罻、罗：都是捕鸟的网。
3　张：与弧相似的弓。　辟：借作“繴”(bì)，捕鸟器。群小对君王讨好，实际上是对君王的包围陷害。
4　侧身：置身。
5　儃佪：徘徊不去。　干：寻求。　傺：读作“际”，际遇。
6　集：鸟息在树上，此作“止”解。
7　罔：诬罔。　何之：到哪里去。之，往。
8　膺：胸。　胖：分裂。
9　纡轸：内心绞痛。

江离　即芎䓖。参见《离骚》「江离」图注。

捣木兰以矫蕙兮[1]，糳（zuò）申椒以为粮[2]；
播江离与滋菊兮，愿春日以为糗（qiǔ）芳[3]。
恐情质之不信兮[4]，故重（chóng）著以自明[5]。
矫兹媚以私处兮[6]，愿曾思而远身[7]！

捣木兰啊揉蕙草，
舂碎申椒做香糕；
播下江离种菊花，
开春干粮添香料。

只怕君王不知情，
反复申说把心表；
带着香草去隐居，
身离君王心在朝。

以上八句是本篇的尾声，相当于《离骚》最后的“乱”辞。

1 矫：揉碎。
2 糳：舂。
3 糗：干粮。
4 情质：指自己的真情、本质。 不信：指不能取信于君王。
5 重著：一再表明。著，明。
6 矫：借作“挢”，举。 兹媚：指木兰、蕙等香草。 私处：隐居独处。
7 曾思：经常思念。曾，借作“增”。 远身：身子远离。

涉江

【题解】

“涉江”就是渡江的意思。本篇叙述自己放逐江南时的行程与心情。全诗充溢着与楚国当权者决绝的、毫不妥协的战斗精神。看来，当时作者所受到的政治打击，已足以使他丢尽对楚国当权者的幻想。因此，假定本篇作于顷襄王时期，是比较合理的。

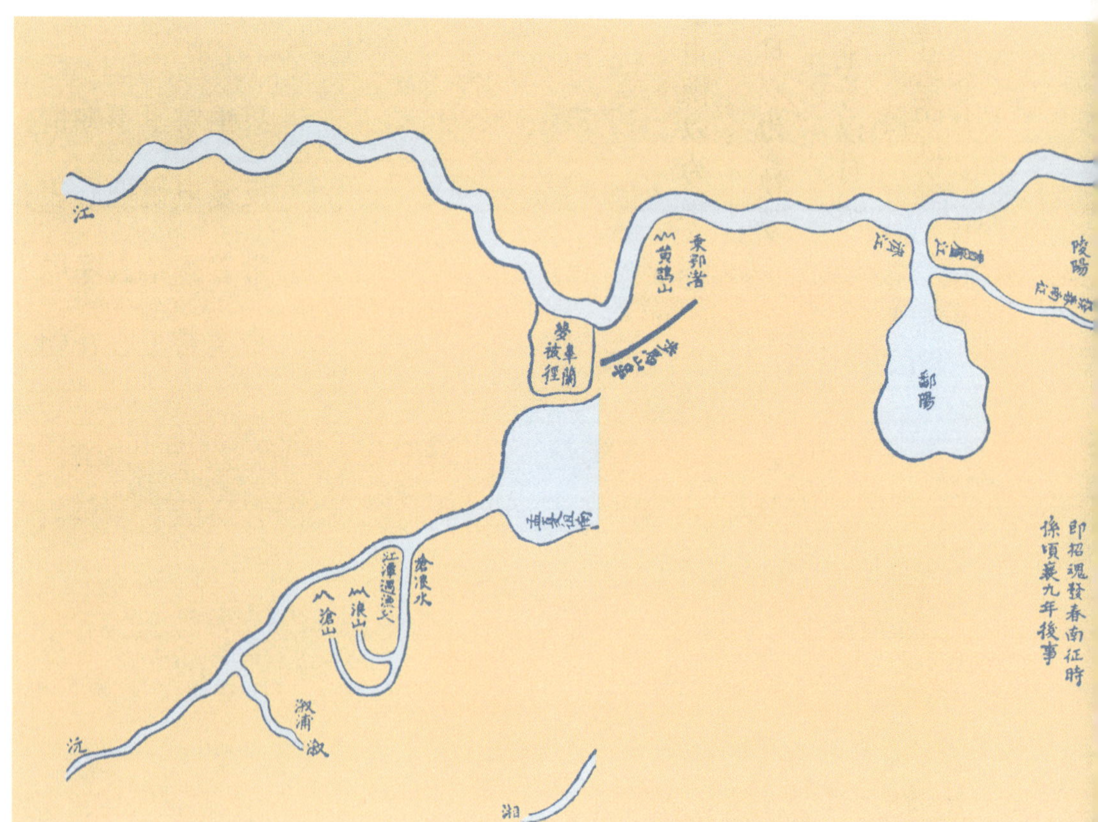

余幼好此奇服兮，年既老而不衰[1]：
带长铗之陆离兮[2]，冠切云之崔嵬[3]。

我从小爱这奇特装束，
到老还是我行我素：
腰佩闪亮的长剑啊，
高冠像山耸入云雾。

1　“余幼”二句：王逸注：“言己少好奇伟之服，履忠直之行，至老不懈。五臣云：‘衰，退也。虽年老而此心不退。’”

2　铗：剑柄，此指剑。　陆离：即琉璃，引申为亮丽。

3　冠：帽，此作动词用，戴。　切云：犹摩天，《离骚》有“高余冠之岌岌”的描写，这是屈原喜爱的形象。

驾青虬兮骖白螭　吾与重华游兮瑶之圃

（□□□兮□□□，）被明月兮佩宝璐[1]。
世溷浊而莫余知兮，吾方高驰而不顾[2]。
驾青虬(qiú)兮骖(cān)白螭(chī)[3]，吾与重华游兮瑶之圃[4]。

披挂着璀璨的夜明珠，
佩带着晶莹的宝璐。
世俗昏乱不了解我，
我才远走高飞不再回顾。
青龙与白龙啊驾着车辆，
我与大舜共游琼林玉圃。

1　明月：指夜明珠。　璐：美玉名。按押韵规律，这句前疑脱一句。故译文把这句分作两句，以求结构上的平衡。

2　方：才。　顾：回头。

3　虬：传说是无角的龙。　骖：古代一车套四匹马，中间的马叫“服”，两旁的叫“骖”，这里作动词用，驾在两旁。　螭：也是一种无角的龙。

4　重华：舜的名。　瑶之圃：玉树的园圃。传说昆仑山产玉，是上帝的园圃所在。

（□□□兮□□□，）登昆仑兮食玉英[1]；
吾与天地兮比寿，与日月兮齐光。
哀南夷之莫吾知兮，旦余将济乎江湘[2]。

来到神秘的昆仑山上，
玉树的花朵当作食粮；
我将与天地比寿，
我将与日月同光。
痛心朝廷里没有知音，
天一亮我将去浪游江湘。

1 英：花。英古音央，与下文“光”叶韵。这句前疑脱一句。译文处理同前。

2 “哀南夷”二句：南夷，对郢都党人的鄙称，或说指楚国南部的少数民族。今取前义。将济，一本“济”字上面无“将”字，这句是拟设之词，以有“将”字为妥。江，长江。屈原作品里关于修饰奇服、与前圣同游的描写，都寓有不与楚国统治集团同流合污的意思。在现实生活中愈是受迫害、被孤立，他愈要在精神上表现得倔强、傲岸、目空一切。前面用高昂的调子、浪漫的彩笔，描写自己与楚国当权者的决绝，采用的是虚写手法，这两句才点破其实际内容，为下文的实写作过渡。

乘鄂渚而反顾兮[1]，欸（āi）秋冬之绪风[2]；
步余马兮山皋，邸余车兮方林[3]。
乘舲（líng）船余上沅兮[4]，齐吴榜以击汰[5]；
船容与而不进兮，淹回水而凝滞[6]。

登上鄂渚山回头瞭望，
秋冬的余风令人心凉；
就让马儿在山边漫步，
把车子停在树林近旁。

乘篷船逆着沅水西上，
划船桨一齐击水鼓浪；
船儿却迟缓不向前进，
被漩流拖着原地晃荡。

1　乘：登。　鄂渚：地名，在今武昌。

2　欸：哀叹。　绪：王注：“余也。”

3　邸：同“抵”。　方林：旧说是地名，不确。《仪礼》：“左右曰方。”方有旁边的意思。方林是森林旁边。

4　舲船：有门窗的小船。

5　齐：指动作整齐，这里作动词用，犹并举。　吴：有二解，一、吴国；二、大。　榜：船桨。　汰：水波。

6　淹：淹留，停滞。　回水：漩涡。

朝发枉陼兮[1]，夕宿辰阳[2]；
苟余心之端直兮，虽僻远其何伤！
入溆（xù）浦余儃（shàn）徊（huái）兮[3]，迷不知吾所如[4]；
深林杳以冥冥兮，乃猿狖（yòu）之所居[5]。

清晨离开枉渚，
晚上投宿辰阳；
只要我心地正直，
怕什么穷乡僻壤！

船入溆浦我开始彷徨，
不知应该去往何方；
密林深处一片阴暗，
这原是猿猴的家乡。

1　枉陼（渚）：在今湖南常德市南。
2　辰阳：故城在今湖南辰溪县西。
3　溆浦：在今湖南溆浦县。　儃佪：徘徊。到溆浦后，不知该向哪里去，踌躇一阵，大概就住下来了。
4　如：往。
5　狖：黑色长尾猿。

山峻高以蔽日兮，下幽晦以多雨；
霰（xiàn）雪纷其无垠兮[1]，云霏霏其承宇[2]。
哀吾生之无乐兮，幽独处乎山中！
吾不能变心而从俗兮，固将愁苦而终穷。

高峻的山峦遮住阳光，
山沟深谷里雨雾迷茫；
冰珠雪花纷纷扬扬，
阴云浓雾连接天上。

可怜我一生没有欢愉，
孤零零荒山里独处！
我不能变节迁就时俗，
定落得终身穷困愁苦。

1　霰：雪珠。
2　承：连接。　宇：屋檐。一说“宇”指天宇，阴云弥漫天空。

(□□□□兮，□□□□；)
接舆髡(kūn)首兮[1]，桑扈臝(luǒ)行[2]。
忠不必用兮，贤不必以[3]；
伍子逢殃兮[4]，比干菹(zū)醢(hǎi)[5]。

假装疯癫的接舆，
连头发都保不住；
隐居不仕的桑扈，
穷困得没有衣服。

忠良不被任用，
贤才反而受苦；
伍子胥遭到灾殃，
比干被剖开胸脯。

1　接舆：《论语·微子》里曾提到他，与孔子同时，是楚国的隐士、狂士。　髡：剃发，是古代的一种刑罚。传说接舆自髡其首，避世不仕。一说接舆受到统治者迫害，处以髡首之刑。

2　桑扈：古代隐士，可能就是《庄子·大宗师》里的子桑户，或《论语》里的"子桑伯子"。据庄子说，他穷得没有饭吃。　臝：同"裸"字。《孔子家语》说"伯子不衣冠而处"。裸体而行与自髡一样，都是故意违抗世俗的表现。这里表示穷困。这句的韵脚"行"与上下文都不叶，这两句前疑缺两句，故译文改为四句，以求平衡。

3　以：义同"用"。

4　伍子：伍子胥，名员，字子胥，吴国大将，屡劝夫差灭越和暂缓伐齐，夫差听信太宰伯嚭的谗言，不辨究竟，赐剑命子胥自杀。结果，吴被越王勾践所灭。

5　比干：见《天问》"比干何遂"注。

与前世而皆然兮[1]，吾又何怨乎今之人？
余将董道而不豫兮[2]，固将重昏而终身！

看前代全是如此，
我又何必埋怨今人？
我将坚持正道不犹豫，
宁肯在昏暗世道中度过此生！

1　与：读作“举”，全部。
2　董：正。

乱曰：

鸾鸟凤皇，日以远兮；

燕雀乌鹊，巢堂坛兮[1]。

露申辛夷[2]，死林薄兮[3]；

腥臊并御[4]，芳不得薄兮[5]。

阴阳易位，时不当兮；

怀信侘傺[6]，忽乎吾将行兮！

1 堂：殿堂。 坛：祭台。

2 露申：即瑞香花。 辛夷：香木名，北方叫木笔，南方叫望春。

3 林薄：丛林。薄，丛。

4 御：进用。

5 薄：靠近。

6 怀信：怀抱着忠信之心。

尾声：

鸾鸟与凤凰，

飞翔去远方；

燕雀与乌鹊，

筑窝在庙堂。

辛夷瑞香花，

枯死野林旁；

腥臭皆进用，

芬芳没人赏。

日月换了位，

不是好时光；

忠诚反失意，

我将飘然去流浪！

辛夷

辛夷　参见《湘夫人》「辛夷」图注。

哀郢

【题解】

“哀郢”就是哀悼郢都。郢是楚国都，在今湖北江陵西北。

王夫之《楚辞通释》断定本篇作于顷襄王二十一年（前278）。这年春天，郢都被秦将白起攻陷，顷襄王东迁于陈（今河南淮阳）。一些学者怀疑屈原当时不可能还活着。戴震认为：“屈原东迁，疑即当顷襄元年，秦发兵，出武关，攻楚，大败楚军，取析十五城而去。时怀王辱于秦，兵败地丧，民散相失，故有皇天不纯命之谓。”（《屈原赋音义》）

此诗写得十分沉痛，家国之恨与身世之感、伤痕感与使命感，紧紧地交织在一起，充分体现了屈原的爱国情操与艺术才华。

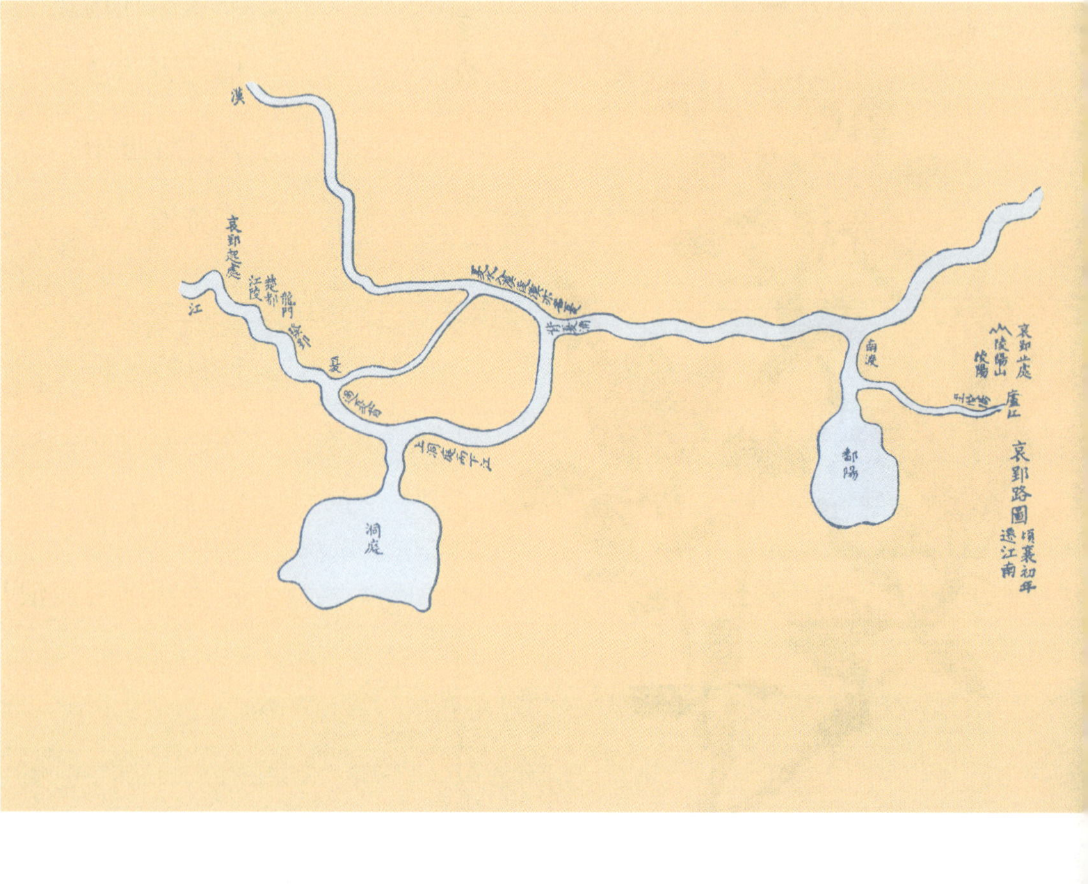

皇天之不纯命兮[1]，何百姓之震愆[2]？
民离散而相失兮，方仲春而东迁[3]。
去故乡而就远兮，遵江夏以流亡[4]；
出国门而轸怀兮[5]，甲之鼌吾以行[6]！

老天爷你变了心肠，
为什么叫百姓遭殃？
妻离子散，家破人亡，
正当二月啊逃难东方！

我背离故都，投奔远方，
沿长江夏水，流亡，流亡……
一跨出城门心就作痛，
甲日的清晨我开始流浪！

1 不纯命：天命失常。

2 震愆：犹动乱。震，震动。愆，错乱。

3 方：正当于。 仲春：夏历二月。

4 江夏：长江与夏水。古代的夏水在郢都附近的夏首（今湖北荆州沙市区）发源于长江后，与长江并列东流，到今仙桃西北注入汉水，再东流至夏口（在今汉口），汇入长江。其河道夏天水满，冬天涸竭，故称夏水。今已改道。以：义同“而”，连词。

5 轸怀：痛心。

6 甲：甲日。古代用十个天干（甲、乙、丙、丁……）与十二个地支（子、丑、寅、卯……）相配以记日，如《离骚》篇首“吾”的降辰是“庚寅”。这里的“甲”是“甲 ×”的简称，只有天干没有地支，不知是哪一个甲日。 鼌：古同“朝”，早晨。

楸

楸

一种干直高耸的乔木。叶子三角状卵形或长椭圆形，花冠白色，有紫色斑点。木材质地细密，可供建筑、造船等用。

发郢(yǐng)都而去闾兮[1]，怊(chāo)荒(huāng)忽(hū)其焉极[2]？
楫齐扬以容与兮，哀见君而不再得。
望长楸(qiū)而太息兮[3]，涕淫淫其若霰；
过夏首而西浮兮[4]，顾龙门而不见[5]。

别了郢都，抛下了家乡，
我六神无主，四顾茫茫！
飞起的船桨你慢慢划吧，
伤心我不能再见到君王！

远望那楸树我不禁长叹，
热泪像雪珠不断地流淌；
船过了夏首就急流直下，
回头看龙门已一片迷茫！

1　闾：里门，此指故乡。

2　怊：惆怅。　荒忽：读作“恍惚”，心神无着。　焉：何。　极：尽头。

3　长楸：指郢都的大楸树。楸，一种干直高耸的乔木。

4　夏首：夏水发源于长江之处，在郢都东南。　西浮：屈原过夏首以后是沿水路东行，此“西浮”颇费解，种种旧说都扞格难通。郭在贻解释说：“西字当读做迅，迅从卂声，西、卂古双声，《说文》：‘讯，古文从卤。’卤即古文西，是西、卂声近可通用之证。《说文》：‘卂，疾飞也。’‘迅，疾也。’然则所谓‘西浮’者，殆即迅浮，亦即疾浮，谓船行甚疾速也。”（《文史》第十四辑：《楚辞解诂〔续〕》）译文从郭说。

5　龙门：郢城东门。

心婵媛而伤怀兮，眇不知其所蹠(zhí)[1]；
顺风波以从流兮，焉洋洋而为客[2]。
凌阳侯之泛滥兮[3]，忽翱翔之焉薄[4]？
心絓结而不解兮[5]，思蹇产而不释[6]。

心头隐痛啊好不悲怆，
哪里是我立脚的地方？
把命运交给渺茫的烟波，
寄寓天地间到处飘荡！

冒着洪波啊迎着大浪，
像孤雁不知向何处飞翔。
乱纷纷理不出一条思路，
郁沉沉散不开我的愁肠。

1 眇：读作“渺”，前程渺茫。　所蹠：驻足之地。蹠，踏。
2 焉：乃。　洋洋：漂泊无着的样子。
3 凌：冒着。　阳侯：大波之神。传说本是陵阳国侯，因溺死而成神。此指大波。
4 焉：何，哪里。　薄：到，止。
5 絓结：牵挂郁结。絓，牵挂。
6 蹇产：曲折纠缠。

将运舟而下浮兮[1]，上洞庭而下江[2]；
去终古之所居兮[3]，今逍遥而来东[4]！

且让船儿随波逐流，
撇下洞庭进入长江；
离开祖辈经营的故土，
只身一人来到东方！

以上写“东迁”实况。

1　下浮：指沿长江东下。

2　上、下：指上下游。船到洞庭湖入江之处（在今湖南岳阳附近），再沿江东下，就背朝洞庭，面向长江。相对来说，洞庭湖处于上游，面前的这段长江处于下游。译文用意译。

3　终古之所居：指郢都。楚国从文王熊赀（前689—前677）建都于郢，至此时约有四百年的历史。终古，长期，古老。

4　逍遥：原有无拘无束、优游自得之意，这里转为孤身一人的意思。

背夏浦而西思兮　哀故都之日远

羌灵魂之欲归兮，何须臾而忘反[1]？
背夏浦而西思兮[2]，哀故都之日远！
登大坟而远望兮[3]，聊以舒吾忧心；
哀州土之平乐兮[4]，悲江介之遗风[5]！

梦萦魂牵想回故里，
何曾一刻把它忘记？
船离夏水心却向西，
伤心故都日益远离！

极目瞭望登上大堤，
暂且舒解我的愁意；
可怜啊富饶的祖国大地，
可悲啊水乡的古朴风习！

1 须臾：片刻。

2 夏浦：夏水之滨。夏水于夏口汇入长江，“背夏浦”，则船过夏口而东，离郢更远。

3 坟：堤。

4 州土：国土，此指楚国土地。古称天下有九州，楚占荆州、扬州的大部分。 平乐：指土地宽平富饶。

5 江介：江边，犹水乡。介，侧，边。

当陵阳之焉至兮[1]，淼南渡之焉如[2]？
曾不知夏之为丘兮[3]，孰两东门之可芜？
心不怡之长久兮，忧与愁其相接；
惟郢(yǐng)路之辽远兮，江与夏之不可涉。

面对着洪波不知去路，
大水茫茫我怎能南渡？
谁料到宫殿会变成废墟，
那两座东门竟会荒芜？

心里老那么难受，
新愁连接着旧忧；
郢都的道路多么辽远，
长江夏水已无法重游！

1 当：面对。 陵阳：一说是地名，在今安徽青阳以南的陵阳镇，屈原曾到过这里。一说同上文"阳侯"，都是陵阳国侯的省称，指大波。译文取后说。

2 如：往。

3 夏：通"厦"，指郢都的王宫。 丘：土丘，这里作废墟解。

忽若去不信兮[1]，至今九年而不复。

惨郁郁而不通兮，蹇(jiǎn)侘(chà)傺(chì)而含慼(qī)[2]。

光阴快得真难以相信，
在外竟过了九个年头。
心头的悲痛郁结难通，
失意的人儿眉心常皱。

以上写自己长期流放后忧国思归的心情。

1　忽：迅速。　若：语词。　去：指时光逝去。　不信：谓令人难信。

2　慼：同“戚”，忧伤。

外承欢之汋(chuò)约兮[1]，谌(chén)荏(rěn)弱而难持[2]。
忠湛(zhàn)湛而愿进兮[3]，妒被(pī)离而鄣(zhàng)之[4]。
尧舜之抗行兮[5]，瞭杳(yǎo)杳而薄天[6]；
众谗人之嫉妒兮，被以不慈之伪名[7]。

表面一副讨好的媚态，
实际软骨头毫无能耐。
忠心耿耿想为国献身，
群小妒忌横设下障碍。

唐尧虞舜的高尚德行，
直达天庭啊正大光明；
却有那么多谗人嫉妒，
强加“不慈”的虚假罪名。

1　外：外表。　承欢：对君王献媚邀宠。　汋约：同“绰约”，柔美貌，指群小“承欢”时的媚态。

2　谌：真，此指内在的才能，与“外”对举。　荏弱：软弱无能。

3　湛湛：厚实貌。

4　被离：犹纷纷。被，通“披”。　鄣：同“障”，遮蔽，阻碍。

5　抗：借作“亢”，高。

6　瞭：光明貌。　杳杳：高远貌。　薄：至，及。

7　不慈：传说尧看自己的儿子丹朱不贤，把帝位传给舜；舜看自己的儿子商均不肖，把帝位传给禹。这正是值得歌颂的“抗行”。但古代有人指责他们对自己的儿子不慈爱，例如《庄子》里有“尧不慈，舜不孝”之说；《吕氏春秋·当务篇》说“尧有不慈之名，舜有不孝之行”。

憎愠惀之修美兮[1]，好夫人之忼（kāng）慨[2]；
众踥（qiè）蹀（dié）而日进兮[3]，美超远而逾迈。

忠臣的美德受到嫌弃，
浮夸的大话反而欢喜；
会趋奉的一天天高升，
正人君子却日益远离。

以上揭露朝廷的美恶不分，以说明自己欲归不得的原因。

1　愠惀：忠心耿耿不善表达的样子。　修：义同美。

2　好：爱。　夫：语助词。　人：指佞臣。　忼慨：同“慷慨”，此指表面积极、假意慷慨。

3　踥蹀：轻步急走，此形容竞相钻营。

乱曰：

曼余目以流观兮[1]，冀壹反之何时[2]？

鸟飞反故乡兮，狐死必首丘；

信非吾罪而弃逐兮[3]，何日夜而忘之！

尾声：

我放眼瞭望四方，

何时如愿回去一趟？

鸟飞不离故巢，

狐死头朝山冈；

我清白无辜竟遭流放，

哪日哪夜不缅怀故乡！

1　曼：本义长，这里是伸展的意思。

2　冀：希望。

3　信：实在。

抽思

【题解】

抽，通“紬”（chōu），理出丝缕的头绪。抽思就是缕述思绪，相当于今之抒情。

本篇可分为两大部分：从开头到“少歌”，追写从前谏君不听，被怀王怒而疏之的情形；从“倡”以下，抒写自己流放汉北以后系念郢都而又欲归不得的痛苦心情。通篇都洋溢着回朝从政的强烈愿望，非但没有提到死，而且没有流露出对君王的失望。这说明作者当时在政治上还只是初次碰壁。

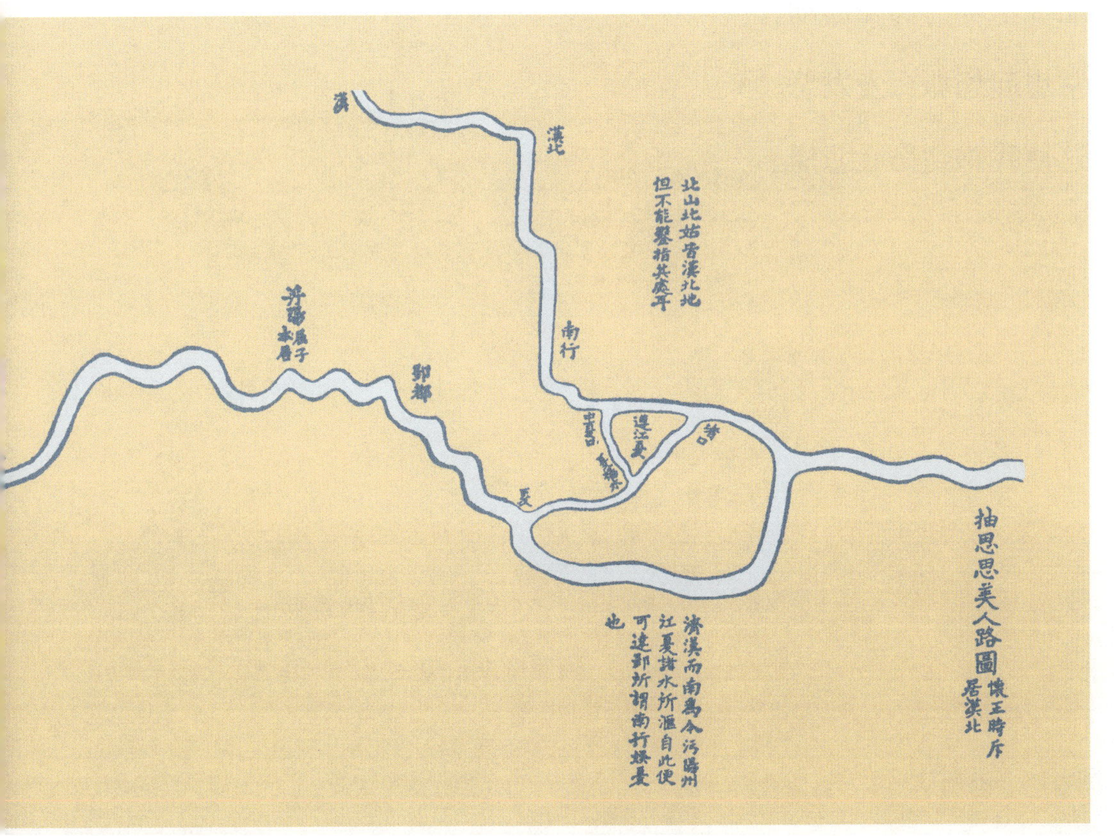

心郁郁之忧思兮，独永叹乎增伤[1]！
思蹇(jiǎn)产之不释兮[2]，曼遭夜之方长[3]。
悲秋风之动容兮[4]，何回极之浮浮[5]；
数(shuò)惟荪之多怒兮[6]，伤余心之懮(yōu)懮[7]！

忧思在心里郁结回转，
独个儿长叹更添伤感！
愁思解不开愈缠愈乱，
沉沉的黑夜偏又漫漫。

悲叹秋风使草木变容，
北极星都仿佛在浮动；
常想起您那么爱发怒，
这使我感到伤心悲痛。

1　永：不停地。一说同“咏”。　平：《文选》司马相如《长门赋》注、张衡《四愁诗》注并引作“而”。

2　蹇产：曲折纠缠。

3　曼：长貌。

4　动容：变动容颜，犹动怒。此指秋风使草木变色，喻下文“荪之多怒”。

5　回极：刘向《九叹·远游》“征九神于回极兮”注：“回，旋也。极，中也。谓会北辰之星于天之中也。”古说天体回旋的枢纽是斗柄上的三颗维星，北极星是“天之中”。(《尔雅》孙炎注：“北极，天之中。”)此“回极”是以北极星泛指天之中心。林云铭《楚辞灯》认为“回”是“四”之误。四极是四方的极边，此指四极之内，犹天下。也可通。

6　数：多次。　惟：思。　荪：香草名，喻怀王。《史记·屈原列传》多次写怀王之怒，如“王怒而疏屈平”。

7　懮懮：忧伤、悲痛的样子。

愿摇起而横奔兮[1]，览民尤以自镇[2]；
结微情以陈词兮[3]，矫以遗(wèi)夫美人[4]。

有时候我真想远走他乡，
看人民苦难又压下此想；
还是把思绪织成文辞吧，
高举起对美人当面细讲。

以上是本篇的开场白，交代写作的缘由。

1　摇起：急起。《方言》："摇，疾也。"一说"摇"同"遥"，"起"是"赴"之误。
2　览：看。　尤：苦难。　自镇：强自镇静。
3　微情：微末的心意，是自谦之词，犹私衷。　陈词：指作《抽思》。
4　矫：举。　遗：赠。　美人：喻怀王。

昔君与我成言兮，曰黄昏以为期；
羌中道而回畔兮，反既有此他志[1]。
憍(jiāo)吾以其美好兮，览余以其修姱(kuā)[2]；
与余言而不信兮，盖(hé)为余而造怒[3]。

您从前曾跟我约好，
发誓要白头偕老；
谁能料半途翻悔，
又有了别的怀抱。

你对我矜持自己的美貌，
用你的妖媚来向我炫耀；
跟我的约言你全不信守，
为何还对我寻衅发牢骚！

1　“昔君”四句：与《离骚》“初既与余成言兮，后悔遁而有他”相同，以男女婚约喻君臣关系，说楚怀王轻诺寡信，屡次变心。黄昏，喻年老。或说古代婚礼在黄昏举行，故云。期，约。畔，古同“叛”。回畔，背叛，翻悔。

2　“憍吾”二句：憍，同“骄”。览，炫示。其，两句都指怀王。修姱，美好。

3　盖：音义同“盍”，一本直作“盍”，何。　造怒：寻衅生怒。

愿乘间而自察兮[1]，心震悼而不敢[2]；
悲夷犹而冀进兮[3]，心怛(dá)伤之憺憺(dàn)[4]！
历兹情以陈辞兮[5]，荪详(yáng)聋而不闻[6]；
固切人之不媚兮[7]，众果以我为患[8]。

想找个机会表白衷肠，
心儿扑腾跳嘴也不敢张；
悲哀，犹豫，我还想进言，
那创伤又使我畏惧惊慌！

向你表白了这些衷情，
你装聋作哑听也不听；
向来正直人不会谄媚，
我才被看成眼中之钉。

1　乘间：找机会。间，间隙。　自察：自我表白。
2　震悼：战栗。
3　冀：希望。
4　怛：悲痛。　憺憺：畏惧而心跳。憺，通“惮”。
5　历：列举。　兹：此。
6　详：同“佯”，假装。
7　切人：切直的人。一说应作“切言”，直言。
8　果：果然。

初吾所陈之耿著兮[1]，岂至今其庸亡[2]？
何独乐(yào)斯之謇(jiǎn)謇兮[3]？愿荪美之可光[4]！
望三五以为象兮[5]，指彭咸以为仪[6]；
夫何极而不至兮[7]，故远闻而难亏。

我当初讲得那么分明，
你今天难道忘得干净？
为什么我喜欢忠言直谏？
只愿你美德更显光明！

三王五霸是你的榜样，
我把彭咸视为典范；
有了目标还怕不能达到？
美名远扬要破坏也难。

1 耿：明亮。 著：明显。
2 庸：遽，就。 亡：通“忘”。
3 乐斯：喜欢这样。 謇謇：直言貌。
4 美：美德。 光：发扬光大。
5 三五：王注：“三王五伯。”朱熹《集注》：“三皇五帝。”屈原时代言“三五”，多指三王五伯。三王即《离骚》“昔三后”，指夏禹、商汤、周文王。五伯即春秋五霸，先秦时均指齐桓公、晋文公、楚庄王、吴阖闾、越勾践。汉以后说法不一。 象：榜样。
6 仪：模范。
7 极：目标。

善不由外来兮，名不可以虚作；
孰无施而有报兮[1]？孰不实而有获[2]？

"善"不是外加的花朵，
"名"不靠虚伪的做作；
不肯出力怎能有报酬？
不结果实哪里有收获？

荪

即菖蒲。参见《湘君》「荪」图注。

菖蒲

1 施：施舍。
2 实：果实，此作动词用，结出果实。

少歌曰[1]：

与美人之抽思兮，并日夜而无正[2]；

jiāo 憍吾以其美好兮[3]，ào 敖朕辞而不听[4]！

副歌：

我对美人抒发了幽情，

白天黑夜都没人作证；

她向我炫耀自己的美貌，

对我的忠言傲慢不听！

1　少歌：朱熹注："少歌，乐章音节之名。《荀子·佹诗》亦有小歌，即此类也。""少歌"在楚辞中仅见于本篇。这一节"少歌"，是前面内容的小结。"少"一作"小"。

2　正：同"证"。

3　憍：同"骄"。

4　敖：同"傲"。

倡曰[1]：

有鸟自南兮[2]，来集汉北[3]；

好姱佳丽兮，胖（pàn）独处此异域[4]。

又唱：

鸟儿啊来自南方，

栖息在汉北的树上；

看它是多么绚丽，

却独自流落异乡。

1　倡：同“唱”。朱熹注：“倡，亦歌之音节，所谓发歌句者也。”“倡”字在这里是另外唱起的意思。《抽思》可分两大部分，“倡曰”是下半篇的开始，故云。

2　鸟：作者自喻。　南：指郢都。

3　集：鸟息树上。　汉北：今湖北襄樊附近地区。

4　胖：本指一物中分为二，此作分离解。

望北山而流涕兮　临流水而太息

既惸(qióng)独而不群兮[1]，又无良媒在其侧；
道卓远而日忘兮[2]，愿自申而不得。
望北山而流涕兮[3]，临流水而太息！

举目无亲，独来独往，
又没有良媒在身旁；
归程遥遥，日益淡忘，
想表白苦衷向谁讲？
遥望南山，眼泪汪汪，
面对着流水叹息哀伤。

1　惸：字同“茕”，孤独。

2　卓：当从一本作“逴”（chuò），与“远”同义。

3　北山：洪兴祖、朱熹同引一本作“南山”，可从。或说即郢都北十里的纪山。

望孟夏之短夜兮[1]，何晦明之若岁[2]？
惟郢路之辽远兮[3]，魂一夕而九逝。
曾不知路之曲直兮[4]，南指月与列星；
愿径逝而不得兮[5]，魂识路之营营[6]。

初夏的夜晚本来很短，
我现在怎么度夜似年？
郢都的道路那么辽远，
灵魂一夜间来回九遍！

不识去郢都的曲折路径，
只对着南天的月亮星星；
想直接前去又无路可通，
灵魂为认路奔忙个不停。

1 孟夏：夏历四月。可知本诗作于“孟夏”。篇首“秋风动容”是比喻怀王易怒，与写诗和作者来汉北的时间都无关。

2 晦明：从天黑到天亮，即一夜。

3 惟：发语词。

4 曾不知：不曾知。

5 径逝：径直而去。

6 识路：识别道路。 营营：忙忙碌碌。

何灵魂之信直兮[1]，人之心不与吾心同！

理弱而媒不通兮[2]，尚不知吾之从容[3]。

灵魂多么正直而守信用，

别人的心跟我并不相同！

没有人引荐，没有人疏通，

有谁知道我的磊落心胸！

1　信直：老实正直。

2　理：使者。

3　从容：舒缓貌。此指心地磊落，胸怀宽舒。由于“理弱而媒不通”，故君王“尚不知吾之从容”。

乱曰：

长濑湍流[1]，泝江潭兮[2]；

狂顾南行[3]，聊以娱心兮。

轸石崴嵬[4]，蹇吾愿兮[5]；

超回志度[6]，行隐进兮[7]。

尾声：

长长浅滩流水急，

逆流弄舟楫；

急切四顾向南行，

聊以舒胸臆。

耸天怪石拔地起，

差点要碰壁；

究竟南渡或北回？

进退心迟疑。

1　濑：浅滩上的流水。

2　泝江潭：以逆水行舟比喻返郢之难。泝，同“溯”，逆流而上。潭，深渊，楚方言。“江潭”泛指江河，不是专指汉水。作为专门名词的“江”，古指长江，非指汉水。汉水南流，与下句“南行”同向，不能称“泝”。屈赋乱辞通例，都是总结篇意，而不是记载某一段实际的生活历程。本篇乱辞的“泝江潭”，是以比喻来总结全篇，并非纪实。

3　狂：形容强烈急切的心情。　顾：瞻望。

4　轸石：扭曲的怪石。轸，弯曲。　崴嵬：高耸貌。

5　蹇：阻碍。　愿：指“南行”的愿望。怪石悬崖阻碍南行，比喻坏人当政，使自己无法回朝。

6　超：超越，谓强渡过去，南下郢都。　回：指回汉北。　志度：犹考虑。志，《仪礼》注：“犹拟也。”度，揣度。“超回志度”是倒装句，当作“志度超回”解，即考虑南下还是北回。

7　行隐：义同“超回”。行，南行。隐，退隐汉北。“进”字失韵，义亦难通，郭沫若校作“难”，字形之误。

低回夷犹[1]，宿北姑兮[2]；
烦冤瞀(mào)容[3]，实沛徂(cú)兮[4]。
愁叹苦神，灵遥思兮，
路远处幽，又无行媒兮。
道思作颂[5]，聊以自救兮[6]；
忧心不遂，斯言谁告兮？

只得徘徊在歧路，
投宿到北姑；
愁眉蹙额心烦冤，
颠沛流离苦。

愁闷长叹神憔悴，
灵魂想高飞；
路又远啊地又僻，
谁人来做媒？

且借咏诗抒心扉，
聊以解愁眉；
忧思总是推不开，
这话告诉谁？

1 低回：徘徊。 夷犹：犹豫。
2 北姑：地名，所在未详。可能是杜撰，如“泝江潭”不是记载实际行程一样。
3 瞀容：瞀形于色，犹愁容苦貌。瞀，心绪烦乱。
4 实：实在由于。 沛徂：犹颠沛流离。沛，颠沛。徂，行。
5 道思：义同“抽思”。道，述。 颂：诗歌，指本篇。
6 救：解脱。

懷沙

【题解】

这篇是屈原的绝命辞，是屈原的代表作之一。司马迁把它录入《史记》本传。

对“怀沙”的字义，有两种解释：一，朱熹说：“言怀抱沙石以自沉也。”二，蒋骥说：“‘怀沙’之名，与‘哀郢’、‘涉江’同义。”“怀沙”就是怀念长沙。长沙古称“沙”。

《史记·楚世家》说楚始祖熊绎封于丹阳（今湖北秭归县东），而据《方舆胜览》记载：“长沙郡治内有熊湘阁，以熊绎始封之地而名。”唐张正言《长沙风土碑》也说：“昔熊绎始在此地。”熊绎时候，大概北以丹阳为中心，南以长沙为据点。屈原自沉汨罗，汨罗在长沙附近。到长沙死节，一由于“江与夏之不可涉”的客观原因；二是出于“狐死必首丘”的乡国之情。

此诗死志已坚，心情平静，真正是视死如归。本篇的文字简练，节奏明快，这些艺术特点正是作者视死如归的心境的反映。

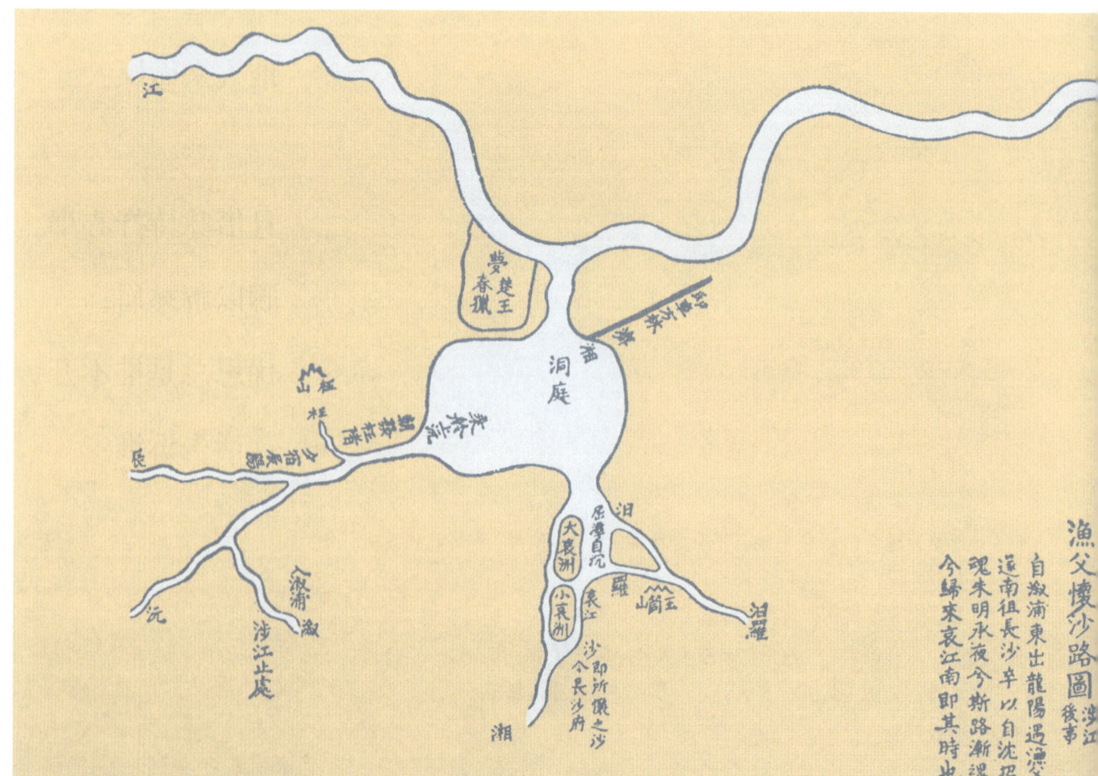

滔滔孟夏兮[1]，草木莽莽[2]；
伤怀永哀兮，汩(yù)徂(cú)南土[3]。
眴(shùn)兮杳(yǎo)杳[4]，孔静幽默[5]；
郁结纡(yū)轸(zhěn)兮[6]，离慜(mǐn)而长鞠(jū)[7]。
抚情效志兮[8]，冤屈而自抑。

初夏啊和暖，
草木啊纷繁；
我的心却久久伤感，
像急流奔向江南。

四顾啊茫茫，
大地啊寂然；
我的心绞痛似割，
长留着伤痕斑斑。
一想起自己的初衷，
强把个人的冤屈放一边！

1　滔滔：《史记》引作“陶陶”，和暖。一说是滔滔不绝的意思，形容夏季昼长。

2　莽莽：茂盛貌。

3　汩：流水快貌。　徂：行。　南土：《涉江》记载屈原已流放到湘西的辰阳、溆浦，这些地方与长沙一带，是楚国的南疆。

4　眴：字同“瞬”，看。　杳杳：深远不清貌。

5　孔：很。一说同“空”。　幽、默：都是静寂无声的意思。

6　纡：委屈。　轸：悲痛。

7　离：借作罹，遭遇。　慜：同“愍”，忧患。　鞠：窘困。

8　效：是効(hé)的误字，审核。这句是扪心自问的意思。

刓方以为圜兮[1]，常度未替；
易初本迪兮[2]，君子所鄙。
章画志墨兮[3]，前图未改[4]；
内厚质正兮，大人所盛。

把方形削成圆形，
规矩并不会变更；
想要把理想改变，
就会被君子看轻。

坚持正道守法规，
对理想誓不改悔；
心地厚实根子正，
才会被君子赞美。

1　刓：削。　圜：同“圆”。

2　易初：改变初志。　本：是“卞”的误字。“卞”古通“变”。迪，古通“道”，《尔雅》：“迪，道也。”卞迪，改变常道。易初、卞迪是同义并列（从闻一多《楚辞校补》）。

3　章：明确。　画：规划。　志：牢记。　墨：绳墨，喻法度。

4　前图：初志。

巧倕（chuí）不斫（zhuó）兮[1]，孰察其拨正[2]？
玄文处幽兮[3]，矇（méng）瞍（sǒu）谓之不章[4]；
离娄微睇（dì）兮[5]，瞽（gǔ）以为无明[6]。

巧倕要是不动斧子，
谁知他能变曲为直？
黑色花纹放在暗处，
盲人说是一张白纸；
离娄微微眯起眼睛，
瞎眼当他没长眸子。

1　倕：传说是尧时的巧匠。　斫：砍。

2　拨正：即“扶拨以为正”，使弯曲的东西成为正直的。拨，弯曲。《淮南子》：“扶拨以为正。”高诱注：“拨，枉也。”

3　玄：黑色。　文：同“纹”。

4　矇瞍：盲人。有眼珠而看不见叫矇，没有眼珠叫瞍。

5　离娄：一作“离朱”。传说是黄帝时人，能于百步之外见秋毫之末，黄帝失掉玄珠，他给找回。　睇：微视，楚方言。

6　瞽：盲人。

凤皇在笯兮　鸡鹜翔舞

变白以为黑兮，倒上以为下；
凤皇在笯(nú)兮[1]，鸡鹜(wù)翔舞[2]！
同糅玉石兮，一概而相量[3]；
夫惟党人之鄙固兮[4]，羌不知余之所臧[5]！

黑白全都混淆，
上下统统颠倒；
凤凰关进竹笼，
鸡鸭展翅舞蹈！

宝玉混着石块，
被人等量齐观；
群小这样鄙劣，
怎知我的美善！

1　笯：竹笼，楚方言。
2　鹜：鸭。
3　概：平斗斛的横木。
4　夫、惟：都是语气助词。　鄙固：鄙陋、顽固。《史记》引作“鄙妒”。
5　臧：善。一说臧同“藏”，抱负、理想。

任重载盛兮，陷滞而不济[1]；
怀瑾握瑜兮，穷不知所示[2]。
邑犬群吠兮，吠所怪也；
非俊疑杰兮，固庸态也。

装得太满吃分量，
陷在泥中没法想；
怀里手中皆美玉，
不知该叫谁欣赏。

村里狗儿成群吠，
只因少见多惊奇；
否定俊才疑豪杰，
向来庸人有惯技。

1　陷：陷没。　滞：沉滞。　不济：不中用。
2　穷不知：完全不知道。穷，尽，形容“不知”。　示：显示。

文质疏内兮[1]，众不知余之异采；
材朴委积兮[2]，莫知余之所有[3]。
重仁袭义兮，谨厚以为丰[4]。
重华不可遌(è)兮[5]，孰知余之从容？

外表内心都朴实，
谁知文采我独异；
栋梁之材空堆积，
英雄竟无用武地。

日积月累求仁义，
充实自身不停息。
虞舜不能再相逢，
谁知我磊落心胸？

1　文：外表。　质：内里。　疏：朴素。　内：同“讷”，木讷，不善辞令。

2　材：有用的木料。　朴：未加工的木料。　委积：堆积。

3　所有：指上句的“材朴”。自己有“材朴”的作用，却不为人知。

4　“重仁”二句：重、袭，都是重复、积累的意思。厚、丰，都是充实的意思。这两句说自己从来重视品德的锻炼，日积月累，坚持不懈，不断以仁义充实自己。

5　遌：同“迕”，遇也。

古固有不并兮[1]，岂知其故也！
汤禹久远兮，邈不可慕也！
惩连改忿兮[2]，抑心而自强；
离慜而不迁兮，愿志之有象[3]。
进路北次兮[4]，日昧昧其将暮；
舒忧娱哀兮，限之以大故[5]！

贤臣从来难遇明主，
怎能知道其中缘故！
大禹成汤离得太远，
千古悠悠无法思慕！

且把愤恨丢在一旁，
要把意志锻炼坚强；
祸患没能使我变节，
愿为后人留下榜样。

加快赶路向北投宿，
夕阳昏昏时将入暮；
排遣愁闷舒解哀思，
莫把愁苦带入黄土！

1 古固有：自古就有。　不并：明君与贤臣生不同时。这句意同《涉江》“伍子逢殃兮，比干菹醢。与前世而皆然兮，吾又何怨乎今之人”。

2 惩：戒。　连：《史记》引作“违”。王念孙认为“当从《史记》作违，违与愇同。《广雅·释诂四》：愇，恨也”（《读书杂志》）。“惩愇”与“改忿”对文，谓克制自己的恨忿，即下句“抑心”、上文“自抑”之意。

3 象：榜样。

4 次：停息。

5 限：限制。　之：代词，指上句的“忧”“哀”。　大故：死亡。《孟子·滕文公上》：“今也不幸，至于大故。”把“忧”“哀”限在死亡以前，即要死得从容，不把生前的哀忧带到身后。

乱曰：
浩浩沅湘，分流汩兮；
修路幽蔽，道远忽兮。

尾声：
沅水湘江浩荡，
各自分头奔忙；
道路险阻又漫长，
前程遥远渺茫！

曾伤爰哀，永叹喟（kuì）兮；

世溷（hùn）浊莫吾知，人心不可谓兮[1]！

怀质抱情，独无匹兮[2]；

伯乐既没，骥焉程兮[3]？

伤累累哀泣不断，

怨声声短吁长叹；

世昏昏没有知己，

心相异谁可倾谈！

抱一颗纯洁童心，

找不到一个知音；

伯乐啊已经作古，

骏马啊谁来评品？

1 “曾伤”四句：今本《楚辞》错在下文“余何所畏惧兮”句后，现据《史记》移归于此，似较顺理成章。但《史记》在“余何所畏惧兮”句下又重出这四句，那恐怕是后人根据《楚辞》附益的。曾，借作“增”，多次。爰，《方言》：“凡哀泣而不止曰爰。”喟，叹气。

2 匹：伴侣。朱熹认为是“正”字之误，同“证”，与“程”叶韵，也可通。

3 伯乐：即孙阳，春秋时人，以善相马受秦缪公赏识。 程：衡量，品评。

民生禀命[1]，各有所错兮[2]；
定心广志，余何所畏惧兮？
知死不可让，愿勿爱兮[3]；
明告君子[4]，吾将以为类兮[5]！

人生在世各有天命，
成败寿夭早已注定；
安一安神，定一定心，
我又何必受怕担惊？

明知道死神躲不掉，
就索性舍得把命抛；
我要向先贤来宣告，
我将以你们为同道！

1　禀命：禀受天命。
2　错：同“措”，安排。
3　勿爱：指为了成仁取义，不吝啬自己的生命。爱，吝啬。
4　明告：公开告诉。　君子：指彭咸等前贤。
5　类：即“类别”之类，指与“君子”同类。一说“类”作“榜样”解，也可通。

思美人

【题解】

本篇与《惜诵》、《惜往日》、《悲回风》一样，取篇首二三字为题，这是先秦诗文普遍流行的命篇方式。《庄子》内篇开始打破这个传统，以文章的旨意命篇。屈原的多数作品也这样。

“美人”喻怀王。诗篇从头到尾贯穿着坚持修洁与降身辱志这两种不同思想之间的矛盾。要么降身辱志，去攀援群小；要么坚持修洁，依从前贤。本篇以思楚王始，以思彭咸终，诗人的心从一个“美人”转到另一个“美人”，前贤战胜了楚王，理想压倒了现实。本篇的写作时间可能在《惜诵》、《抽思》之后。

萹

萹蓄，一名萹竹，蓼科，一年生草本。多生郊野道旁。叶狭长似竹，初夏于节间开淡红色或白色小花，入秋结子，嫩叶可入药。

思美人兮，擥[lǎn]涕而伫[zhù]眙[chì][1]；
媒绝路阻兮，言不可结而诒[yí][2]。
謇[jiǎn]謇之烦冤兮[3]，陷滞而不发[4]；
申旦以舒中情兮[5]，志沈[chén]菀[yù]而莫达[6]。
愿寄言于浮云兮，遇丰隆而不将[7]；
因归鸟而致辞兮[8]，羌迅高而难当[9]。

思念着我的美人，
收了泪站着发愣；
媒人断路又不通，
寄情意再不可能。

进忠言招致烦冤，
陷泥泞车轮不转；
天天想抒发衷情，
心沉重不能成言。

托浮云传书寄怀，
遇云神偏不捎带；
请归雁顺便转告，
无奈它太高太快。

1　擥：同“揽”，收。　伫：久站。　眙：瞪着眼。

2　结而诒：犹今“封寄”，详见《惜诵》“固烦言不可结而诒兮”注。

3　謇謇：同“謇謇”，直言貌。

4　陷滞：见《怀沙》“任重载盛兮，陷滞而不济”注。　发：指发轫，开车前进。

5　申旦：天天。申，重复，一次次。朱熹《集注》：“申，重也；今日已暮，明日复旦也。”也有人说“旦”作明白、表白解，“申旦”是再三表白。

6　沈菀：即沉郁。郁结不舒。

7　丰隆：云神名。　将：送。

8　因：依、凭。　归鸟：王注：“鸿雁。”

9　当：值、遇。

高辛之灵盛兮，遭玄鸟而致诒（yí）[1]；
欲变节以从俗兮，媿（kuì）易初而屈志[2]。
独历年而离愍（mǐn）兮，羌凭心犹未化[3]；
宁隐闵而寿考兮[4]，何变易之可为！

高辛氏德行盛美，
燕子才给他做媒；
要变节随从时俗，
叛理想于心有愧。

多年来遭难受罪，
消不了愤懑伤悲；
我宁可忍忧到老，
哪能有变节行为！

1　“高辛”二句：高辛，即帝喾（kù）。灵，美。玄鸟，燕子。诒，通“贻”，赠；此作名词用，聘物。这两句详见《离骚》“凤皇既受诒兮，恐高辛之先我”注。

2　媿：同“愧”。　易初：改变初衷。　屈志：屈辱本志。

3　羌：发语词，楚方言。　凭心：愤懑的心情。　化：消。

4　隐：忍。　闵：忧。　寿考：年老。

知前辙之不遂兮[1]，未改此度；

车既覆而马颠兮，蹇（jiǎn）独怀此异路[2]！

明知道前途艰险，

这方向决不改变；

车翻倒马失前蹄，

我偏要独自向前！

1　前辙：犹前途。辙，车轮滚过的迹印。　遂：顺利。

2　蹇：发语词。　异路：指与群小不同的道路。

勒骐骥而更驾兮　造父为我操之

勒骐骥而更驾兮，造父为我操之[1]；
迁逡（qūn）次而勿驱兮[2]，聊假日以须时[3]；
指嶓（bō）冢（zhǒng）之西隈（wēi）兮[4]，与纁（xūn）黄以为期[5]。

把骏马重新套起，
请造父给我执鞭；
慢慢走不必驱赶，
让我把光景流连。
朝向着嶓冢西边，
直到那黄昏时限。

1 造父：周穆王时的善御者。 操之：指执辔。

2 迁逡次：缓行。迁，前进。逡次，逡巡，徘徊游移。

3 假日：借些日子，费些日子。假，借。 须：等待。“假日”、“须时”都是流连光景、聊以消磨时日的意思。

4 嶓冢：山名，又称兑山。在今甘肃天水和礼县之间，在汉水源头西北数百里，是漾水的发源地，古人误以为是汉水发源地。 隈：山边。

5 纁黄：即黄昏。纁，借作“曛”，一本正作“曛”，落日的余晖。嶓冢在西北，是日落方向，这句以日落喻寿终。以上两句是坚持正道，死而后已的意思。又因嶓冢一带是秦的最初封地，也有人说这两句是“直捣黄龙”的意思。

茝

即白芷。在《楚辞》中又名芷、药等，参见《离骚》「白芷」图注。

开春发岁兮[1]，白日出之悠悠[2]；
吾将荡志而愉乐兮，遵江夏以娱忧[3]。
擥（lǎn）大薄之芳茝（chǎi）兮[4]，搴（qiān）长洲之宿莽[5]；
惜吾不及古之人兮，吾谁与玩此芳草？

开春一年又岁首，
太阳出来慢悠悠；
我将开怀去遨游，
沿着江夏去消愁。

采摘芳芷在林莽，
拔取卷施水洲上；
可惜没赶上前贤，
谁人同我赏群芳？

1　开：开始。　发：发端。

2　悠悠：迟缓貌。初春夜长，太阳迟出，故云。

3　江夏：长江、夏水。夏水，古河名，连接长江、汉水，今已改道。详见《哀郢》“遵江夏以流亡”注。

4　擥：同揽，采摘。　薄：草木丛。　芳茝：即白芷，香草名。

5　搴：拔取，楚方言。　宿莽：即卷施草，楚方言。宿莽经冬不枯。

解萹薄与杂菜兮[1]，备以为交佩[2]；
佩缤纷以缭转兮[3]，遂萎绝而离异[4]。
吾且儃佪以娱忧兮[5]，观南人之变态[6]：
窃快在其中心兮[7]，扬厥凭而不竢[8]。

摘些萹花和杂菜，
好做佩环左右带；
佩环花多相缠绕，
枯萎凋残变得快。

我为解闷散步徘徊，
看那奸佞百般丑态：
他们心底暗暗得意，
故意佯怒把威风摆。

1 解：采。 萹：萹蓄，一名萹竹，蓼科，不香，短茎白花。 薄：读作“傅”(fū)，花朵。

2 备以：聊以，暂且。 交佩：左右佩。

3 缭转：互相缠绕。

4 离异：变质。

5 儃佪：徘徊。

6 南人：指郢都的党人，即《涉江》“哀南夷之莫吾知兮”的“南夷”。闻一多认为“人”是“夷”之误(《楚辞校补》)。 变态：异状。

7 窃快：暗喜。 中心：心中。

8 扬：外露。 凭：怒。 不竢：王注，“无所待”。这里是无所顾虑的意思，即尽情逞怒。竢，同“俟”，待。以上两句写“南人”的异状。

芳与泽其杂糅兮[1]，羌芳华自中出[2]；
纷郁郁其远烝兮，满内而外扬；
情与质信可保兮[3]，羌居蔽而闻章[4]。

香臭不分混在一块，
芳香终究从中出来；
缕缕幽馨飘扬远播，
内部充溢必然向外；
感情实质全都可靠，
身虽放逐美名传开。

1　泽：芳之反，即臭，详见《离骚》“芳与泽其杂糅兮”注。

2　闻一多《楚辞校补》：“案出字不入韵。疑此二句上或下脱二句。”

3　可保：可靠。

4　居蔽：指被逐在野。　闻：名声。　章：同“彰”，明。

令薜荔以为理兮[1]，惮举趾而缘木；
因芙蓉以为媒兮[2]，惮褰(qiān)裳而濡(rú)足[3]。
登高吾不说兮[4]，入下吾不能；
固朕形之不服兮[5]，然容与而狐疑[6]。

想请薜荔做代表，
怕它爬树会攀高；
想请荷花做媒人，
提裳还怕湿了脚。

高攀我可不高兴，
低就我更不答应；
只为我啊不习惯，
就此徘徊不能定。

1　薜荔：香草名，蔓生灌木，也称木莲，缘木而生。　理：使者。
2　芙蓉：荷花。
3　褰裳：把衣裳提起来。　濡：沾湿。
4　说：同“悦”。
5　朕形：犹今“我这个人”。朕，我。形，身。　服：习惯。
6　然：乃。　容与：徘徊不进。　狐疑：犹豫。

广遂前画兮[1]，未改此度也；
命则处幽吾将罢兮，愿及白日之未暮也[2]；
独茕(qióng)茕而南行兮[3]，思彭咸之故也[4]！

还是坚持走老路，
决不改道变态度；
人到黄昏万事休，
要趁白日未入暮；
孤孤单单向南走，
思慕彭咸上征途！

1　广遂：完全顺从。　前画：从前的计划。

2　“命则”二句：含意与前面“指嶓冢之西隈兮，与纁黄以为期”相同，也是以日暮比喻寿终。命则处幽，生命已处在将暮阶段。“则”是语词。

3　茕茕：孤单貌。

4　彭咸：见《离骚》“愿依彭咸之遗则”注。

惜往日

【题解】

本篇有一些身后的话，伪作的可能性较大。但它比较明确地写出屈原的一些生平思想，即使是后人所写，写的时间当也离屈原不远，故有重要的史料价值。

临沅湘之玄渊兮　遂自忍而沉流

惜往日之曾信兮，受命诏以昭诗[1]；
奉先功以照下兮[2]，明法度之嫌疑。

想当年曾得到宠信，
受草诏明世的大任；
用祖先的功业教育百姓，
法度严明得无隙可乘。

1　命诏：诏令，君王的号令。　诗：朱熹据别本改作“时”。

2　照：读作“昭”，昭示，教育，　下：下民。

国富强而法立兮，属（zhǔ）贞臣而日娭[1]；
秘密事之载心兮[2]，虽过失犹弗治。
心纯庞而不泄兮[3]，遭谗人而嫉之；
君含怒以待臣兮，不清澂其然否[4]。

国家富强，法令健全，
忠良当政，君王心宽；
国家的机密我都掌握，
偶有过失君王也包涵。

我心地纯朴，保密谨慎，
遭到了谗人嫉妒万分；
君王从此对我含着怒意，
也不明察谁假谁真。

1 属：付托。 贞臣：作者自称。 娭：同“嬉”。君王可以放心游嬉。
2 载心：放在我的心里。
3 庞：通“厖”，厚实。 不泄：忠于职守，不泄露机密。
4 清澂：澄清。澂，同“澄”。 然否：是非。

蔽晦君之聪明兮[1]，虚惑误又以欺[2]；
弗参验以考实兮[3]，远迁臣而弗思[4]。
信谗谀之溷浊兮，盛气志而过之[5]。

君王的耳目都被遮掩，
黑白颠倒啊受人欺骗；
不去细心地查核事实，
不加考虑就放逐忠贤。
听信谗谀的梦呓鬼话，
指责我罪状怒气冲天。

1　聪明：喻耳目。聪，指听觉好。明，指视觉好。

2　虚、惑、误：近义字叠用，例同《离骚》的“览相观”。虚是捏造事实，惑是颠倒是非，误是陷害误人。

3　参：比较。　验：验证。

4　迁：放逐。　臣：作者自称。

5　盛气志：指盛怒。　过：罪过；此作动词用，责罚。

何贞臣之无罪兮，被离谤而见尤[1]？
惭光景之诚信兮，身幽隐而备之[2]。
临沅湘之玄渊兮，遂自忍而沉流；
卒没身而绝名兮，惜壅君之不昭[3]！

为什么忠臣无罪无辜，
反而遭诽谤受罪受苦？
有愧于影和形一刻不离，
我还是逃避到幽暗之处。

面对沅湘黑洞洞的渊底，
铁着心跳进奔流的江里；
终于身亡啊而又名灭，
可惜昏君还受着蒙蔽！

1 被：闻一多《楚辞校补》根据东方朔《七谏·沉江篇》“反离谤而见攘”句，疑此“被”字为“反”字之讹：“反讹为皮，因改为被也。” 离、见：都是遭受的意思。

2 “惭光景”二句：君臣关系本该像光影一样，但自己因受谗人离间，被楚王排斥放逐，因此，在光亮的地方看到光影诚信的景状，就要触景伤情，惭愧得无地容身，想隐退到幽暗的地方而避之。景，古同影。光景诚信，犹今“形影不离”。备，闻一多校作“避”，声之误(《楚辞校补》)。

3 “临沅湘”四句：壅君，受蒙蔽的君王，犹昏君。屈原对楚王都用美称，如“灵修”、“哲王”、“荃”、“荪”等，唯这篇用鄙称，是可疑者一；其次，“遂自忍而沉流”的“遂”(就)，“卒没身而绝名”的“卒”(终于)，都是已完成的语气，既已沉流没身，又怎能写诗？这是更大的漏洞。但它却为屈原确曾沉江殉节提供一条证据。昭，明。

君无度而弗察兮，使芳草为薮幽[1]；
焉舒情而抽信兮[2]，恬死亡而不聊[3]；
独鄣壅而蔽隐兮[4]，使贞臣而无由[5]。

君王没分寸不明察是非，
使芳草埋没在沼泽荒地；
哪里还能够倾吐衷情？
还是泰然地与世别离；
障碍重重啊我孤身独栖，
使忠臣压抑无报国之机。

1　为：处于。　薮幽：草泽深处。薮，草泽。
2　焉：何处。　抽信：与抒情同义。抽，抒。信，真情。
3　恬：安然。　不聊：不苟活在世，意即“恬死亡”。
4　鄣壅：与蔽隐同义，谓障碍重重。
5　由：缘由，指报国的机会。

闻百里之为虏兮[1]，伊尹烹于庖厨[2]，
吕望屠于朝歌兮[3]，宁戚歌而饭牛[4]；
不逢汤武与桓缪兮[5]，世孰云而知之[6]？

百里奚曾在楚国坐牢，
伊尹埋没在厨房烹调，
吕望在朝歌当屠户，
宁戚边喂牛边唱歌谣；
不碰上商汤、武王与齐桓、秦穆，
有谁知他们才能高超？

1　百里：即百里奚，春秋时虞国大夫。晋献公打败虞国，俘百里奚，当陪嫁女儿的奴隶送给秦穆公。百里奚中途逃走，被楚兵捉去。秦穆公得知他是贤才，用五张黑羊皮赎回，封为大夫。

2　伊尹：商汤的辅佐大臣，出身奴隶，做过厨子。

3　吕望：即吕尚，俗称姜太公。本姓姜，因先代封在吕，故以吕为氏。未发迹时，曾在朝歌（故城在今河南淇县北）卖肉，晚年垂钓渭滨，遇周文王而得重用，后来辅佐武王灭商。

4　宁戚：春秋时卫国人。喂牛时唱歌抒怀，被齐桓公听到，得以赏识重用。饭牛：喂牛。

5　汤：商汤。　武：周武王，重用吕望而灭商。　桓：齐桓公。　缪：秦穆公（一作秦缪公）。

6　云：语助词。自“闻百里”至此，专写君臣遇合的好先例。

吴信谗而弗味兮[1]，子胥死而后忧。
介子忠而立枯兮，文君寤而追求[2]。
封介山而为之禁兮[3]，报大德之优游[4]；
思久故之亲身兮[5]，因缟素而哭之[6]。

吴王夫差轻信了谗言，
逼死伍子胥忧患在后头。
介子推忠诚得抱树烧死，
晋文公省悟后才去访求。

封赐介山，禁止樵采，
使他的大德垂名千秋；
想起老朋友患难与共，
穿起白丧服悲泪横流。

1　弗：洪兴祖、朱熹同引一本作“不”。　味：体味、辨别。于省吾认为“味”应读作“沬”，已也(《泽螺居楚辞新证》)。郭在贻疑“弗味”为“曹昧”之借，曹昧是“目不明”的意思(《楚辞解诂》)。

2　“介子”二句：介子，介子推。文君，晋文公，春秋时晋国君，献公之子，名重耳。被父妾骊姬谗毁，曾出奔流亡十九年，介子推等从行，备受危难苦辛。文公归国即位后，大家报功争赏，介子推不肯自荐，被文公遗忘。子推带母亲隐居绵山(今山西介休东南)。文公这才想起，遂在绵山三面放火，只留一面，想让子推出来。子推坚持不出，抱树烧死。立枯，指抱树站着被烧焦。

3　“封介”句：晋文公为了纪念子推，封赐緜山为“介山”，禁止采樵。

4　优游：宽广貌。形容介子推德行伟大。

5　久故：多年的故旧，老朋友。　亲身：不离身。一说当作“割身”，指割股。流亡期间，介子推曾割股肉给重耳充饥。

6　缟素：白色的丧服。

或忠信而死节兮，或訑(dàn)谩而不疑[1]；
弗省察而按实兮，听谗人之虚辞；
芳与泽其杂糅兮，孰申旦而别之[2]？

有的人因忠诚受死，
有的人以欺诈得仕；
不去调查尊重事实，
专听谗人虚构之辞；
香臭不分混作一团，
谁能日复一日辨识？

1 訑谩：欺诈。訑，通“诞”。

2 申旦：天天。详见《思美人》“申旦以舒中情兮”注。

何芳草之早殀兮？微霜降而下戒[1]。

谅聪不明而蔽壅兮[2]，使谗谀而日得[3]。

为什么芳草过早夭亡？
微霜初降时未及提防。
因君王听觉受到蒙蔽，
才使谗谀者得意扬扬。

1　下：是“不”的误字。　戒：戒备。

2　谅：义同“诚”，犹今“实在由于”。　聪不明：听觉不明。

3　日得：日益得逞。

自前世之嫉贤兮，谓蕙若其不可佩；
妒佳冶之芬芳兮，嫫（mó）母姣而自好[1]；
虽有西施之美容兮，谗妒入以自代。

自古就有人忌恨贤才，
说蕙草杜若不可佩戴；
妒忌美人的风韵幽香，
丑陋的嫫母故作媚态。
即使有西施的无比美貌，
妒忌者也会以阴谋取代。

1　嫫母：一作嫫母，传说是黄帝的次妃，貌极丑。　姣：妖。　自好：自以为美好。

愿陈情以白行兮[1]，得罪过之不意；

情冤见（xiàn）之日明兮[2]，如列宿（xiù）之错置[3]。

我愿敞开心自我表白，

得到这罪过实在意外；

真情与冤状日益分明，

像天上星辰历历明摆。

1　白行：表白行为。

2　见：音义同“现”。

3　宿：星宿。　错：借作“措”，安置，安排，陈列。

乘骐骥而驰骋兮，无辔(pèi)衔而自载[1]；

乘氾(fàn)泭(fú)以下流兮[2]，无舟楫而自备[3]；

背法度而心治兮[4]，辟(pì)与此其无异[5]。

想骑骏马往来奔走，

没有缰绳只靠双手；

想乘木筏顺水浮游，

没有船桨工具自筹；

背离法度听凭心治，

这情况和前例同样荒谬。

1 辔：缰绳。 衔：勒马口的金属。 自载：没有工具，依靠自己的身手驾驭。

2 氾泭：浮筏。氾，同“泛”。泭，同“桴”，用竹木编制的筏子。

3 舟楫：操舟之楫，非指舟、楫二物。楫，桨。朱熹《集注》说：“舟字疑当作维。”这是把“舟楫”误解为并列词组而产生的疑问。 自备：义同上文“自载”。

4 心治：不要法度，随心所欲地治理国家。《韩非子·用人篇》“释法术而用心治”与这句语意相近。这句明确反映了屈原反对心治、主张法治的进步思想。

5 辟：读作“譬”。 此：指乘马无辔，氾泭无楫。譬如治国无法，任凭“心治”。

宁溘（kè）死而流亡兮[1]，恐祸殃之有再；
不毕辞而赴渊兮，惜壅（yōng）君之不识[2]。

我宁愿暴死而不得安葬，
只怕再遭到不测灾殃；
衷情未诉完这就去跳江，
遗憾昏君不了解我的衷肠。

1　溘：忽然。　流亡：指尸体不得安葬，而随水漂泊。
2　壅君：受蒙蔽的君王，昏君。

橘颂

【题解】

本篇借对橘树的赞美，来歌颂人的坚贞不移的美德，是古代咏物诗的范例。

本篇的写作时间最难确定。诗中没有丝毫的悲愤情绪，而有“嗟尔幼志”、“年岁虽少”等话，这是很多学者认为它是屈原早年所作的主要理由。但整首诗所反复歌颂的美德，集中于“受命不迁”、“深固难徙”这一点上，与《离骚》诸篇所颂扬的美德，十分相似。从这个角度来看，又像是政治失败后的寄情之作。

后皇嘉树[1]，橘徕（lái）服兮[2]；
受命不迁[3]，生南国兮。
深固难徙，更壹志兮；
绿叶素荣[4]，纷其可喜兮！

天地间最美的橘树，
习惯于我们的水土；
天生不可移植，
只肯生在南楚。

根深蒂固难以迁移，
真是一心一意；
绿叶衬着白花，
繁茂令人心喜！

1　后皇：是对天地的尊称。后，后土。皇，皇天。先“后”后“皇”，是因为古代称人王为“皇后”（如《尚书·顾命》“皇后凭玉几”），倒置为“后皇”，可以避免与人王的“皇后”相混。

2　徕：同“来”。　服：习惯。

3　受命：受天地之命，即禀性，天性。《周礼·考工记》：“橘逾淮（河）而北为枳（音 zhǐ，俗名臭橘）。”

4　素荣：白花。

曾枝剡（yǎn）棘[1]，圆果抟（tuán）兮[2]；
青黄杂糅，文章烂兮[3]。
精色内白[4]，类任道兮[5]；
纷缊（yùn）宜修[6]，姱而不丑兮！

橘

1 曾枝：犹繁枝。曾，通“增”。 剡：尖利。 棘：刺。
2 抟：同“团”，圆圆的。
3 文章：花纹色彩。 烂：光泽貌。
4 精色：鲜明的皮色。 内白：内瓤清白净洁。
5 类：像。 任：抱。《悲回风》：“任重石之何益。” 道：道德。
6 纷缊：繁茂。 宜修：修饰得体。

繁枝上利刺尖尖，
成熟的美果圆圆；
看皮色青黄相间，
好一幅灿烂的画面！

皮色鲜明内瓤洁净，
就像包着善良纯真；
枝叶繁盛修饰得体，
只有美好瑕疵无存！

橘

果木名。常绿乔木，树枝细，通常有刺，叶子长卵圆形，果实扁圆形，果皮红黄色，果肉多汁，味酸甜不一。果皮、果核及树叶都可入药。

嗟尔幼志　有以异兮
独立不迁　岂不可喜兮

嗟尔幼志[1]，有以异兮；
独立不迁，岂不可喜兮[2]！

赞叹你从小有志气，
与时俗全然相异；
独立而坚定不移，
是多么可贵可喜！

1　嗟：赞叹词。

2　“独立”二句：王逸注：“屈原言己之行度，独立坚固，不可迁徙，诚可喜也。”洪兴祖补注：“自此以下，申前义以明己志。”

深固难徙，廓其无求兮[1]；
苏世独立[2]，横而不流兮[3]。
闭心自慎[4]，终不失过兮[5]；
秉德无私[6]，参天地兮[7]。

根深蒂固难迁走，
心胸旷达无他求；
与世独立保清醒，
横渡急水不逐流。

你一直谨慎自守，
从来不犯过得咎；
你坚持公正不阿，
同天地一样不朽。

1 廓：指胸怀旷达。

2 苏：醒。

3 横而不流：以驾舟横渡不随流而下，比喻为人处世能特立独行。横，横渡。流，水向下。

4 闭心：节欲。意同上文“无求”、下文“自慎”。

5 失过：“过失”的倒文。

6 秉：持。 私：偏阿，不公正。

7 参：合，这里是匹配的意思。古说“天无私覆，地无私载”。作者说橘也公正“无私”，其德可比天地。

愿岁并谢[1]，与长友兮；

淑离不淫[2]，梗其有理兮[3]。

年岁虽少，可师长兮；

行比伯夷[4]，置以为象兮[5]。

我与你生死相交，

愿友谊终身永保；

你美丽而不淫佚，

刚直而合于正道。

你年纪虽然还小，

大可以为人师表；

你行为好比伯夷，

树榜样千古光照。

1 愿岁并谢：是誓同生死的意思。岁，年寿。并谢，同死。

2 淑：善。　离：借作“丽”。

3 梗：正直。　理：条理。

4 伯夷：殷末义士，周灭殷后，耻食周粟，饿死于首阳山。

5 象：榜样。

悲回風

【题解】

“回风”是旋风。本篇从回风摇蕙起兴，全诗笼罩着忧郁悲凉的抒情气氛，完全状写心理，没有一句叙事；后半篇多用双声叠韵联绵词和对偶句，音节很美，在艺术上颇具特色。

蕙

即薰草，俗称佩兰。参见《离骚》「蕙」图注。

悲回风之摇蕙兮，心冤结而内伤；
物有微而陨性兮[1]，声有隐而先倡[2]。
夫何彭咸之造思兮[3]，暨志介而不忘[4]？
万变其情岂可盖兮，孰虚伪之可长[5]？

可悲那旋风摧残香蕙，
心头郁结啊伤痕累累；
纤弱的芳草命若游丝，
无形的旋风咆哮施威。

我为什么追慕那彭咸，
志节耿介常在我心间？
感情万变啊岂能遮掩，
谁能把伪装保持久远？

1 “物有微”句：说蕙草衰弱，易受损伤。物，指蕙草。有，语助词，无义。陨，损。性，古通“生”，生命。

2 声：指秋风。　倡：同唱。秋风隐约无形，但发肃杀之先声。

3 造思：追思。

4 暨：读作“冀”，希望。

5 “万变”二句：是说自己追思彭咸，纯出真诚，绝无虚伪。

鸟兽鸣以号群兮，草苴(chá)比而不芳[1]；
鱼葺鳞以自别兮，蛟龙隐其文章[2]。
故荼荠不同亩兮[3]，兰茝幽而独芳；
惟佳人之永都兮，更统世以自贶(kuàng)[4]。
眇远志之所及兮[5]，怜浮云之相羊[6]；
介眇(miǎo)志之所惑兮[7]，窃赋诗之所明！

薺

荠

荠菜。一年生或二年生草本。叶被毛茸，柄有窄翅。春天开花，花小，白色。嫩株可作蔬食，味甘美。全草可入药。

1 草：指新鲜的芳草。 苴：枯草。 比：混在一起。这两句至“兰茝幽而独芳”，是比喻自己只能与彭咸等前贤为类，不屑与群小合流，即回答上文“夫何彭咸之造思”。

2 “鱼葺”二句：葺，编。自别，自炫以立异。文章，文采。鱼现则龙隐，龙不屑与鱼为伍。

3 荼：苦菜。 荠：甜菜。

4 “惟佳人”二句：佳人，喻前贤。都，美好。更，经历。统世，世代。古称一个朝代为一统。贶，古通“况”。《广韵》：“况，善也。”自贶犹“独芳”。

5 眇：读作“渺”，遥远貌。 及：谓及于前贤。

6 相羊：同“徜徉”，自在地徘徊，此指白云自由飘荡。

7 介眇志：高远或远大的心志。介，高大。眇，读作“渺”。惑，当从一本作“感”。

鸟兽召唤同类才相互鸣唱，
鲜草混入枯草就失去芬芳；
鱼儿炫耀自己整齐的鳞片，
蛟龙就深深地把文采隐藏。

甜菜苦菜不种在同一地方，
兰芷爱在深谷里独吐幽香；
只有美人才能够永远姣丽，
纵然历经沧桑也百世流芳。

我的心对前贤追思遥想，
羡慕那浮云自在地飘荡；
我的志向远大深有所感，
就让我写成诗略表衷肠！

荼

苦菜。越年生菊科植物。春夏间开黄色花。茎空，叶呈锯形，有白色奶汁。茎叶嫩时均可食，略带苦味，故名。

惟佳人之独怀兮[1]，折若椒以自处[2]；

曾(zēng)歔(xū)欷(xī)之嗟嗟兮[3]，独隐伏而思虑。

涕泣交而凄凄兮，思不眠以至曙；

终长夜之曼曼兮，掩(yān)此哀而不去[4]。

一心怀恋着美人，
折香木消愁解闷；
不住地唉声叹气，
虽隐居心绪纷纷。

孤凄凄涕泪交相零，
情绵绵相思到天明；
夜漫漫一宿刚熬完，
哀切切难抹心中情！

1 惟：思。

2 若椒：杜若与申椒。

3 曾：读作“增”，屡次。 歔欷：悲泣，叹息。 嗟嗟：叹词，表示感慨。

4 掩：读作“淹”，留也。

寤从容以周流兮[1]，聊逍遥以自恃[2]；
伤太息之愍怜兮[3]，气於(wū)邑而不可止[4]。
糺(jiǔ)思心以为纕(xiāng)兮[5]，编愁苦以为膺[6]。
折若木以蔽光兮，随飘风之所仍[7]。

我还是起床自在地游荡，
散散心医治自己的创伤；
可怜我心悲痛长吁短叹，
止不住气闷郁结在胸膛。

用相思结根丝绳，
把愁苦编成背心。
折若木遮住阳光，
任旋风把我远引。

1　寤：醒，此作起床解。　周流：游荡。
2　自恃：精神上的自我支撑。恃，借作“持”。
3　愍：哀伤。
4　於邑：同郁邑，气闷。
5　糺：同“纠”，纽结。　纕：佩的带子。
6　膺：胸，这里指护胸的衣物，犹今背心、兜肚之类。
7　仍：因、循；此处义同随。

存仿佛而不见兮[1]，心踊跃其若汤；

抚珮衽(rèn)以案志兮[2]，超惘惘而遂行[3]。

岁曶(hū)曶其若颓兮[4]，旹(shí)亦冉冉而将至[5]；

薠(fán)蘅槁而节离兮[6]，芳以歇而不比[7]。

眼前什么都看不清，

心头滚烫无法平静；

整一整衣饰平复心境，

茫然若失我踽踽而行。

岁月飞逝不可留驻，

生命渐渐接近限度；

芳草都已节脱叶枯，

繁花凋谢飘零入土。

1　存：客观存在的东西。　仿佛：模糊不清。

2　珮：玉佩。　衽：衣襟。　案：按捺，抑制。

3　超：借作“怊”(chāo)：失意貌。　惘惘：迷惘，茫然若失；也是失意貌。

4　曶曶：音义同“忽忽”，快貌。　颓：落。

5　旹：古“时”字；此指一生的时限。　冉冉：渐渐。

6　薠、蘅：都是香草名。

7　以：已。　不比：飘零离散。比，聚合。

怜思心之不可惩兮[1]，证此言之不可聊[2]；
宁溘死而流亡兮，不忍此心之常愁。
孤子唫(yín)而抆(wèn)泪兮，放子出而不还[3]；
孰能思而不隐兮[4]，照彭咸之所闻[5]。

可怜我痴心已无可救药，
证明平复心绪并不可靠；
宁可这就死去随流漂荡，
也不忍让愁绪长此缠绕。

像孤儿呻吟着揩拭眼泪，
像弃儿丢出门不能返回；
想起这谁能不隐隐作痛，
将效仿彭咸的所作所为。

1 思心：指上文“踊跃若汤”的心。 惩：治。

2 此言：指上文“案志”、“自恃”等假设之言。 聊：靠。

3 “孤子”二句：唫，古“吟”字，呻吟。抆，擦拭。放子，弃儿。孤子、放子都是自喻。

4 隐：心痛。

5 “照彭咸”句：照，一本作“昭”，皆可通。“闻”字失韵。王逸解释这句说：“睹见先贤之法则也。”也与闻字无关。沈祖緜《屈原赋证辨》校作“闲”。当由“闲”俗写作“閒”而误作“闻”。闲，法则、规范。《论语·子张》：“大德不逾闲。”这句义同《离骚》“愿依彭咸之遗则”，《抽思》“指彭咸以为仪”。则、仪、闲近义。

登石峦以远望兮，路眇眇之默默[1]；
入景响之无应兮[2]，闻省想而不可得[3]。
愁郁郁之无快兮，居戚戚而不可解[4]；
心鞿羁而不开兮，气缭转而自缔。

登石峰眺望远方，
路漫漫寂静渺茫；
没影子也没回响，
我不听不看不再思想。

愁绪啊郁结不开，
思路啊纠缠堵塞；
心扉啊栓系紧闭，
气息啊缭绕成块。

1 眇眇：读作“渺渺”，远而不清。

2 景响之无应：极言处境的孤寂。景，同“影”。

3 “闻省想”句：耳、目、心都无感受，极言心境的寂寥。闻，耳听。省，目视。想，心想。

4 “居戚戚”句：王逸解释这句说：“思念憔悴相连接也。”据此，则居字不可通。闻一多：“疑居为思之误。”(《校补》)

穆眇眇之无垠兮[1]，莽芒芒之无仪[2]；

声有隐而相感兮[3]，物有纯而不可为[4]。

大地无声渺渺无边疆，

野色苍茫看不见物象；

秋风无形万物相感应，

万物有性人力难勉强。

以上两句有道家的自然无为思想，为下面六句提供理论根据。

1　穆：静。　垠：边际。

2　莽：野色苍茫。　芒芒：同“茫茫”。　仪：形、象。

3　声：指秋风。　有：语词，无义。　相感：指秋风肃杀，万物相应而枯萎。

4　纯：纯朴的本性。　为：人为。

邈漫漫之不可量兮，缥緜緜之不可纡[1]；
愁悄悄之常悲兮[2]，翩冥冥之不可娱[3]；
凌大波而流风兮[4]，托彭咸之所居。

道路漫长得不可度量，
希望缥缈得攀缘不上；
忧愁悲伤缠住我不放，
夜里做梦也难以欢畅；
还是乘风波到处游荡，
神游彭咸居住的地方。

1 缥："缥缈"的省文。 緜緜：隐约不绝，若有若无的样子。 纡：连接，系结。

2 悄悄：忧愁貌。

3 翩冥冥：黑夜里飞翔，指梦思。翩，飞。

4 流风：顺风漂流。

上高岩之峭岸兮，处雌蜺（ní）之标颠[1]；
据青冥而攄（shū）虹兮[2]，遂儵（shū）忽而扪天[3]。
吸湛（zhàn）露之浮源兮[4]，漱凝霜之雰雰[5]；
依风穴以自息兮[6]，忽倾寤以婵媛[7]。

登上高山的峭壁悬岩，
坐到雌霓的弓背上面；
我占据太空舞起彩虹，
忽然又举手抚摸苍天。

我饮用的浓露珠成串，
我漱口的繁霜白如盐；
枕着风穴山自然入梦，
翻身醒来又愁绪绵绵。

1　雌蜺：也称副虹。虹常有内外两层，通称为虹。古人分别言之，内层色鲜，传说性雄，称虹；外层色淡，传说性雌，称蜺。蜺亦作霓。　标颠：最高处，此指蜺的弓背。

2　青冥：青天。　攄：舒展。攄虹，舒展虹的光彩。蜺在虹上，作者处于蜺的“标颠”，居高临下地处理虹采。

3　儵：同“倏”，义同“忽”，快貌。　扪：抚摸。俯攄虹采之后，立刻仰扪青天。

4　湛：露水浓重。《诗·小雅·湛露》：“湛湛露斯，匪阳不晞。”　浮源：姜亮夫《校注》：“源一作凉，皆不可通，凉源又一字之误，疑本作浮浮，与下句霜之雰雰对文。浮浮者，言露浓重之象，《诗·江汉》‘江汉浮浮’，传‘众强貌’；《诗·角弓》‘雨雪浮浮’，传‘犹瀌瀌’；是也。”

5　凝霜：浓霜。　雰雰：王注：“霜貌也。”

6　风穴：神山名，在昆仑山上，是北方寒风的风源所在地。　自息：自然地睡去。据下句“倾寤”，此“息”当作“寐”解。

7　倾寤：转身醒来。　婵媛：内心痛恻貌。

冯昆仑以澂雾兮　隐岐山以清江

冯昆仑以瀓雾兮[1]，隐岐山以清江[2]；
惮涌湍之磕磕兮[3]，听波声之汹汹[4]。
纷容容之无经兮[5]，罔芒芒之无纪[6]；
轧洋洋之无从兮[7]，驰委移之焉止[8]？

背靠着昆仑驱散雾障，
身凭着岷山澄清长江；
我怕急流和巨石冲撞，
不愿听到波涛的声浪。

大水横流啊纷乱无序，
江面迷茫啊看不出规律；
浊浪滔滔啊从何而来，
波涛滚滚啊到何处去？

1　冯：同“凭”，依傍。　瀓雾：与下句“清江”对文。瀓，澄清。

2　隐：义同凭。　岐山：即岷山，古人认为是长江的发源地。

3　涌湍：急流。　磕磕：水石相击声。

4　汹汹：波涛声。

5　“纷容容”句：容容，通“溶溶”，大水流动貌。经，“经纬”的省文。这句写大水横溢，纷乱无序。

6　“罔芒芒”句：这句写江面上水汽迷茫。罔，同惘，迷惑。芒，同茫。纪，条理。

7　轧：倾轧，矛盾。指水势互相撞击，辨不清流向。　无从：不知从何而来。

8　驰：指波涛奔驰。　委移：同委蛇。此指波涛沿曲线奔驰。　焉止：不知到哪里止息。

漂翻翻其上下兮[1]，翼遥遥其左右[2]。
氾（jué）潏潏其前后兮[3]，伴张弛之信期[4]。
观炎气之相仍兮[5]，窥烟液之所积[6]；
悲霜雪之俱下兮，听潮水之相击。

水波翻腾啊起伏动荡，
江水两侧啊左右摇晃；
前浪刚起啊扑来后浪，
伴随潮汐啊同落同涨。

看炎夏水汽不断循环，
凝积而为雨露云烟；
到冬天变成霜雪降落，
听潮水撞击又是春天。

1　漂：洪补：“浮也。”此指水面起伏。

2　翼：两翼，指左右。　遥：借作摇，摇摆不定。

3　“氾潏潏”句：这句与下句连读，“氾潏潏”指涨潮。氾，同泛。潏潏，水涌出貌。

4　伴：洪兴祖《楚辞补注》：“读若背畔之畔。”古畔通叛。　张弛：指潮水的涨落。　信期：指潮汐有一定的时间。

5　炎气：夏天江河受热而蒸发的蒸汽。古代没有“汽”字，蒸汽也称“气”。相仍：相因，即因果循环。仍，因。

6　烟：云烟。　液：指雨露。

借光景以往来兮[1]，施黄棘之枉策[2]；
求介子之所存兮[3]，见伯夷之放迹[4]；
心调度而弗去兮[5]，刻著志之无适[6]。

驾神光往来于古今之间，
挥着弯弯的黄棘神鞭；
寻访介子推遗存的古迹，
看一看伯夷出走的路线；
仔细想想又不忍离开，
动摇于死生去留之间。

1　借：乘。　光景：王注："神光电景。"

2　施：用。　黄棘：神话中的木名。《山海经·中山经》："苦山有木，名黄棘，其实如兰。"棘是刺，黄棘当是生刺的神木。　枉：弯曲。黄棘当是灌木，质柔而弯。　策：鞭。既乘"光景"为马，又施"黄棘"为鞭，以求快上加快。

3　介子：介子推，见《惜往日》注。　存：居。

4　伯夷：见《橘颂》注。

5　心调度：细心考虑。调度，犹调整。

6　刻著志：下决心。洪兴祖《补注》："刻，励也；著，立也。"　无适：无所适从。谓在去留生死之间下不了决心。

曰[1]：

吾怨往昔之所冀兮[2]，悼来者之悐悐[3]；

浮江淮而入海兮，从子胥而自适[4]。

望大河之洲渚兮，悲申徒之抗迹[5]；

骤谏君而不听兮[6]，任重石之何益[7]？

尾声：

我怨恨往日理想破残，

想起来日更心惊胆战；

还是随江淮漂流入海，

追随伍子胥解脱自安。

望一眼大河的沙渚，

就想起悲壮的申徒；

一再忠谏啊君王不悟，

抱石自沉有什么用处？

今本《楚辞》最后还有“心絓结而不解兮，思蹇产而不释”两句，系从《哀郢》篇舛入，故删。

1　曰：可能是“乱曰”之残。

2　冀：希望，理想。

3　悐：同“愓”。

4　子胥：传说伍子胥被吴王夫差赐死后，尸体被投入江中，神化而归大海。见《越绝书》。

5　申徒：申徒狄，殷末贤臣，谏纣王不听，抱石自沉。见《庄子》、《淮南子》。抗迹：高行，义同《哀郢》“尧舜之抗行”的“抗行”。抗，同“亢”，高也。

6　骤：屡次。

7　任：抱。屈原同情与敬佩申徒狄，但认为他的抱石自沉，并不能促使君王醒悟。这再一次流露出作者在生死之间踌躇未决。

遠遊

悲時俗之迫阨兮願輕舉而遠遊質菲薄
誰語夜耿耿而不寐兮魂營營而至曙惟
弗聞步從倚而遙思兮怊惝怳而乖懷意
槁而獨留內惟省以端操兮求正氣之所
願承風乎遺則貴至人之休德兮美往世
辰星兮羨韓終之得一形穆穆以浸遠兮
髣髴以遙見兮精皎皎而往來絕氛埃而

《远游》是我国第一篇游仙诗。王逸说:"《远游》者,屈原之所作也。"二千年间无异辞。近世以来,多数学者认为不是屈原所作,其主要理由,是它的道家出世思想与《离骚》等篇不合,艺术水平也不高。游国恩、姜亮夫仍认为是屈原所作,姜亮夫论证尤详。他从文风、语法、用韵诸方面证明《远游》与《离骚》的一致性。至于《远游》的思想艺术水平不高,他认为不能作为否定屈原所作的理由,因为作家的思想是复杂多样、变化发展的,每篇作品的艺术水平也不可能完全一致。屈原长期失意,某个时期有道家出世思想,并非不可能(详见姜亮夫《楚辞今绎讲录》第七讲)。

《远游》的游天,不同于《离骚》。《离骚》主人公本是个天降的神胄,是个通过文学想像塑造出来的神话人物,他在天上与人间是完全可以自由往来的。《远游》的主人公本是世俗的凡人,想"轻举""远游",无奈"质菲薄而无因",没有什么可供"托乘",后来因"气变而遂曾举",这是凡人修炼得道而"神"游太空,其形骸仍"独留"尘世。这是道家的游仙,不同于《离骚》纯粹出于文学想像的神话人物的游天。《九辩》的主人公也是个凡界人物,不是神话人物,故其最后一段,也是舍下形躯而"乘精气"神游。它是模仿《远游》,而不是模仿《离骚》。这或许也可证明《远游》作于《九辩》之前。

悲时俗之迫阨（è）兮[1]，愿轻举而远游；
质菲薄而无因兮[2]，焉托乘而上浮？
遭沉浊而污秽兮，独郁结其谁语？
夜耿耿而不寐兮[3]，魂茕茕而至曙[4]。

可悲时俗将人困囚，
我愿飞升前去远游；
只是平庸又无仙缘，
怎么能托云气上浮？

身处浊世污秽黑暗，
独自忧闷向谁交谈？
整夜心不定难以入眠，
灵魂徘徊到漏尽更残。

1　阨：阻塞，困厄。
2　质菲薄：质性鄙陋。这是自谦之词。　因：指外在的因缘。
3　耿耿：心不安宁的样子。
4　茕茕：当从一本作“营营”，往来不停的样子。

惟天地之无穷兮，哀人生之长勤[1]；
往者余弗及兮，来者吾不闻。
步徙倚而遥思兮[2]，怊(chāo)惝(chǎng)怳(huǎng)而乖怀[3]；
意荒忽而流荡兮，心愁凄而增悲！

惟有天地无穷无尽，
哀叹人生劳碌终身；
过去之事我无法了解，
未来之事更不能知闻。

步履蹒跚乱了方寸，
惆怅失意负了初心；
意态恍惚像落花败叶，
心情愁苦日益加深！

1　勤：劳碌。
2　徙倚：徘徊，踟蹰。　遥：借作“摇”。
3　怊：心无所依。　惝怳：失意貌。　乖：不和谐。一本作“永”。　怀：心情。

神儵忽而不反兮，形枯槁而独留[1]。
内惟省以端操兮[2]，求正气之所由。
漠虚静以恬愉兮[3]，澹(dàn)无为而自得[4]；
闻赤松之清尘兮[5]，愿承风乎遗则。

忽然间我精神远离，
留下了枯槁的形体。
我自省以端正情操，
探求那正气的来历。

虚无清静，中有乐趣，
淡泊无为，自能得意；
曾闻赤松子的清虚境界，
我愿把他的遗风承继。

1 “神儵忽”二句：神，精神。形，形体。神游上天，形留尘界；失神后形体就显得枯槁。

2 内惟省：扪心自省。内，内心。惟，思。省，察。 端操：端正情操。

3 漠：漠然。

4 澹：通“憺”，安然。

5 赤松：即赤松子，传说是远古的仙圣。洪兴祖《补注》引《列仙传》：“赤松子，神农时为雨师……能入火自烧。”《韩诗外传》卷五、《新序·杂问》，都记子夏对哀公说：“帝喾学乎赤松子。” 清尘：清虚的境界。

贵真人之休德兮[1]，美往世之登仙[2]；
与化去而不见兮[3]，名声著而日延[4]！
奇傅说之托辰星兮[5]，羡韩众之得一[6]；
形穆穆以浸远兮[7]，离人群而遁逸。

我敬重真人的美善，
羡慕古人能成仙；
身躯虽仙化而消失，
名声却千古流传！

奇妙啊傅说乘星上天，
那韩众得道也真是可羡；
他们形容端庄渐渐远去，
远离尘世隐逸何等飘然！

1　贵：尊重。　真人：道家理想中的得道之人。　休：美。

2　美：羡慕、赞美。

3　化：仙化。

4　著：显赫。　日延：永远不绝。

5　傅说：商王武丁的国相。　辰星：星宿名。相传傅说死后，其精神乘星上天。

6　韩众：即韩终。洪兴祖《楚辞补注》引《列仙传》：“齐人韩终为王采药，王不肯服，终自服之，遂得仙也。”　得一：道家术语，犹得道。语出《老子》：“天得一以清，地得一以宁，万物得一以成。”

7　穆穆：仪容端庄的样子。　浸：渐。

因气变而遂曾(zēng)举兮[1]，忽神奔而鬼怪；
时髣髴以遥见兮[2]，精皎(jiǎo)皎以往来[3]。
超氛埃而淑尤兮[4]，终不反其故都；
免众患而不惧兮[5]，世莫知其所如[6]。

凭借正气我飞升上天，
如神出鬼没一般倏忽变幻；
模糊的尘世只能远远望见，
光灿灿的精灵在空中往还。

超脱尘氛，忧患得以涤荡，
永不返回我的故乡；
摆脱群小无所畏惧，
世人不知道我的去向。

1　气变：承上文因“端操”而获“正气”。　曾举：高举。曾，通“增”。
2　时：读作“世”，指尘界。
3　精：精灵。　皎皎：同“晈晈”，光明貌。
4　淑：朱季海读作“涤”，荡去也。他举《诗·大雅·云汉》“涤涤山川”，《说文》艸部作“蓧蓧山川”为例，证叔、条声可通(《楚辞解故》)。　尤：忧患。
5　众患：指群小的谗谄。
6　如：往。

恐天时之代序兮，耀灵晔[yè]而西征[1]；
微霜降而下沦兮[2]，悼芳草之先零！
聊仿佯而逍遥兮，永历年而无成[3]！
谁可与玩斯遗芳兮[4]，晨向风而舒情。
高阳邈以远兮[5]，余将焉所程[6]？

怕只怕时序的代谢无情，
灿烂的太阳不停西行；
薄薄的霜花渐渐增厚，
哀伤那芳草将最先凋零！

暂且徘徊，聊以散心，
年纪已老，事业无成！
谁能跟我同赏芳草，
向着晨风畅叙衷情。
天帝高阳氏离得太远，
我想效法怎么可能？

1　耀灵：对太阳的尊称。　晔：闪光貌。

2　沦：犹“降”。

3　永历年：言年纪已经老大。永，久。

4　斯遗芳：一本作“此芳草”，译文从之。

5　高阳：旧说即“颛顼”。但本篇“高阳”与“颛顼”分别并提，高阳与下节“轩辕”，都是作者心目中“邈以远”、“不可攀”的偶像，故后文写游天时没有遇到他们。而颛顼是游天时遇到的三个天帝之一。《左传》文公十八年也是高阳与颛顼分别并提，写作二人。在屈原时高阳与颛顼尚未合为一人。详见本书附文《离骚首八句考释》。

6　程：效法。

重曰[1]：
春秋忽其不淹兮，奚久留此故居[2]？
轩辕不可攀援兮[3]，吾将从王乔而娱戏[4]。

再说：

那春秋匆匆交替，

我何必老是留在故里？

黄帝不可能见到了，

我将跟王子乔游戏。

1　重曰：再次地说。

2　奚：为什么。

3　轩辕：黄帝。

4　王乔：即王子乔，相传是周灵王的太子晋，得道成仙。

飡六气而饮沆(hàng)瀣(xiè)兮，漱正阳而含朝霞[1]；
保神明之清澄兮[2]，精气入而麤(cū)秽除[3]。
顺凯风以从游兮[4]，至南巢而壹息[5]；
见王子而宿之兮[6]，审壹气之和德[7]。

饮的是清露，吃的是六气，
用正阳漱口，把朝霞含在嘴里；
为了使精神保持纯洁，
把精气吸入，把污秽排出身体。

顺着南风去游历，
到达南巢暂时休息；
见到王子乔我肃然起敬，
向他请教得道的秘密。

1 "飡六气"二句：飡，同餐。六气，有各种不同的含义，这里当指神话里的六种自然之气，仙人所餐。沆瀣、正阳、朝霞，都是六气之一。沆瀣是北方夜半之气，正阳是南方日中之气，朝霞是日出之气。

2 神明：指人的精神。

3 精气：清净之气，即指上文"六气"。　麤：即粗。

4 凯风：南风。

5 南巢：南方荒远之国，其地望说者各异。　壹息：犹稍息。

6 王子：即王子乔。　宿：借作肃，恭敬（从朱熹说）。

7 审：究问。　壹气、和德：道家术语，都是得道的意思。

曰：
道可受兮，而不可传[1]；
其小无内兮，其大无垠；
无滑而魂兮，彼将自然[2]；
壹气孔神兮，于中夜存[3]。
虚以待之兮，无为之先[4]；
庶类以成兮，此德之门[5]。

他说：
道可以心领神会，
而不可口说言传；
它小到不可分割，
大到无边无沿；
只要你神魂不乱，
它就会自然显现；
只要你神凝志专，
夜半会到你心间。
虚静地对待一切，
不要去竞胜争先；
万物都自然形成，
你就到了得道的门前。

1 “道可”二句：见《庄子·内篇·大宗师》：“夫道有情有信，无为无形，可传而不可受，可得而不可见。”此说“可受”“不可传”，用词虽相反，含意却一致，都形容“道”的神秘性。

2 “无滑”二句：无，同“毋”，勿。滑，乱。而，尔，你。彼，指“道”。

3 壹气：即《老子》“专气致柔，能婴儿乎”的“专气”。壹，专。 孔：甚。 神：指凝神。 存：指存于心。

4 无为之先：不为外物之先，即《老子》“不敢为天下先”。洪兴祖《楚辞补注》曰：“此所谓感而后应，迫而后动，不得已而后起。”无，不。之，指称代词，指外物。

5 庶类：万物。

闻至贵而遂徂（cú）兮[1]，忽乎吾将行；
仍羽人于丹丘兮，留不死之旧乡[2]。
朝濯发于汤谷兮，夕晞（xī）余身乎九阳[3]；
吸飞泉之微液兮，怀琬琰之华英[4]。

听从王子乔的良言就动身出发，
眨眼间我便去往远方；
跟随飞仙到达昼夜常明的丹丘，
留在长生不死的仙乡。

早晨在汤谷清洗头发，
傍晚在扶桑树下晒干；
口吸飞泉喷溅的水珠，
怀揣美玉雕琢的花瓣。

1　至贵：极宝贵，指王子乔上述的话。　徂：往。

2　“仍羽人”二句：仍，追随。羽人，飞仙。《山海经·海外南经》有羽人之国、不死之民。羽人国是不死之乡。丹丘，昼夜常明之地。羽人国、丹丘、不死地，都在南方，作者是楚人，故称“旧乡”。

3　晞：晒干。　九阳：古代神话，汤谷有扶桑树，“九日居下枝，一日居上枝”（《山海经·海外东经》）。“九阳”即指下枝的九个太阳。

4　琬、琰：都是美玉名。　华、英：都是花。

玉色頩以脕颜兮[1]，精醇粹而始壮[2]；
质销铄以汋约兮，神要眇以淫放[3]。
嘉南州之炎德兮[4]，丽桂树之冬荣；
山萧条而无兽兮，野寂漠其无人。
载营魄而登霞兮[5]，掩浮云而上征。

1　頩：美貌。　脕：润泽。

2　醇粹：洪补："醇，厚也，美也。"又引班固云："不变曰醇，不杂曰粹。"

3　"质销"二句：是以体质日瘦，精神日盛，说明凡人的成分日益消失，神仙的成分日益增多。质，指体质。销铄，消亡。汋约，洪兴祖《楚辞补注》曰："柔弱貌。"神，精神。眇，通"渺"。要眇，高远貌。淫，溢，过头。

4　嘉：美。　南州：南方。　炎德：火德。这本于阴阳五行说，把东、南、西、北、中分属五行，南方属火，故称。

5　营魄：王注："灵魂。"

面如美玉啊润泽放光，
精气纯厚啊初盛方刚；
形体柔弱啊逐渐消瘦，
神魂高远啊格外奔放。

赞美炎热的南方仙境，
香丽的桂花冬天吐英；
山林里没野兽何等干净，
原野上没俗人多么冷清；
我载着魂魄登上彩霞，
浮云遮身啊飘向天庭。

桂

木犀科，常绿灌木或小乔木，为珍贵的观赏树。秋季开花，花簇生于叶腋，黄色或白色，极芳香，可提取芳香油或用作食品、糖果的香料。

桂花

命天阍其开关兮[1]，排阊阖而望予[2]。
召丰隆使先导兮[3]，问大微之所居[4]。
集重阳入帝宫兮[5]，造旬始而观清都[6]。
朝发轫于太仪兮[7]，夕始临乎于微闾[8]。

叫天国看守打开城关，
他推开天门对我看看。
我召来云师作为向导，
探问太微神所住的宫殿。

升上九天进帝宫游览，
拜访太白到清都参观。
早上在威仪的天庭出发，
晚上来到了东北的玉山。

1　阍：守门人。
2　排：推开。　阊阖：天门。
3　丰隆：云师。
4　大微：一作“太微”，天神名，居天宫内。
5　集：就，往。　重阳：天顶。洪兴祖《楚辞补注》曰：“积阳为天，天有九重，故曰重阳。”
6　旬始：太白星。　清都：上帝居住的地方。
7　太仪：天庭。
8　微闾：神话里的山名，在东北方，产玉。

屯余车之万乘兮，纷溶与而并驰[1]；
驾八龙之婉婉兮，载云旗之逶蛇。
建雄虹之采旄(máo)兮[2]，五色杂而炫耀；
服偃蹇以低昂兮[3]，骖连蜷以骄骜[4]。

数万车辆列队集中，
齐头并进行列从容；
车驾八条蜿蜒的飞龙，
云旗一路延伸在长空。

杆装牛尾，旗绘彩虹，
五色缤纷，炫耀苍穹；
矫健的服马起伏奔腾，
曲身的骖马驰骋恣纵。

1 溶与：即容与，迟缓不前，从容。

2 旄：杆头装饰牛尾的旗。

3 服：驾车的四匹马中，在中间的两匹称“服”，在两旁的称“骖”，这里泛指驾车的马。 偃蹇：形容马匹高大矫健。

4 骄骜：马纵恣奔驰。

历太皓以右转兮　前飞廉以启路

骑胶葛以杂乱兮[1]，班漫衍而方行[2]；
撰余辔而正策兮[3]，吾将过乎句芒[4]。
历太皓以右转兮[5]，前飞廉以启路[6]；
阳杲（gǎo）杲其未光兮[7]，凌天地以径度[8]。

坐骑与车驾喧杂相纠，
纷然并行如洪波横流；
手握着缰绳挥鞭整队，
探望了木神我再回头。

绕过太皓向右转弯，
飞廉在前开路踏勘；
曙光初露天未大亮，
越过天池径直朝前。

1 骑：坐骑，即一人一马的合称。 胶葛：车马喧杂貌。
2 漫衍：漫无边际。 方行：指坐骑与车驾并行。方，并。
3 撰：持。 正策：犹整队。整、正古通。策，鞭。
4 句芒：木神，在东方。洪兴祖《楚辞补注》引《山海经》曰："东方句芒，鸟身人面，乘两龙。"
5 太皓：伏羲氏，传说是东方天帝。
6 飞廉：风神。
7 杲杲：明亮貌。
8 凌：逾越。 天地：俞樾校作"天池"，即咸池。 径：直。是说跨越天池而直往。

风伯为余先驱兮　氛埃辟而清凉
凤皇翼其承旂兮　遇蓐收乎西皇

风伯为余先驱兮，氛埃辟而清凉；
凤皇翼其承旂兮，遇蓐收乎西皇[1]。
擥彗星以为旍(jīng)兮[2]，举斗柄以为麾[3]；
叛陆离其上下兮[4]，游惊雾之流波[5]。
时暧(ài)曃(dài)其曭(tǎng)莽兮[6]，召玄武而奔属[7]；
后文昌使掌行兮[8]，选署众神以并毂[9]。

风伯为我开路前行，
清净天宇扫除浊尘；
凤凰彩翼连着云旗，
西皇那里会见金神。

摘下彗星装饰旗旌，
握着斗柄指挥队形；
天地之间光怪陆离，
我在翻腾的云雾中游行。

时已昏暗暮色来临，
我请玄武作为殿军；
文昌在后带领随从，
安排众神驱车并进。

1　蓐收：金神，在西方。　西皇：西方天帝，即少昊。
2　旍：同“旌”，古代一种用牛尾和羽毛装饰杆头的旗。
3　斗柄：星名。北斗星有七颗，形如斗柄的是第五至第七十三颗。　麾：古代指挥军队的旗帜。
4　叛：纷繁貌。　陆离：光彩绚丽貌。
5　惊雾：云雾惊动而流荡如波。
6　暧曃：昏暗貌。　曭莽：阴晦貌。
7　玄武：北方天神。洪兴祖《楚辞补注》引《礼记》曰：“行前朱雀而后玄武。”玄武属后。
8　文昌：星官名，有六颗。　掌行：带领队伍。
9　署：部署，安排。　并毂：车辆并列。毂，车轮中心的圆木，这里代指车。

左雨师使径侍兮　右雷公而为卫

路曼曼其修远兮，徐弭节而高厉[1]；
左雨师使径侍兮，右雷公而为卫。
欲度世以忘归兮[2]，意恣睢以担(qiè)挢(jiǎo)[3]；
内欣欣而自美兮，聊媮(yú)娱以自乐[4]。

前程漫漫还很遥远，
缓施马鞭啸傲云天；
雨师在左侍从护路，
雷公在右防卫巡边。

飘然出世无所顾念，
随心所欲高蹈九天；
欣然自得怡然自美，
暂且欢娱乐在心间。

1 高厉：犹高亢。厉有“奋”义。
2 度：超度。
3 恣睢：放纵。 担挢：高举貌，意近“高厉”。
4 媮：通“愉”，乐。

涉青云以汎滥游兮[1]，忽临睨夫旧乡。
仆夫怀余心悲兮，边马顾而不行[2]！
思旧故以想象兮，长太息而掩涕！
氾容与而遐举兮[3]，聊抑志而自弭。

历经四方浪游了苍天，
忽然俯见熟稔的家园；
仆人怀恋，我更悲切，
骖马回头，也不愿向前！

回忆旧交又浮想联翩，
我不免长叹擦拭泪眼！
还是任意浪游远走高飞吧，
压抑自己的志向情感。

1　涉：经过。　青云：指苍天。　汎滥游：四方浪游，一本无“游”字。
2　边马：两边的骖马。
3　氾：字同“泛”。　容与：放任，任意。

指炎神而直驰兮[1]，吾将往乎南疑[2]！
览方外之荒忽兮[3]，沛罔象而自浮[4]。
祝融戒而还衡兮[5]，腾告鸾鸟迎宓妃[6]。
张咸池奏承云兮[7]，二女御九韶歌[8]。

朝着南方的火神直奔，
我又将前往九疑神山！
看世外多么辽阔浩茫，
我像汪洋里自由的风帆。

祝融劝我转车返回，
我传告鸾鸟迎来宓妃；
她奏起古乐《咸池》《承云》，
娥皇女英演奏《九韶》相陪。

1　炎神：王注："祝融。"《吕氏春秋》："其帝炎帝，其神祝融。"祝融是南方天帝炎帝的辅佐神。在古神话中，祝融一直是个管火的天神。

2　南疑：即九疑。

3　方外：世外。

4　沛：水流貌。　罔象：一作"潣漭"，水盛貌。

5　戒：警戒，这里是劝阻的意思。　还衡：转车回还。衡，车辕前的横木，此代指车。《左传》僖公二十六年和《史记·楚世家》记载，秭归附近的夔，是楚的分支，"夔子不祀祝融与鬻熊"，而被楚灭。这说明楚国是"祀祝融与鬻熊"的，祝融是楚的宗神，故劝诗人返回故里，不要出游。

6　腾告：传告。

7　咸池：传说是尧时的乐曲。　承云：传说是黄帝时的乐曲。

8　二女：王逸《章句》说是"尧二女"，即娥皇、女英。　御：侍候。　九韶：传说是舜时的乐曲。

使湘灵鼓瑟兮　令海若舞冯夷
玄螭虫象并出进兮　形蟉虬而逶蛇

使湘灵鼓瑟兮[1]，令海若舞冯夷[2]。

玄螭(chī)虫象并出进兮[3]，形蟉(liú)虬(qiú)而逶蛇[4]。

雌蜺便娟以增挠兮[5]，鸾鸟轩翥(zhù)而翔飞[6]。

音乐博衍无终极兮，焉乃逝以徘徊。

令湘水之神鼓瑟歌吹，

海神与河伯对舞翩翩。

鱼龙水怪都纷纷起舞，

时而盘曲，时而蜿蜒。

云霓轻盈更显得娇媚，

鸾鸟展翅高空里翻飞。

音乐与舞蹈无穷无尽，

我徘徊一阵就此告退。

1　湘灵：洪兴祖《补注》曰："上言二女，则此湘灵乃湘水之神，非湘夫人也。"洪说甚是。《远游》里"二女"与"湘灵"并提，应该是不同的人；而且，"尧二女"也未必是《九歌》里的"湘夫人"，详见本书《湘君》题解。

2　海若：即《庄子·秋水篇》里的"北海若"，北海之神。　冯夷：河伯。

3　玄螭虫象：都是水中神物。螭，古代传说中的一种无角蛟龙。象，王逸《章句》："罔象也。"洪兴祖《楚辞补注》引《国语》："水之怪龙罔象。"

4　蟉虬：盘曲貌。

5　便娟：轻盈美丽的样子。　挠：借作"娆"，妖娆娇媚。

6　轩翥：高飞。翥，飞举。

召黔嬴而见之兮　为余先道乎平路

舒并(pián)节以驰骛(wù)兮[1]，逴(chuō)绝垠乎寒门[2]；

轶迅风于清源兮[3]，从颛顼乎增(céng)冰[4]。

历玄冥以邪径兮[5]，乘间维以反顾[6]。

召黔嬴而见之兮[7]，为余先道乎平路。

放松缰绳任马儿飞奔，

远到天边北极的寒门；

超越疾风我来到瀙源，

冰层之上做颛顼来宾。

崎岖小路上过访水神，

横绝空间我回顾频频。

召来造化之神相见，

请他为我把大路导引。

1 舒并节：放松缰绳。舒，放松。并，读作“骈”，两马驾一车。 骛：恣意奔跑。

2 逴：远。 绝垠：天边。 寒门：北极的天门。

3 轶：后车超越前车。 清源：神话里的水名，在北方。王逸《章句》说它是“八风之藏府”，当是寒冷之源泉。“清”疑是“瀙”之误。《说文》：“瀙，冷寒也。”《集韵》：“楚人谓冷曰瀙。”译文从此。

4 颛顼：北方的天帝。 增：音义同“层”。

5 玄冥：水神。 邪径：崎岖小路。

6 间维：古代神话计算天空距离的单位名称。洪兴祖《楚辞补注》引《孝经纬》云：“天有七衡而六间，相去合十一万九千里。”又引《淮南子》曰：“两维之间九十一度。”注云：“自东北至东南为两维，匝四维，三百六十五度，一度二千九百三十二里。”

7 黔嬴：天上造化神名。

经营四荒兮，周流六漠（mù）[1]；
上至列缺兮[2]，降望大壑[3]。
下峥嵘而无地兮，上寥廓而无天[4]；
视倏（shū）忽而无见兮[5]，听惝（tǎng）恍（huǎng）而无闻[6]；
超无为以至清兮，与太初而为邻。

绕行了辽远的四荒，
上下四方都已游遍；
向上直到天盖的缝隙，
往下直到渤海的深渊。

脚下深远啊没有地，
头上寥廓啊没有天；
两眼闪闪却看不到，
两耳嗡嗡也听不见；
超然无为清静到极点，
身处在太初境界里面。

1 漠：读作"幕"。六幕，犹六合，指天地四方。
2 列缺：天盖的缝隙，闪电的光由此漏出。
3 大壑：《列子·汤问》："渤海之东……有大壑焉，实惟无底之谷，名曰归墟。"
4 "下峥嵘"二句：峥嵘，深远貌。寥廓，广远貌。下无地，上无天，意谓心容天地，而不受天地所限，达到太初原始的境界。
5 倏：义同"忽"，快貌。
6 惝怳：迷糊不清。怳，通"恍"。

卜居

屈原既放三年不得復見竭知蔽障於
有所疑願因先生決之詹尹乃端拂龜曰君
送往勞來斯無窮乎寧誅鋤草茅以力耕乎將
富貴以媮生乎寧超然高舉以保真乎將哫訾
乎將突梯滑稽如脂如韋以絜楹乎寧昂昂若
以全吾軀乎寧與騏驥亢軛乎將隨駑馬之迹
函何去何從世溷濁而不清蟬翼為重千鈞為
默默兮誰知吾之廉貞詹尹乃釋策而謝曰夫
有所不逮神有所不通用君之心行君之意龜

本篇和下篇《渔父》是同类作品，都是采用对话形式表达作者的思想，体裁介乎诗歌与散文之间，而更接近于散文，是楚辞文体的一个变种。

王逸说这两篇都是“屈原之所作”，但对于《渔父》，又说是“楚人思念屈原，因叙其辞，以相传焉”。近代学者大多认为两篇都不是屈原所作。

这两篇所描写的屈原思想，与《离骚》等篇十分一致，可见作者是深知屈原的。这两篇的艺术性都很高，对后世颇有影响，虽然未必是屈原所作，却是楚辞里的重要作品。

“卜”是问卜，“居”是居处。“卜居”是问卜去从取舍的意思。本篇写屈原向郑詹尹问卜，《渔父》篇写屈原与渔父交谈，这些可能是事实，也可能是作者的虚构。

屈原既放，三年不得复见。竭知尽忠，而蔽障于谗；心烦虑乱，不知所从。乃往见太卜郑詹尹曰[1]：「余有所疑，愿因先生决之。」詹尹乃端策拂龟曰[2]：「君将何以教之？」

1　太卜：官名，掌管卜卦的事。

2　端：摆端正。　策、龟：都是占卦的工具。策，蓍草。龟，龟壳。

屈原被流放以后，
三年不能再见到楚王。
献出全部才智和忠诚，
却被谗人离间，
他心烦意乱，
不知如何是好。
去见太卜郑詹尹，
说："我有个疑团，
想依靠先生来解决它。"
郑詹尹摆正蓍草，
拂清龟壳，
说："您有何见教？"

蓍

策

即蓍草。菊科蓍属植物，多年生草本。一本多茎，至多者四五十茎，古人常用它的茎占卜。《本草纲目》称其为「神草」。可入药，有清热解毒、消肿止痛之效。

屈原曰：
「吾宁悃（kǔn）悃款款朴以忠乎[1]？
将送往劳来斯无穷乎[2]？
宁诛锄草茅以力耕乎？
将游大人以成名乎？

屈原说：
“我应该老老实实，
质朴忠诚呢，
还是忙于送迎应酬，
攀缘奉承？
应该铲除野草，
勤奋耕耘呢，
还是游说诸侯，
追求虚名？

1　悃悃：款款，诚实貌。
2　送往劳来：对权贵送迎应酬。劳，慰劳。　斯无穷：老是这样。

宁正言不讳以危身乎？

将从俗富贵以媮生乎[1]？

宁超然高举以保真乎？

将哫(zú)訾(zǐ)栗斯、喔咿儒儿以事妇人乎[2]？

应该忠言切谏，

奋不顾身呢，

还是贪图富贵，

苟且偷生？

应该超脱俗尘，

保持天真呢，

还是阿谀谄媚，

装出笑容去讨好女人？

1 媮：同“偷”。

2 哫訾：阿谀。 栗：借作“慄”，古本亦作“慄”，谨畏貌，形容阿谀的丑态。 斯：语词。 喔咿儒儿：指勉强装笑，讨人欢心的样子。 妇人：指楚怀王的宠姬郑袖。

宁廉洁正直以自清乎？
将突梯滑稽、如脂如韦以洁楹乎[1]？
宁昂昂若千里之驹乎？
将氾氾若水中之凫[2]，
与波上下，偷以全吾躯乎？

应该清廉正直，
洁身自好呢，
还是面面取巧，
待人圆滑，
左右不倒？
应该昂首高举，
像千里之驹呢，
还是像浮游水面的野鸭，
随波逐流，
以顾全微躯？

1　突梯：圆滑貌。　滑稽：本是古代的流酒器，引申为人长于辞令，这里则指善于巧言谄媚。　如脂如韦：比喻人的圆滑。脂，油脂。韦，柔软的熟皮。　洁楹：也比喻人的态度圆滑。洁，《文选》作絜，用绳子计量圆形物体。楹，屋柱，圆形。

2　氾氾：浮游不定貌。

宁与骐骥亢轭（è）乎[1]？
将随驽马之迹乎[2]？
宁与黄鹄（hú）比翼乎[3]？
将与鸡鹜（wù）争食乎[4]？
此孰吉孰凶？何去何从？

应该与骏马并驾齐驱呢，
还是跟劣马亦步亦趋？
应该与黄鹄比翼翱翔呢，
还是跟鸡鸭争吃虫糠？
怎样做是吉，
怎样做是凶？
什么该避开，
什么该依从？

1 亢轭：犹并驾齐驱。亢，同伉，并。轭，驾车时扼住牲口颈部的横木，此作动词用，驾。

2 驽：劣马。

3 黄鹄：一名天鹅，古传“一举千里”。

4 鹜：鸭。

世溷浊而不清[1]！
蝉翼为重，千钧为轻[2]；
黄钟毁弃[3]，瓦釜雷鸣；
谗人高张[4]，贤士无名。
吁嗟默默兮，谁知吾之廉贞？」

世道啊已浑浊不清！
秋蝉的翅膀说是重，
千斤的担子反说轻；
合律的黄钟竟被毁弃，
黏土做的锅子声如雷鸣；
谗人嚣张跋扈，
贤士隐姓埋名。
我只能默默地哀叹，
谁知道我的廉洁坚贞？”

1　溷浊：浑浊，污浊。

2　千钧：古时三十斤为一钧，千钧即三万斤。

3　黄钟：古之打击乐器，多为庙堂所用，声音洪大。黄钟律为十二律中的第一律，是所有乐律的标准。

4　高张：谓居高位而嚣张跋扈。

詹尹乃释策而谢曰：「夫尺有所短，寸有所长；物有所不足，智有所不明；数有所不逮[1]，神有所不通。用君之心，行君之意，龟策诚不能知事。」

詹尹放下蓍草，辞谢道：

“尺量长物便嫌短，

寸量短物反见宽。

任何东西都有不足的地方，

聪明人也有糊涂的时光。

命运有时无法预料，

神仙有时也难知道。

就凭您的心愿，

按您的意志行事，

我的龟壳蓍草，

对此一无所知！”

1 数：命运。 逮：及。这里的“不及”，是预料不到的意思。

漁父

屈原既放遊於江潭行吟澤畔顏色憔悴形容枯
於斯屈原曰舉世皆濁而我獨清衆人皆醉而我
而能與世推移舉世皆濁何不淈其泥而揚其波
瑜而自令見放為屈原曰吾聞之新沐者必彈冠
者乎寧赴湘流葬於江魚之腹中又安能以皎皎
而去歌曰滄浪之水清兮可以濯吾纓滄浪之水

子非三闾大夫欤　何故至于斯

屈原既放，游于江潭，行吟泽畔，颜色憔悴[1]，形容枯槁[2]。渔父见而问之曰：「子非三闾大夫欤[3]？何故至于斯？」

屈原被放逐以后，
在江边湖畔一边流浪，
一边吟歌，
他脸色憔悴，
皮包骨头。
一位渔翁看见他，问道：
“您不是三闾大夫吗？
怎么到了这个地步？”

1 颜色：脸色，面色。

2 枯槁：形貌消瘦憔悴。

3 三闾大夫：楚官职名，掌管与教养楚国屈、景、昭三姓宗族子弟。

宋 佚名 渔父图

屈原曰：「举世皆浊我独清[1]，众人皆醉我独醒[2]，是以见放[3]。」

屈原说：

“这世上到处都混浊，

只有我干净；

大家都醉醺醺，

只有我清醒，

因而遭到放逐。”

1 “举世皆浊”句：浊、清，以己志之高洁比世人之贪鄙。“举世皆浊”，一作“世人皆浊”。

2 “众人皆醉”句：醉、醒，指对楚国形势清醒认识与否。徐焕龙《屈辞洗髓》：“安危利灾，醉也；知凶辨吉，醒也。”此二句《史记》作“举世混浊而我独清，众人皆醉而我独醒”。

3 见放：被放逐。见，被。

元　吴镇　渔父图

渔父曰："圣人不凝滞于物[1]，而能与世推移。世人皆浊，何不淈(gǔ)其泥而扬其波[2]？众人皆醉，何不餔其糟而歠(chuò)其釃(lí)[3]？何故深思高举，自令放为[4]？"

渔翁说：

"圣人不拘泥于某一种处境，

而能够随着世俗的改变而应变。

世人全都混浊，

您为什么不把水搅混，

使泥浆飞溅？

大家都已经醉了，

您为什么不吃点酒糟，

喝点薄酒？

您何必忧国忧民，

高风亮节，

自求放逐？"

1　凝滞于物：受外物所限，只能适应某种客观环境。凝滞，水流不通，这里是拘泥的意思。物，外物。

2　淈：搅浑。

3　餔：食。　糟：酒糟。　歠：饮。　釃：薄酒。

4　为：语助词。

屈原曰：「吾闻之：新沐者必弹冠，新浴者必振衣[1]。安能以身之察察[2]，受物之汶（mén）汶者乎[3]？宁赴湘流，葬于江鱼之腹中，安能以皓皓之白，而蒙世俗之尘埃乎？」

屈原说：“我听说：

刚洗好头要把帽子弹弹，

刚洗好澡要把衣衫抖抖，

哪能够使干净的身体，

沾染外界的污秽？

我宁愿跳进湘江，

葬身鱼腹，

哪能够让自己的洁白，

蒙受世俗的尘垢？”

1　沐：洗头。　浴：洗澡。　振衣：抖衣去尘。

2　察察：清洁貌。

3　汶汶：本义是昏暗貌，此作污垢解。

渔父莞尔而笑[1]，鼓枻(yì)而去[2]。乃歌曰：「沧浪之水清兮，可以濯吾缨；沧浪之水浊兮，可以濯吾足。」[3]遂去，不复与言。

渔翁微笑而去，
一面敲短桨，
一面把歌唱：
“沧浪江水清又清哟，
好洗我帽缨；
沧浪江水浊又浊哟，
好洗我双足……”
就此远走，
再没有跟屈原说什么。

1 莞尔：微笑貌。

2 鼓：击。 枻：短桨。

3 沧浪：水名，或说是汉水的支流，或说即汉水。《沧浪歌》又见于《孟子·离娄》，可见是战国时期的流行民歌。清水洗缨，浊水洗足，即上文“不凝滞于物，而能与世推移”的意思。

九辯

悲哉秋之為氣也蕭瑟兮草木搖落而變衰
兮若在遠行登山臨水兮送將歸泬寥兮天
氣清宗廖兮收潦而水清憯悽增欷兮薄寒
人愴怳懭悢兮去故而就新坎廩兮貧士失
志不平廓落兮羈旅而無友生惆悵兮而私
燕翩翩其辭歸兮蟬宗漠而無聲雁廱廱而
兮鶤雞啁哳而悲鳴獨申旦而不寐兮哀蟋
宵征時亹亹而過中兮蹇淹留而無成

《九辩》是楚辞的重要作品，是宋玉的代表作。

“九”不是数词，“九辩”与“九歌”一样，都是古代神话里的乐曲名称。取题为“九辩”，是为了借重它的盛名。

《九辩》是宋玉政治失意后的作品，是了解宋玉思想的重要资料。从作品里可以看出，他很有文学才华，曾在朝廷里供职，大概做文学弄臣之类的小官；因出身贫贱，而遭到排挤，对此，他十分怨恨。他的牢骚与屈原有所不同。屈原是为自己的政治理想（“美政”）未得实现而愤慨欲绝，宋玉是为个人的不幸而痛苦。因为自己遭到不幸，才对不合理的社会现象提出批评。正如他自己承认的，当他在朝廷里做官的时候，曾经“衔枚无言”，苟合取容，分尝过上层统治阶级的冷饭残羹。对这些施舍，他回想起来是感激涕零的。因此，《九辩》是一出向上爬摔了跤的悲剧。在封建时代，深得失意文人的共鸣。但宋玉的“贫士失职”，正是旧社会的不合理之处，在过去有相当的典型意义，在今天有一定的认识价值。而且，他对社会黑暗的抨击，他所提倡的举贤授能、施行仁政等政治主张，以及对国家命运的关切，也有一定的进步意义。

如果把《九辩》比作一部乐章，它的乐汇是不够和谐的。里面有不少低沉、幽怨的哀音，也有很多高亢、激昂的调子。后者大多是从屈原作品、主要是《离骚》里改装过来的。

《九辩》在艺术上达到较高的水平，尤其在状写自然景物，以抒发主观情怀方面，确有前无古人的成就与后启来者的功劳。“宋玉悲秋”成了文学史上的习语。

《九辩》原不分章节，实际上却包括好多段落，这些段落之间，不像《离骚》那么珠贯绳联，但有统一的主题、内容与风格。它不是一首诗，也不是几首诗，而是一部组诗。《九辩》的分段，古来有八、九、十、十一等几种，本书采取王逸与洪兴祖的意见，分作十一章。

悲哉，秋之为气也！
萧瑟兮[1]，草木摇落而变衰。
憭(liáo)慄(lì)兮[2]，若在远行，
登山临水兮，送将归。

可悲啊可悲，
秋气动，秋风吹！
萧萧瑟瑟，
草木飘零渐衰萎。
凄凄凉凉，
好像远出人不回，
攀山越岭对流水，
送别归人将久违。

1　萧瑟：秋风吹动草木的声音。
2　憭慄：凄凉。

泬寥兮，天高而气清[1]；
宗廖兮，收潦而水清[2]。
憯悽增欷兮，薄寒之中人[3]！

旷荡空灵，
秋天高爽秋风冷；
寥廓寂静，
秋江降落秋水清。
秋心成愁多叹息，
秋风袭人寒初生！

1　泬寥：空旷貌。　清：与下句重复，古本作“瀞”，当为“瀙”之残误。《说文》：“瀙，冷寒也。楚人谓冷曰瀙。”（从刘永济《屈赋通笺》）。

2　宗：同“寂”。　廖：一作“漻”（liáo），水清貌。　收潦：指归入河道的水。潦，积水。春夏天水涨则浊，秋天水退则清。这句以秋水比喻清寥的心境。

3　憯悽：悲痛貌。　增：屡次。　欷：叹息。　中：谓侵袭。

怆怳（kuàng）圹（lǎng）悢兮[1]，去故而就新；
坎壈兮[2]，贫士失职[3]，而志不平。
廓落兮[4]，羁旅而无友生[5]；
惆怅兮，而私自怜。

惆怅悲愤，
喜新厌旧太无情；
艰难历程，
削职只为出身贫，
此事叫人心难平。

孤孤零零，
异乡无友独飘零；
失意哀伤，
暗自辛酸影随形。

1　怆怳圹悢：惆怅失意、凄怆悲愤。怳，同“恍”。
2　坎壈：坎坷不平。
3　贫士：宋玉自称。　失职：失去官职。
4　廓落：空寂而感到孤独。
5　羁旅：流落异乡。羁，同“羁”。　友生：知心朋友。

雁廱廱而南游兮　鹍鸡啁哳而悲鸣

燕翩翩其辞归兮，蝉宗漠而无声；
雁廱廱而南游兮[1]，鹍鸡啁哳而悲鸣[2]。
独申旦而不寐兮[3]，哀蟋蟀之宵征[4]。
时亹亹而过中兮[5]，蹇淹留而无成[6]！

燕子告别翩然行，
寒蝉寂寞噤无声；
群雁嗈嗈齐南飞，
鹍鸡啾啾作悲鸣。

独自不眠到天明，
可叹蟋蟀夜相争。
时日流逝中年过，
事业停留一无成！

以上第一章，以秋天的萧索景象起兴，引出自己的身世之感。作者善于抓住秋天的典型特征，把自己的悲愁曲折细致地表达出来。古人把这一章推为描写悲秋的绝唱。

1　廱廱：当从一本作“嗈嗈”，形容鸟声和谐。
2　鹍鸡：鸟名，形似鹤，黄白色。　啁哳：繁细的鸟声。
3　申旦：通宵达旦。申，到达。
4　宵征：夜间格斗。
5　时：年纪。　亹亹：行进不停。
6　蹇：发语词，楚方言。　淹：停滞。

悲忧穷戚（cù）兮独处廓[1]，有美一人兮心不绎（yì）[2]；
去乡离家兮徕远客[3]，超逍遥兮今焉薄[4]！
专思君兮不可化[5]，君不知兮可奈何！
蓄怨兮积思，心烦憺（tán）兮忘食事[6]。

忧伤窘迫空荡荡，
有个美人心不畅；
离乡背井作远客，
东飘西泊向何方！

一心爱君决不变，
君不知我怎么办？
日日相思重重怨，
忧心如焚常忘餐。

1　戚：读作“蹙”（cù），一本作“蹙”，迫促。　廓：空虚。
2　有美一人：作者自喻。　绎：借作“怿”（yì），愉快。
3　去乡离家：比喻失去官职后离开都城。　徕远客：来作远客。徕，同来。
4　超：远。　逍遥：游荡无依的意思。　焉：何。　薄：止。
5　化：变。
6　憺：读作“惔”（tán）。《说文》：“惔，忧也。”忧心如焚的意思。《诗·小雅·节南山》：“忧心如惔。”又《大雅·云汉》：“如惔如焚。”

愿一见兮道余意，君之心兮与余异；
车既驾兮揭(qiè)而归[1]，不得见兮心伤悲；
倚结軨兮长太息[2]，涕潺湲兮下霑轼[3]。
忼慨绝兮不得[4]，中瞀(mào)乱兮迷惑[5]。
私自怜兮何极[6]？心怦(pēng)怦兮谅直[7]。

想见一面叙衷肠，
君心跟我不一样；
驾好车子去又回，
不能相见心悲伤；
靠着车窗空叹息，
眼泪流在车轼上。

愤而决绝做不到，
心里迷惑乱糟糟。
顾影自怜何时了？
一颗忠心怦怦跳。

以上是第二章，始终以弃妇自喻，其构思在《九辩》里是比较特殊的。这章的句式与其他各章的双音收尾不同，有五七言的节奏。

1　揭：去。

2　结軨：车栏。古代车厢的前、左、右三面，用木条一横一竖交结成许多方格，形似窗櫺，故軨字亦作"櫺"。

3　轼：古代车厢前面供人凭靠的横木。

4　忼慨：愤激不平。忼，同"慷"。　绝：绝念。

5　瞀：烦乱。

6　极：终了。

7　怦怦：心情激动貌。　谅直：忠诚正直。

倚结軨兮长太息　涕潺湲兮下霑轼

皇天平分四时兮，窃独悲此廪秋[1]；
白露既下百草兮[2]，奄离披此梧楸[3]。
去白日之昭昭兮，袭长夜之悠悠[4]；
离芳蔼之方壮兮[5]，余萎约而悲愁[6]。

老天一年分四季，
寒秋使我暗凄凄；
白露已降寒百草，
梧楸叶落剩残枝。

告别白天方灿烂，
继之黑夜尚绵绵；
繁花岁月已逝去，
枯窘悲愁入暮年。

1 窃：暗自。 廪：当从一本作“凛”，寒。

2 白露：寒露。

3 奄：忽然。 离披：离散貌。 梧楸：梧桐与楸树，都是落叶的乔木。

4 “去白日”二句：离开了光明的白日，进入漫长的黑夜，比喻逝去了青春年华，开始了衰颓的暮年。去，辞去，离开。袭，继。

5 蔼：茂盛貌。

6 约：困窘。

秋既先戒以白露兮[1]，冬又申之以严霜[2]；
收恢台之孟夏兮[3]，然欿傺而沈藏[4]。
叶菸邑而无色兮[5]，枝烦rú挐而交横[6]；
颜淫溢而将pí罢兮[7]，柯仿佛而萎黄[8]。

寒露洒地警秋风，
严霜下降又到冬；
初夏盛景已尽收，
万木萧条百花空。

叶子枯萎褪青绿，
枝条交横乱无序；
容颜憔悴过盛年，
树干萎黄失生趣。

1　戒：警戒。

2　申：再加上。

3　收：收敛，结束。　恢台：即恢怡，指孟（初）夏时的繁盛欢乐情景。恢，广大。台，古通“怡”，欢悦。闻一多据一本校“台”为“炱”（tái），疑“孟”是“盛”之误，说：“恢炱字俱从火，故有郁蒸之义。盛夏阳气郁蒸，熇然酷热，故曰‘恢台之盛夏’。若为孟夏，则不得言‘恢台’矣。《类聚》三引孟正作盛，是其确证。”（《楚辞校补》）可备一说。

4　然：乃，就。　欿傺而沈藏：是说初夏的繁华景象都已消失。欿，字同“坎”，陷落。欿傺，停止。

5　菸邑：枯萎。

6　烦挐：繁乱。

7　淫、溢：都是过分的意思；这里指已过盛年，走向衰老。　罢：古通疲，这里是憔悴的意思。

8　柯：树枝。　仿佛：模糊，指树枝颜色枯萎不鲜。

萷(xiāo)櫹(xiāo)椮(sēn)之可哀兮[1]，形销铄而瘀伤[2]。

惟其纷糅而将落兮[3]，恨其失时而无当[4]。

擥(lǎn)騑(fēi)辔(pèi)而下节兮[5]，聊逍遥以相佯[6]；

岁忽忽而遒(qiú)尽兮[7]，恐余寿之弗将[8]。

高树凋零哀断肠，
形残身颓遍体伤。
想起草木纷纷落，
失时恨未遇圣王。

放下马鞭手持缰，
暂且漫步解愁肠；
一年匆匆岁将尽，
只怕寿命难久长！

1　萷：花叶落尽，只剩枝干。　櫹椮：树木高耸。

2　销铄：本义是金属熔化，引申为消损颓败。　瘀：一种血液凝滞的病，这里泛指病伤。

3　惟：思。　纷糅：纷乱。

4　失时：指失去了“芳蔼”的时期。　当：际遇。

5　擥：持。　騑：古代驾车的马，在中间的称“服”，在两旁的称“騑”，或“骖”。这里泛指驾车的马。　辔：马缰绳，下节，停鞭。

6　相佯：同徜徉（cháng yáng），徘徊，散步。

7　遒：迫近。

8　将：长。

印明月而太息兮　步列星而极明

悼余生之不时兮，逢此世之俇（kuāng）攘（rǎng）[1]；
澹容与而独倚兮[2]，蟋蟀鸣此西堂。
心怵（chù）惕而震荡兮[3]，何所忧之多方；
卬明月而太息兮[4]，步列星而极明[5]。

生不逢辰我心伤，
时世一片乱攘攘；
独自闲散求淡泊，
且听蟋蟀鸣西厢。

心里戒惧常震荡，
何以思绪多忧伤；
仰天长叹对明月，
星夜独步到天亮。

以上第三章，与第一章略似，以草木遇秋而凋零起兴，抒写自己因“失时”“无当”而孤寂惊悚的心情。

1　俇攘：乱貌。
2　澹：同“淡”，淡泊。　容与：闲散貌。
3　怵惕：恐惧而警惕。　震荡：心不定，形容“怵惕”。
4　卬：通“仰”。
5　步列星：在星空下散步。　极：至。

窃悲夫蕙华之曾敷兮，纷旖（yǐ）旎（nǐ）乎都房[1]；
何曾华之无实兮[2]，从风雨而飞飏？
以为君独服此蕙兮，羌无以异于众芳。
闵奇思之不通兮[3]，将去君而高翔！

暗悲蕙花曾开放，
缤纷茂美在花房；
为何开花不结果，
风吹雨打任飘荡？

以为蕙花君独赏，
谁知一视同众芳。
可怜奇策不采用，
我将离君高飞翔。

1 “窃悲”二句：比喻自己曾在君王身边施展才华。蕙，香草名，兰草的一种。华，古“花”字。蕙华，作者自喻。敷，开放。旖旎，茂盛貌。都，美。房，花房。都房，喻宫殿。

2 曾华：累累的花朵。曾，通“层”。

3 闵：通“悯”，伤心。 奇思：喻忠策。奇，杰出。 不通：不能通达于君王。

心闵怜之惨凄兮，愿一见而有明；
重（chóng）无怨而生离兮[1]，中结轸（zhěn）而增伤[2]。
岂不郁陶而思君兮[3]，君之门以九重；
猛犬狺（yín）狺而迎吠兮[4]，关梁闭而不通[5]。

心里凄惨常悲悯，
只想见面说分明；
从来无辜却被逐，
中心郁结增伤情。

难道想君情不浓？
只因宫门有九重；
猛狗汪汪迎面吠，
宫门紧闭桥不通。

1　重：累，这里是从来的意思。　无怨：言行无可埋怨，即无罪。
2　中：心中。　结：郁结。　轸：悲痛。
3　郁陶：思念郁积于心，犹积念。
4　狺狺：犬吠声。
5　关：城门。　梁：桥梁。

皇天淫溢而秋霖兮　后土何时而得漧

皇天淫溢而秋霖兮，后土何时而得漧（gān）[1]？

块独守此无泽兮[2]，仰浮云而永叹。

老天秋雨下不断，

大地何时才能干？

孤独一人守草泽，

仰望浮云长声叹！

以上第四章，大意略同第二章，写自己被遗弃的痛苦。但写法不同，第二章始终以弃妇自喻，这章主要采取实写的方法。

1 漧：同“干（乾）”。

2 块：块然，孤独貌。 无：当是“芜”字之误。

藻 陆玑《毛诗草木鸟兽虫鱼疏》云藻有二种：「其一种叶如鸡苏，茎大如箸，长四五尺。其一种茎大如钗股，叶如蓬蒿，谓之聚藻。此二藻皆可食。」本图所绘为聚藻，即金鱼藻。

何时俗之工巧兮[1]，背绳墨而改错[2]！
却骐骥而不乘兮[3]，策驽（nú）骀（tái）而取路[4]。
当世岂无骐骥兮？诚莫之能善御；
见执辔者非其人兮，故驹（jú）跳而远去[5]；
凫雁皆唼（shà）夫梁藻兮[6]，凤愈飘翔而高举。

时俗多么善取巧，
不照规矩乱了套！
推开骏马不去骑，
驱赶劣马上了道。

好马难道今世无？
其实没有好车夫；
一看驭手不内行，
扬蹄远驰难追逐；
野鸭大雁吞粱藻，
凤凰高飞留不住。

1　工：善于。　巧：投机取巧。
2　错：借作“措”，指正常的措施。
3　却：拒绝。　骐骥：骏马。喻贤才。
4　驽骀：劣马。喻庸人。　取路：犹上路。
5　驹：跳。
6　唼：水鸟与鱼类吞食东西。　梁：粱米。　藻：水草。

凫雁皆唼夫梁藻兮　凤愈飘翔而高举

圜凿而方枘[1]兮，吾固知其鉏铻而难入[2]；
众鸟皆有所登栖兮，凤独遑遑而无所集。
愿衔枚而无言兮，尝被君之渥洽[3]；
太公九十乃显荣兮，诚未遇其匹合。

圆孔碰到方木柄，
早知难以安插进；
众鸟都有高窠栖，
凤凰没巢心不定。

我愿缄口不语言，
曾受君王恩非浅；
太公九十方荣显，
圣主贤臣遇合难。

1　枘：插入孔眼的木栓，此指凿的木柄。

2　鉏铻：同“龃龉”，矛盾，抵触。

3　“愿衔枚”二句：衔枚，枚是木片，形如筷子，古代秘密行军，常令士兵衔枚口中，以防止说话。尝，曾经。被，领受。渥，深厚。洽，润泽。这两句暴露了宋玉的缺点。屈原说自己“余固知謇謇之为患兮，忍而不能舍也”，而宋玉为了“被君之渥洽”，曾经“衔枚无言”。故司马迁批评他“莫敢直谏”（《史记·屈原列传》）。

谓骐骥兮安归？谓凤皇兮安栖？
变古易俗兮世衰，今之相者兮举肥[1]。
骐骥伏匿而不见兮，凤皇高飞而不下；
鸟兽犹知怀德兮，何云贤士之不处[2]？

骏马归宿到哪里？
凤凰何处把身栖？
人心不古世风下，
如今选才看丰姿。

骏马隐遁不露己，
凤凰高飞不下地；
鸟兽都知念恩德，
怎怪贤士纷纷离？

1 相：鉴赏。 举肥：马与鸟的优劣不在肥瘦。“举肥”是讽刺鉴赏者有目无珠，只看表面。举，选用。

2 云：说。这里是责备的意思。 不处：不留在朝廷里。

骥不骤进而求服兮[1]，凤亦不贪餧(wèi)而妄食[2]；

君弃远而不察兮[3]，虽愿忠其焉得？

欲寂漠而绝端兮[4]，窃不敢忘初之厚德[5]；

独悲愁其伤人兮，冯(píng)郁郁其何极[6]？

骏马不急求驾车，
凤凰不馋贪吃喝；
君王远弃不知情，
虽想效忠怎可得？

本想默默断思念，
往日恩情藕丝缠；
悲愁伤人人日瘦，
愤懑郁结到何年？

以上第五章，一方面模仿《离骚》、《涉江》等屈赋，以大部分的笔墨指控“时俗”；另一方面又念念不忘“君之渥洽”、“初之厚德”，显露出作者世界观的矛盾复杂。

1 骤：急。 服：驾车。
2 餧：字同“喂（餵）”。
3 弃远：对贤才弃而远之。
4 漠：同“寞”。 端：思绪。
5 初之厚德：即上文“君之渥洽”。因当初受过皇恩，现在欲绝不能。
6 冯：通凭，愤懑。 极：终了。

霜露惨凄而交下兮　心尚幸其弗济
霰雪雰糅其增加兮　乃知遭命之将至

霜露惨凄而交下兮，心尚幸其弗济[1]；
霰雪雰糅其增加兮[2]，乃知遭命之将至；
愿徼幸而有待兮[3]，泊莽莽与野草同死[4]。
愿自直而径往兮，路壅绝而不通；
欲循道而平驱兮，又未知其所从。

霜露交加惨凄凄，
望它自下不肆厉；
雪霰混杂不停息，
才知大难燃眉急；
心存侥幸再等待，
怕跟野草同倒毙。

心想笔直向前行，
道路阻塞走不通；
想循大路驱车去，
不知何去又何从。

1 幸：希望。 济：成功。

2 霰：雪珠。 雰：雨雪纷飞的样子。

3 徼幸：即侥幸。 有待：指等待“徼幸”、“弗济”。

4 泊：费解，王夫之疑是“洎”(jì)字之误，及，至(《楚辞通释》)。闻一多“疑当从一本作汩。汩犹忽也，语助词，有‘出其不意’之意。凡上句言‘愿’，下句多言事与愿违。……愿汩对言以见意”(《楚辞校补》)。

然中路而迷惑兮，自厌按而学诵[1]；
性愚陋以褊浅兮，信未达乎从容。
窃美申包胥之气盛兮，恐时世之不固[2]！
何时俗之工巧兮，灭规榘而改凿[3]。
独耿介而不随兮[4]，愿慕先圣之遗教。

半途迷路更朦胧，
强制自己学吟诵；
生性愚昧才学浅，
实在未能吟得通。
暗赞包胥气概盛，
只怕时世已不同！

时俗何等善取巧，
丢弃规矩凿孔窍。
我自耿直不随俗，
追慕先圣遵遗教。

1　学诵：学习诵《诗经》。春秋战国间使臣在外交活动中往往借诵《诗》以言志。孔子说："不学诗，无以言。"

2　"窃美"二句：窃美，暗自赞美。申包胥，春秋时楚国大臣。吴国伐楚，占领郢都，楚昭王逃亡在外，申包胥到了秦国，站在宫廷上痛哭七昼夜，秦哀公受到感动，出兵救楚，击退吴军。固，朱熹《楚辞集注》："当作同，叶通、从、诵、容韵"。此言己能为包胥之事，但恐时世不同，不为人所信。

3　凿：动词，木工给器物穿孔打眼。

4　耿：光明。　介：正直。

处浊世而显荣兮，非余心之所乐。

与其无义而有名兮，宁穷处而守高。

食不媮而为饱兮[1]，衣不苟而为温；

窃慕诗人之遗风兮，愿托志乎素餐[2]。

蹇充倔而无端兮[3]，泊莽莽而无垠[4]；

无衣裘以御冬兮，恐溘(kè)死而不得见乎阳春[5]！

身处浊世求荣耀，
我决不爱这一套。
与其无义得虚名，
情愿隐居保清高。

食不苟且就是饱，
衣不苟且就是好；
心慕古诗有遗教，
只求白饭不求肴。

衣衫褴褛边不镶，
无边草木烟迷茫；
没有皮袄御冬寒，
暴死恐难见春光！

以上第六章，写到国难深重，表示了自己的高风亮节，但最后想到“无衣裘”“御冬”时，又嗟贫叹卑起来。

1　媮：字同“偷”，义同下句“苟”，随便乱来的意思。

2　“窃慕”二句：诗人，指《诗·魏风·伐檀》的作者。餐，当从一本作“飧”(sūn)，与“温”“垠”“春”叶韵。“飧”是熟食品。《伐檀》有句：“彼君子兮，不素飧兮。”对“素飧”可作两种解释：一是白吃饭，一是吃白饭。宋玉取后一种理解，愿托志乎素飧，即只吃饭，不下菜，或说吃简单的饭食。

3　蹇：发语词，楚方言。　充倔：同𧙕䘿(chōng jué)。《方言》四：“以布而无缘，敝而紩之，谓之褴褛，自关而西谓之𧙕䘿。”　无端：指“布而无缘”。

4　泊：闻一多说：“当从一本作汩……蹇与汩皆语助词也。……《芥隐笔记》引作汩，与一本合。”

5　溘死：暴死。

春秋逴逴而日高兮　然惆怅而自悲

靓（jìng）杪（miǎo）秋之遥夜兮[1]，心缭悷（lì）而有哀[2]；
春秋逴（chuò）逴而日高兮[3]，然惆怅而自悲；
四时递来而卒岁兮，阴阳不可与俪偕。

寂寞深秋夜漫长，
悲忧缠心多哀伤；
年岁悠悠日增高，
独自悲切感惆怅；
四季相代一年毕，
月没日出不成双。

1 靓：通“静”。 杪：树枝的末梢，引申为末尾。 遥夜：长夜。
2 缭：绕。 悷：悲忧。
3 春秋：年纪。 逴：远。

白日晼晚其将入兮[1]，明月销铄而减毁；
岁忽忽而遒尽兮，老冉冉而愈弛。
心摇悦而日幸兮[2]，然怊(chāo)怅而无冀[3]；
中憯恻之凄怆兮，长太息而增欷！

夕阳虽好近黄昏，
明月残缺不满轮；
一年匆匆又将尽，
衰老渐至人渐损。

心存侥幸意晃荡，
惆怅失意无希望；
心头惨痛常凄怆，
不禁抽咽叹息长！

1 晼晚：日落时的景象。

2 摇悦：高兴得心摇意晃。 日幸：天天心存希望。

3 怊怅：惆怅失意。 冀：希望。

年洋洋以日往兮，老嵺(liáo)廓而无处[1]！
事亹(wěi)亹而觊(jì)进兮[2]，蹇淹留而踌躇！

岁月逝去江东流，
天地空旷我难留；
世事不息想前进，
原地踏步不能走。

以上是第七章，调子低沉哀婉，因秋深年尽，流光不驻，而联想到自己老大无成，可悲可叹。

1 嵺廓：通“寥廓”，空旷貌。

2 事：指世事。 亹亹：行进不停。 觊：企图。

何氾滥之浮云兮　猋壅蔽此明月

何氾滥之浮云兮[1]，猋[biāo]壅蔽此明月[2]？

忠昭昭而愿见兮，然雺[yīn]曀[yì]而莫达[3]！

愿皓日之显行兮，云蒙蒙而蔽之；

窃不自料而愿忠兮[4]，或黕[dǎn]点而污之[5]。

为何乌云遮满天，

来势迅猛明月掩？

耿耿忠心欲奉献，

云蔽雾障总难见！

只愿太阳耀长空，

可恨乌云来遮蒙；

不顾自身求效忠，

污言秽语来围攻。

1　浮云：喻群小。

2　猋：飞快貌，指浮云。《九歌·云中君》“猋远举兮云中”，以“猋”状写云神行动快速。　明月：喻楚王。

3　雺：云蔽日月。　曀：阴暗貌。

4　“窃不自料”句：不考虑自身得失，而要正道直行，效忠君国。料，考虑。

5　或：有人。　黕：污垢。

尧舜之抗行兮，瞭冥冥而薄天；
何险巇（xī）之嫉妒兮，被以不慈之伪名[1]。
彼日月之照明兮，尚黯（àn）黮（dàn）而有瑕[2]；
何况一国之事兮，亦多端而胶加[3]。

尧舜高尚有德行，
直迫苍天耀眼明；
群小嫉妒多奸险，
强加“不慈”假罪名。

太阳月亮光照明，
尚且明中有阴影；
国家大事更难说，
头绪纷繁理不清。

以上第八章，指控群小的奸险嫉妒，沾辱贤人。

1 “尧舜”四句：承袭屈原的《哀郢》。冥冥，高远貌。巇，危险。这里的“险巇”是奸险的意思。其余详见《哀郢》注。

2 黯黮：阴暗。

3 胶加：纷繁复杂。

被荷裯(dāo)之晏晏兮[1]，然潢(huǎng)洋而不可带[2]；
既骄美而伐武兮[3]，负左右之耿介。
憎愠惀之修美兮，好夫人之慷慨；
众踥蹀而日进兮，美超远而逾迈[4]。

荷叶衣衫软茸茸，
可是宽大不合用；
自矜美貌耀英武，
依赖佞臣当精忠。

忠臣美德受嫌弃，
夸夸其谈讨欢喜；
群小趋奉得高升，
正人君子日远离。

1 被：披。 裯：短衣。 晏晏：柔软貌。
2 潢洋：深广宽阔貌。 带：此作动词用，结上带子。
3 骄美：自矜其美。 伐武：自炫其武。
4 "憎愠"四句：是讽刺楚王的昏庸，文句袭自屈原的《哀郢》，详见该篇注。

农夫辍耕而容与兮，恐田野之芜秽！
事绵绵而多私兮，窃悼后之危败[1]！
世雷同而炫曜兮[2]，何毁誉之昧昧[3]！

农夫闲荡罢犁锄，
田野恐怕要荒芜！
丑事不绝弊端多，
暗愁君王要倾覆！
世人个个花了眼，
毁誉不分太糊涂！

1 “农夫”四句：以田野会因农夫的怠惰而荒芜，比喻国家会因群臣的多私而危败。容与，这里是懒散的意思。第一、二句虽非直接斥责农夫的“容与”“辍耕”，但从这个比喻中可以看出，宋玉对劳动者是鄙视和缺乏同情的。

2 炫曜：这里是人眼迷乱、善恶不分的意思。

3 昧昧：昏暗貌。

今修饰而窥镜兮，后尚可以窜藏[1]；
愿寄言夫流星兮，羌儵(shū)忽而难当[2]；
卒壅蔽此浮云兮，下暗漠而无光！

赶紧修饰照明镜，
还可藏身保性命；
本想传话托流星，
一眨眼间失踪影；
终于乌云遮满天，
天下昏暗无光明！

以上是第九章，责备君王用人不贤，败坏国事，希望他及早警觉，但这些忠言无法传达。

1 “今修饰”二句：是对楚王的劝勉。修饰，指修饰容貌，此喻刷新政治。窥镜，照镜子，比喻找自己的缺点。窜藏，逃过危险，得以安身。

2 儵忽：极快貌，形容流星。　当：遇上。

尧舜皆有所举任兮，故高枕而自适；
谅无怨于天下兮，心焉取此怵惕？
乘骐骥之浏浏兮，驭安用夫强策[1]？
谅城郭之不足恃兮，虽重介之何益[2]！

尧舜都把贤才举，
所以高枕无忧虑；
自信未招天下怨，
何必发慌心里虚？

骑着骏马到处游，
驭手何必粗鞭抽？
城郭坚固不可靠，
甲胄几层也难久。

1 “乘骐骥”二句：暗指贤臣当国，君王垂衣而治。浏浏，水流畅快的样子，这里是形容骐骥的奔驰。强策，粗壮的鞭子。

2 “谅城郭”二句：暗指坏人当道，城甲何用？介，战甲。

邅（zhān）翼翼而无终兮[1]，忳（tún）惛惛而愁约[2]；
生天地之若过兮，功不成而无效。
愿沉滞而不见兮[3]，尚欲布名乎天下；
然潢洋而不遇兮[4]，直怐（kòu）愗（mòu）而自苦[5]。

胆小不前没奔头，
忧闷穷困老发愁；
人生天地一过客，
名不成来功不就。

心愿隐居守在家，
还想流名满天下；
世事浩茫难遇合，
简直愚昧苦自家。

1 邅：转，这里是回旋不前的意思。 翼翼：小心的样子。
2 忳：忧郁。 惛惛：沉闷。 约：穷困。
3 见：同“现”。
4 潢洋：见前注。
5 怐愗：愚昧貌。

莽洋洋而无极兮，忽翱翔之焉薄？
国有骥而不知乘兮，焉皇皇而更索[1]？
宁戚讴于车下兮，桓公闻而知之；
无伯乐之善相兮，今谁使乎誉之[2]？

大水茫茫没极限，
鸟儿高飞向哪边？
国有良马不去用，
为何遑遑另求远？

宁戚车下歌抒怀，
齐桓一听识人才；
伯乐慧眼世若无，
虽有骏马谁理睬？

1 皇皇：同“遑遑”，往来不定貌。
2 誉：失韵，当从一本作“訾”(zǐ)，与“知”叶韵。訾，估量，义近“相”。

罔流涕以聊虑兮[1]，惟著意而得之[2]；
纷纯纯之愿忠兮[3]，妒被离而鄣之[4]！

别再流泪且舒怀，
有意把歌唱起来；
一心就想效忠诚，
妒者慌乱忙掩盖！

以上是第十章，内容集中于“举任”两字。尧舜举贤任能，连城郭兵甲都不废弃；而当今之世，君王无求贤之意，佞臣有忌才之心。自己想忠君报国，布名天下，结果却被弃绝在野，老大无成。

1　罔：不。　聊：姑且。　虑：借作“摅”（shū），舒也，散心遣愁。

2　惟：想。　著意：有意为之。　得：失韵，于义也难通，疑是“倡”之误，与“鄣”叶韵。倡，古通“唱”。这句语例略同第六章的“自厌按而学诵”，意承上节的“宁戚讴于车下”。

3　纷：盛，这里作“甚”解。　纯纯：专一貌。

4　妒被离而鄣之：指宁戚讴歌而得举，自己也要诵唱抒怀，但被嫉妒者所蔽。被，同“披”。披离，纷乱。鄣，同“障”，遮掩。

左朱雀之茇茇兮　右苍龙之躣躣

愿赐不肖之躯而别离兮，放游志乎云中[1]；
乘精气之抟抟兮[2]，骛诸神之湛湛[3]；
骖白霓之习习兮[4]，历群灵之丰丰[5]。
左朱雀之茇茇兮[6]，右苍龙之躣躣[7]；
属雷师之阗阗兮[8]，道飞廉之衙衙[9]。

神魂离躯留微躬，
纵情神游在太空；
乘上日月精气圆，
群神飞集瑞气融；
驾起白虹风习习，
穿过星群游苍穹。

朱雀在左翔又翱，
苍龙在右奔且跑；
雷师随后把鼓擂，
风神先行来开道。

1　“愿赐”二句：不肖，自谦不贤。“躯”留尘界，“志”游“云中”，这是模仿《远游》，而不是模仿《离骚》。《离骚》主人公是神话人物，天地间往来自由。《远游》与《九辩》的主人公是世俗之人，只有得道的“神”“志”可以上天，“不肖之躯”仍须留在尘界。

2　精气：王逸、朱熹都说指“日月”。　抟：圆，楚方言。

3　湛湛：厚集貌。

4　习习：飞动貌。

5　历：经过。　群灵：指群星之神。　丰丰：多貌。

6　朱雀：古时南方七宿（星座）的总称，此指南天之神。　茇茇：飞扬貌。

7　苍龙：古时东方七宿的总称，此指东方之神。　躣躣：行走的样子。

8　属：跟随。　阗阗：鼓声，形容雷鸣。

9　道：同“导”，引导。　飞廉：风神。　衙衙：行走的样子。

前轻辌(liáng)之锵锵兮[1]，后辎乘之从从[2]；
载云旗之委蛇兮，扈屯骑之容容[3]。
计专专之不可化兮[4]，愿遂推而为臧[5]；
赖皇天之厚德兮，还及君之无恙！

前头轻车铃锵锵，
后头重车轮隆隆；
车上云旗如游蛇，
两边群马似飞龙。

心志专一不可变，
只愿永远心向善；
上托皇天开恩德，
保佑君王常平安！

以上第十一章，写“志”游太空，而“躯”尚留在尘世。

1 轻辌：轻车。 锵锵：车铃声。
2 辎乘：重车。 从从：车声。
3 扈：侍从。 屯：聚集。 骑：坐骑，即一人一马的合称。 容容：飞扬貌。《汉书·礼乐志》郊祀歌：“神之行，旌容容。”注：“容容，飞扬之貌。”
4 计：借作“志”。 专专：专一。 化：变。
5 遂推而为臧：就这样为善下去，即专一不化的意思。臧，善。

招魂
朕幼清以廉潔兮身服義而未沬主此盛
牽於俗而蕪穢上無所考此盛德兮長離
愁苦帝告巫陽曰有人在下我欲輔之魂
散汝筮予之巫陽對曰掌夢上帝其命
必筮予之恐後之謝不能復用巫陽
魂兮歸来去君之恒幹何爲乎四方
之樂處而離彼不祥些

本篇的作者，司马迁说是屈原，王逸说是宋玉。目前尚难判断。

《招魂》招的是什么魂呢？是生魂还是死魂？是作者自招还是招别人？这些问题都有歧说。从作品本身看来，应该是自招生魂。

《招魂》由三部分构成，一是引子，二是招词，三是结尾。引子与结尾交代招魂的缘由，都在写“吾”，分明是自招生魂。杜甫《彭衙行》云：“暖汤濯我足，剪纸招我魂。”可知古代文人有自招生魂的事。新中国成立前江西、湖南一带，民间还残留着活人自招其魂的风俗。第二部分的招词是本篇的正文，包括两大段。第一大段采用神话传说，极言天地四方的可怕，第二大段铺陈楚国之乐。第二大段所写的豪华场面，不是屈原或宋玉所能有，这是认为《招魂》是招楚王灵魂的主要理由。其实，招词所写的生活场面，就连楚王也未必享受过，正如天地四方并不像第一大段所说的那么可怕一样。《招魂》的艺术方法是浪漫主义的。屈原或宋玉是统治阶级的一员，为了极言人间的欢乐，自然要拿宫廷生活作蓝本，渲染出一幅“人间行乐图”。夸张内美外恶，是一切招词的普遍手法，以招词所渲染的生活状况，来判断招魂的对象，是靠不住的。

《招魂》在艺术上很有创造性，陈事的铺张，想像的丰富，描写的细腻，结构的精密，为后来的汉赋创作提供了范式。招词对剥削阶级奢侈豪华的生活方式的渲染铺叙，在今天是不足取的。但诗中深蕴着报国无门而仍然热恋故国的沉痛感情，故司马迁读它，会“悲其志”。《招魂》还保存着古代的一些神话传说，有宝贵的认识价值。与《九歌》、《天问》一样，《招魂》的形式也来自楚国民间，它是楚文化的特产，《诗经》里没有，后来的北方民歌也从未有过。而在两湖一带，直到新中国成立前还有《招魂》之类的民歌。

《招魂》还反映了战国时期楚国的高度文化水平。1978 年在湖北随县发掘出一座战国的曾侯乙墓，墓中有一间音乐殿堂，秩序井然地陈列着编钟以及编磬、鼓、瑟、琴、笙、排箫、横吹竹笛八种乐器，共一百二十四件，能奏现代复杂的乐曲。这些地下发现可与招词后半部互相参证。

朕幼清以廉洁兮[1]，身服义而未沫[2]。
主此盛德兮[3]，牵于俗而芜秽[4]。
上无所考此盛德兮[5]，长离殃而愁苦[6]。

从小洁白又清廉，
亲身行义从未断。
坚守美德不偏离，
身在尘世不污染。
君王不看我美德，
长期遭殃苦不堪。

1 朕：我，作者自称。
2 服：行。 沫：休、止。
3 主：持守。 盛德：指上述清、廉、洁、义诸美德。
4 芜：当是“无”之误。
5 上：君王。 考：考察。
6 离：借作“罹”，遭遇。

帝告巫阳曰[1]：「有人在下[2]，我欲辅之。
魂魄离散，汝筮(shì)予之[3]。」

上帝召见巫阳说：
“有个人在天庭下，
我想对他帮一把。
他魂魄已经离身躯，
你占卦把魂招还他。”

1　帝：上帝。　巫阳：神话中的巫神，名阳。洪兴祖《楚辞补注》引《山海经》云：“开明东有巫彭、巫抵、巫阳、巫几、巫相、巫履。”注云：“皆神医也。”古代的巫师也是医师。

2　人：指上文“朕”，即作者自己。

3　“魂魄”二句：魂魄离散，是说在下之人魂魄离开躯体。筮，用蓍草占卦。予之，指把魂招还给他。

巫阳对曰：「掌梦[1]，上帝命其难从。

若必筮予之，恐后之谢[2]，不能复用[3]。」

巫阳回答上帝说：

“占卦要去找掌梦，

要我占卦难遵从。

如果招魂先占卦，

只怕占毕命已终，

招个鬼魂有何用？”

以上交代招魂的缘由。

1 掌梦：天上官职名，负责占卦。这句当有脱字，从上下文揣之，意思是说：“筮”是掌梦的职司，非关我事。

2 后：迟于。 之：指招魂之事。 谢：死。

3 此句王逸《章句》断至“巫阳焉”，今从王念孙《读书杂志》将“巫阳焉”三字属下。

巫阳焉乃下招曰　魂兮归来

巫阳焉乃下招曰[1]：
魂兮归来！
去君之恒干[2]，何为四方些[3]，
舍君之乐处，而离彼不祥些(suò)[4]？

巫阳就把魂招徕：
灵魂啊，你回来！
你跟躯体已分开，
浪荡四方何苦来，
丢下你的安乐窝，
偏要遭殃又逢灾？

1 焉乃：于是。

2 去：离。 君：对被招者的尊称。 恒干：指躯体。魂魄常居于躯体，故称。恒，常。

3 些：句末语气助词，楚方言。沈括《梦溪笔谈》："今夔、峡、湖、湘及南北江獠人，凡禁咒句尾皆称些，此乃楚人旧俗。"

4 离：借作"罹"，遭逢。

长人千仞　惟魂是索些

魂兮归来，东方不可以托些[1]！
长人千仞，惟魂是索些。
十日代出[2]，流金铄石些。
彼皆习之[3]，魂往必释些[4]。
归来归来，不可以托些！

灵魂啊，你回家门，
东方不能去栖身！
长人身高八百丈，
专门要抓人的魂。
十个太阳同喷火，
金属成液石化尘。
那些长人已晒惯，
你去一定烧成粉。
回来吧，回家门，
千万不能去栖身！

1　托：寄居。

2　代：古本作“并”。《类聚》一、《白帖》一、《御览》四、《合璧事类前集》一一、《文选》刘孝标《辨命论》注等所引都作“并”。当据改。古称天有十日，憩于东方的扶桑之木。

3　皆：一作“自”。王注：“言彼十日之处，自习其热。”可见王逸所据的本子作“自”。

4　释：消、毁。

雕题黑齿　蝮蛇蓁蓁　封狐千里　雄虺九首

魂兮归来，南方不可以止些！

雕题黑齿[1]，得人肉以祀[2]，以其骨为醢(hǎi)些[3]。

蝮蛇蓁(zhēn)蓁[4]，封狐千里些[5]。

雄虺(huǐ)九首，往来倏(shū)忽[6]，吞人以益其心些[7]。

归来归来，不可以久淫些[8]！

灵魂啊，你回门庭，
南方停也不能停！
蛮子额头刺花纹，
两排牙齿黑森森。
割下人肉祭祖宗，
捣碎人骨剁成粉。
遍地蝮蛇重百斤，
千里大狐真怕人。
九头雄蛇吐毒液，
来来去去快如神，
吃人越吃心越狠。
回来吧，回门庭，
千万不能久留停！

1 雕题：犹刺额，是文身的一种，是古代南方百越民族的风俗。题，额。洪兴祖《补注》：“《礼记》：‘南方曰蛮，雕题交趾。’”《山海经》：“雕题国在郁水南。”

2 得人肉以祀：朱熹《集注》：“今湖南北有杀人祭鬼者，即其遗俗也。”蒋骥《山带阁注楚辞》：“南方俗多魇魅，多有杀人以祭鬼者。”

3 醢：本义为肉酱，此处指将骨头剁成粉。

4 蝮蛇：洪兴祖《补注》引《山海经》曰：“蝮蛇色如绶文，大者百余斤。” 蓁蓁：积聚貌。

5 封：大。

6 “雄虺”二句：虺，传说中的毒蛇。倏，义同“忽”，极快貌。《天问》也有“雄虺九首，倏忽焉在”之句。

7 益其心：助长自己的兽欲。

8 淫：滞留。

赤螘若象　玄蠭若壶些

魂兮归来！西方之害，流沙千里些。
旋入雷渊[1]，靡(mí)散而不可止些[2]；
幸而得脱，其外旷宇些。
赤螘(yǐ)若象[3]，玄蠭(fēng)若壶些[4]。

灵魂啊，你回家里！
西方可怕更怪异，
飞沙走石一千里。
人若卷进雷渊去，
粉身碎骨难逃避；
即使侥幸能脱险，
外边荒旷无人迹。
红色蚂蚁大如象，
黑蜂能跟葫芦比。

1 雷渊：神话里的深渊名。古文雷字像回转之形，雷渊当是回旋的深渊。

2 靡：碎。 不可止：指非到“靡散”而不止。

3 螘：同“蚁”。

4 玄：黑色。 蠭：字同“蜂”。 壶：用作“瓠”，葫芦。

五谷不生，藂（cóng）菅（jiān）是食些[1]。
其土烂人，求水无所得些。
彷（páng）徉（yáng）无所倚[2]，广大无所极些。
归来归来，恐自遗（wèi）贼些[3]！

大豆

五谷 五种谷物，所指不一。王逸注为稻、稷、麦、豆、麻。本图所绘为大豆，一年生草本植物，花白或紫色，有根瘤，豆荚有毛。种子可食用，亦可榨油。

1 藂：字同“丛”。 菅：茅草。
2 彷徉：彷徨，游走不定。
3 自遗贼：给自己招来灾祸。遗，给予。贼，灾祸。

地上五谷不生长，
丛丛茅草权充饥。
沙土能使人肉烂，
口渴要水没处汲。
歧路彷徨无所依，
举目四顾无边际。
回来吧，回家里，
自讨苦吃又何必！

小麥

小麦

一年生或二年生草本植物。茎直立，中空，叶片长披针形，子实椭圆形，腹面有沟。子实供制面粉。为古代「五谷」之一。

增冰峨峨　飞雪千里些

魂兮归来，北方不可以止些！

增（céng）冰峨峨[1]，飞雪千里些。

归来归来，不可以久些！

灵魂啊，你快回头。
北方之地不可留！
层层积冰如高楼，
千里大雪飘不休。
回来吧，快回头，
千万不能久停留！

1　增：音义同“层”。《神异经》：“北方有曾冰万里，厚百丈。” 峨峨：高貌。

虎豹九关　一夫九首　豺狼从目　悬人以娭

灵兮归来，君无上天些[1]！
虎豹九关[2]，啄害下人些[3]。
一夫九首，拔木九千些。
豺狼从(zòng)目[4]，往来侁(shēn)侁些[5]；
悬人以娭(xī)[6]，投之深渊些；
致命于帝[7]，然后得瞑些[8]。
归来归来，往恐危身些！

灵魂啊，你快回头。
你也别往天上走！
九座天门虎豹守，
咬死凡人吃人肉。
有个妖怪九个头，
一天拔树九千九。
豺狼横眉又竖目，
一群一群来回走；
把人吊起来取乐，
玩罢再往深渊丢；
他向上帝报告后，
才能让你一命休。
回来吧，快回头，
一去恐怕命难留！

1　君：指魂。　无：同“毋”，不要。

2　九关：《山海经·大荒西经》：“昆仑，帝之下都。面有九门，门有开明之兽守之。虎身人面。”马王堆一号汉墓出土的帛画，有虎豹守门的图像。

3　啄：咬。

4　从目：竖着眼睛。形容凶恶的样子。从，通“纵”。

5　侁侁：众多貌。

6　娭：同“嬉”。嬉戏取乐。

7　致命：请命，报告。

8　瞑：闭目，指死亡。豺狼不让人死得利落，直到它向上帝报告以后，人才会瞑目长逝，使人备受折磨，豺狼却以此为游嬉。

土伯九约　其角觺觺些
敦脄血拇　逐人駓駓些
参目虎首　其身若牛些

魂兮归来，君无下此幽都些[1]！
土伯九约(yāo)[2]，其角觺(yí)觺些[3]；
敦脄(méi)血拇(mǔ)[4]，逐人駓(pī)駓些[5]；
参(sān)目虎首[6]，其身若牛些；
此皆甘人[7]，（□□□□些。）
归来归来，恐自遗灾些！

灵魂啊，你快回头，
阴曹地府别去游！
土伯腹垂九块肉，
头角尖利赛刀口；
背肉隆起爪有血，
追人捉人急奔走；
三只眼睛老虎头，
身体就像一只牛；
这都为了胁迫人，
（摆出威风把魂勾。）
回来吧，快回头，
你去自己吃苦头！

以上是招词的第一大段。

1 幽都：阴间的都城。幽，阴、暗。

2 土伯：地下魔王，即“幽都”的君主。 九约：肚下垂着九块肉，如牛乳一般（见《楚辞选》）。约，高亨读作“肑”（yāo），肚下的垂肉。

3 觺觺：锐利貌。

4 敦：厚。 脄：背。 拇：手足的大指，此指手爪。

5 駓駓：急走貌。

6 参：同“三”。

7 此：指上文所写的土伯身体特征。 甘：疑是“拑”（qián）字之残，胁持。这句是说，土伯种种可怕的身体特征，都是为了胁制人。按：古人认为死后要入阴曹地府，土伯的职司就是置人死命，并控制其鬼魂，故其身体结构也与此适应。旧说“甘人”是把人当美味来吃，按此说则“此皆”二字难解，且与上文、与土伯的职司都无密切关系。依《招魂》句例，此下疑脱漏一句，译文臆补之。

魂兮归来，入修门些[1]！
工祝招君[2]，背行先些[3]。
秦篝齐缕[4]，郑绵络些[5]。
招具该备[6]，永啸呼些。
魂兮归来，反故居些！

灵魂啊，快回家里，
郢都城门多美丽！
高明男巫召唤你，
倒退行走领着你。
秦国笼子齐国线，
郑国罩网作笼衣。
招魂布置样样齐，
长声歌啸呼喊你。
灵魂啊，回家里，
返回故居旧乡里！

1 修门：王注：“郢城门也。”修，美。
2 工：巧。 祝：男巫。
3 背行：倒退。 先：领路。
4 篝：竹笼，内装被招者的衣服。 缕：线，系在篝上，用以提挈。
5 绵：缠结。 络：网络。缠结起来的网络罩在篝外。
6 该备：齐备。该，通“赅”，完、尽。

天地四方，多贼奸些。
象设君室[1]，静闲安些。

上下西东北又南，
害人之物说不完。
想像一下您家里，
清静闲适又平安。

1 象设：设想，想像。王夫之《楚辞通释》："以意想象而设言之。自此至'反故居些'，皆象设之词。"朱熹《楚辞集注》解释不同："楚俗人死则设其形貌于室而祠之也。"但现有资料未能证明战国时已有这种风俗；《招魂》招的是生魂，不是"人死"后的鬼魂；从通篇文意来看，也以王说为长。

高堂邃宇　槛层轩些
层台累榭　临高山些

高堂邃宇[1]，槛层轩些[2]；
层台累榭[3]，临高山些；
网户朱缀，刻方连些[4]；
冬有突(yào)厦[5]，夏室寒些；
川谷径复[6]，流潺(chán)湲(yuán)些[7]；
光风转蕙[8]，氾崇兰些[9]。

高高殿堂深深院，
走廊层层围栏杆；
重重亭台叠楼阁，
亭台楼阁对高山；
镂花门扇红丹丹，
方格图案连不断；
内室幽深冬天暖，
外室通风夏日寒；
山间溪流来回转，
流水声声唱不断；
丽日和风拂蕙草，
香气洋溢丛丛兰。

1 邃：深。 宇：屋檐。此指房屋。

2 槛：栏杆，此作动词用，用栏杆围着。 轩：走廊。

3 榭：平台上的屋子。

4 “网户”二句：网户，镂空的门户，像网一样，故名。刻方连，镂刻的花格方形，一格格互相连接。

5 突厦：幽深的内室，不受寒风侵袭。

6 谷：山间溪流。 径：闻一多认为是“往”的误字(《楚辞校补》)。

7 潺湲：流水声。

8 转：摇晃。 蕙：香草名，兰草的一种。

9 氾：同“泛”，洋溢。 崇：借作“丛”。

南宋　佚名　仙馆秾花图

经堂入奥[1]，朱尘筵些[2]；
砥室翠翘[3]，挂曲琼些[4]；
翡翠珠被，烂齐光些；
蒻（ruò）阿拂壁[5]，罗帱（chóu）张些[6]；
纂（zuǎn）组绮缟[7]，结琦璜些[8]。

通过大厅进内室，
朱红竹席天花板；
玉石墙壁插翠毛，
琼玉帐钩挂两端；
翡翠被面缀明珠，
明珠翡翠共斑斓；
白绸壁衣轻又软，
薄罗帷帐飘飘然；
各色丝带乱人眼，
结着美玉和珍玩。

1 奥：屋的深处，此指内室。

2 尘："承尘"的省文，今称天花板。 筵：竹席。

3 砥：王逸读作"其平如砥"的砥，磨平的石板。朱季海《楚辞解故》疑即"瑎"，是"石之美者"，次于玉。《说文》："瑎，黑石似玉者，从玉，皆声，读若谐。"砥、瑎古音同在脂部。朱说可从。 翠：翡翠。 翘：鸟尾羽。

4 曲琼：玉钩。

5 蒻：同"弱"，柔软。 阿：借作"䌹"，白色的绸。 拂壁：遮壁，此指壁衣。拂，通"蔽"。《怀沙》"修路幽蔽"，《史记》引作"修路幽拂"。

6 帱：帐。

7 纂组绮缟：四种不同颜色的丝带，赤色的称纂，杂色的称组，素色的称绮，有花纹的称缟。

8 琦：美玉。 璜：平圆形中间有孔的玉器称"璧"，半璧形的玉器称"璜"。

二八侍宿　射递代些

室中之观，多珍怪些。
兰膏明烛，华容备些[1]；
二八侍宿，射(yì)递代些[2]；
九侯淑女[3]，多迅众些[4]；

卧房里面更可观，
华丽珍奇说不完。
兰草脂膏明烛光，
映照花容和玉颜；
侍夜美人共十六，
夜夜两组轮流换；
各国选来众淑女，
超群拔萃非一般；

1 备：齐备。

2 射：古音近“夕”，可通借。《左传》桓公九年“曹世子射姑”，《史记·曹世家》作“夕姑”。此“射”字古本也有作“夕”，夜也。 递代：轮流。

3 九侯：犹各国。 淑：美善。

4 迅：高亨认为是“超”的误字（《楚辞选》）。郭在贻认为是“迿”（xùn）的借字，义同“超”（《楚辞解诂》）。

盛鬋(jiǎn)不同制[1]，实满宫些；

容态好比[2]，顺弥代些[3]；

弱颜固植[4]，謇(jiǎn)其有意些[5]；

姱(kuā)容修态[6]，絙(gèng)洞房些[7]；

发式长短各不同，

莺莺燕燕满宫苑；

美貌难以分高下，

实在旷古绝尘寰；

体态健美脸蛋嫩，

深情不可以言传；

亭亭玉立容貌好，

卧室里面美人满；

1　鬋：鬓发。　制：式样。

2　好比：美好齐一，难分高下。比，齐同。

3　顺：借作“洵”，真正。　弥代：绝代。《尔雅·释言》：“弥，终也。”郭注：“终，竟也。”

4　固植：亭亭玉立，体态健美。

5　謇：寡言貌。

6　姱、修：都是美好的意思。

7　絙：通“亘”，满也。　洞房：指卧室。洞，幽深。

蛾眉曼睩(lù)[1]，目腾光些；
靡颜腻理[2]，遗(wèi)视矊(miǎn)些[3]；
离榭修幕[4]，侍君之闲些。

细长眉毛水灵眼，
一泓秋波光闪闪；
细皮白肉肤柔滑，
眼角送情意绵绵；
别墅帐篷去游宴，
也有美人伴消闲。

1 蛾眉：“蛾”通“娥”，美好。或说“蛾”即蚕蛾，“蛾眉”是眉如蚕蛾之眉。曼：柔美。 睩：眼珠转动。

2 靡：细致。 腻：柔滑。 理：指皮肤的纹理。

3 遗视：投情一瞥。遗，投送。 矊：音义同“眄”，斜视。

4 离榭：家外的台榭，犹别墅。 修幕：大帐篷，游猎时所设。

翡帷翠帐，饰高堂些；
红壁沙版[1]，玄玉之梁些[2]；
仰观刻桷(jué)[3]，画龙蛇些；
坐堂伏槛，临曲池些；
芙蓉始发，杂芰荷些[4]；
紫茎屏风[5]，文绿波些[6]。

芙蓉 即荷花。参见《离骚》「芙蓉」图注。

1 沙：指朱砂，古代用作颜料，朱红色。湖南辰州（今沅陵）所产最佳，故又称“辰砂”。

2 玄：黑色。

3 桷：方形的屋椽。

4 杂：谓芙蓉（莲花）与芰荷混杂。 芰荷：菱花的别名，楚方言。

5 屏风：水葵，一名荇（xìng）菜，白茎紫叶，这里的“紫茎”是泛说。

6 文：同“纹”，此作动词用，起波纹的意思。 绿：本作“缘”，洪兴祖《补注》：“缘，《文选》作绿。五臣曰：风起吹之，生文于绿波中也。”今据改。

翡翠绣在帷帐上，
高高张挂在厅堂；
朱砂涂壁红艳艳，
玄玉嵌梁闪黑光；
仰看方椽刻图像，
长蛇蟠屈飞龙翔；
坐在堂前伏栏杆，
下临弯曲小池塘；
池中荷花方含苞，
菱花相间正开放；
风吹水葵紫叶摆，
绿水微波渐荡漾。

屏风　即莼菜，又名水葵。多年生水草。叶片椭圆形，深绿色，浮在水面，茎上和叶背有黏液，花暗红色。嫩叶可以做汤菜。

文异豹饰　侍陂陁些

文异豹饰[1]，侍陂陁（pō tuó）些[2]；
轩辌（liáng）既低[3]，步骑罗些；
兰薄户树[4]，琼木篱些[5]；
魂兮归来，何远为些！

卫士穿着文豹衣，
站在山坡保护你；
客人车子已到达，
步兵骑兵行列齐；
门前兰花种成丛，
四周围着玉树篱；
灵魂啊，回来吧，
为何远出千万里！

1 文异豹饰：用文采奇异的豹皮作衣服的装饰。这是古代侍卫武士的特殊装束。
2 陂陁：山坡。
3 轩：有篷的轻车。 辌：卧车，有窗户。 低：通“抵”。
4 兰薄户树：这句是说，门前种着兰丛。薄，草木丛。户，门前。树，种植。
5 琼木：指名贵的树木。琼，玉。

室家遂宗[1]，食多方些[2]。

稻粢(zī)穱(zhuō)麦[3]，挐(rú)黄粱些[4]；

大苦咸酸，辛甘行些[5]；

肥牛之腱(jiàn)[6]，臑(ér)若芳些[7]；

稻

稻 一年生草本植物。有水稻、旱稻两类，通常多指水稻。子实碾制去壳后叫大米，是重要的粮食作物之一，也常在祭祀活动中用作祭品。

1 室家：家族。 宗：聚。

2 方：式样。

3 粢：小米。 穱：一种早熟的麦。

4 挐：掺杂。 黄粱：黄小米，比一般小米香美。

5 “大苦”二句：大苦，极苦。辛，辣。行，用。

6 腱：蹄筋。

7 臑：熟烂。 若：又。

家族聚餐在一堂，
饭菜吃法真多样。
大米小米和麦类，
里边还要掺黄粱；
有咸有苦又有酸，
辣的甜的都用上；
肥牛宰了抽蹄筋，
烧得烂熟喷喷香；

大麦

穱

指早熟的麦等谷物。王逸注："麦中先熟者也。"麦为一年生或二年生草本植物。子实用来磨成面粉，也可以用来制糖或酿酒，是我国北方重要的粮食作物。有小麦、大麦、黑麦、燕麦等多种。本图所绘为大麦。

和酸若苦[1]，陈吴羹些[2]；
胹(ér)鳖炮羔[3]，有柘(zhè)浆些[4]；
鹄(hú)酸臇(juàn)凫(fú)[5]，煎鸿鸧(cāng)些[6]；
露鸡臛(huò)蠵(xī)[7]，厉而不爽些[8]；

调些酸醋和苦汁，
摆上吴式风味汤；
红烧甲鱼烤羊羔，
拌上一些甘蔗浆；
酸炖天鹅炒野鸭，
又煎大雁又烹鸧；
酱汁卤鸡焖海龟，
味道虽浓胃不伤；

1　和：调味。　若：与。

2　陈：摆上。　吴羹：吴是春秋时的国名，占有今江苏、浙江的一部分。羹是五味调和的浓汤。

3　胹：字同“臑”，此作动词用，指一种特殊的煮法。从下句的“有柘浆”看来，约相当于现在的“红烧”之类。　炮：用火烤。　羔：小羊。

4　柘：通“蔗”。

5　鹄酸：闻一多校作“酸鹄”(《楚辞校补》)。“酸”是动词，用酸味烹。鹄，天鹅。　臇：一种烹法，少汁，干烧。　凫：野鸭。

6　鸿：大雁。　鸧：即鸧鹤，水鸟类，似雁。

7　露鸡：王注：“露栖之鸡也。”朱季海据《文选·七命》“晨凫露鹄，霜鵽黄雀”李善注“霜露降，鹄鵽美”，谓“露鸡”犹“露鹄”，“亦当以霜露降，鸡始腴美耳”(《楚辞解故》)。其说有理有据。然从这段句例律之，“露”字可能也是一种烹调方式，从下句的“厉”字看来，其味必浓。文怀沙说：“疑露古通卤，即今酱油也。”“露鸡”“犹今俗称卤鸡”(《屈原〈招魂〉注释》，《文史》第一辑)。郭沫若也译作“卤鸡”。此译姑从之。　臛：一种烹法，不加菜，少汁。　蠵：大海龟。古人认为龟能滋补，是珍贵食品。

8　厉而不爽：恰到好处的意思。厉，通“烈”，浓烈。爽，败，指败坏胃口，楚方言。

粔(jù)籹(nǚ)蜜饵[1]，有餦(zhāng)餭(huáng)些[2]；

瑶浆蜜勺[3]，实羽觞些[4]；

挫糟冻饮[5]，酎(zhòu)清凉些[6]；

华酌既陈[7]，有琼浆些。

归反故室，敬而无妨些。

油炸蜜饼和甜糕，

浇上一层麦芽糖；

名酒甜酒数不尽，

你斟我酌注满觞；

沥去酒糟再冰镇，

醇酒清心又凉爽；

华筵已经摆列好，

杯杯美酒如琼浆。

盼你赶快回老家，

敬你一杯理应当。

1　粔籹：古代的一种点心，用蜜和米面熬煎而成。　饵：用米粉做的糕饼。

2　餦餭：麦芽糖。

3　瑶浆：名酒。瑶，美玉。这里表示名贵。　勺：通“酌”，酒斗，这里作酒的代称。

4　实：注满。　羽觞：古代酒杯，形似鸟，故名。

5　挫：除去。　糟：酒滓。　冻饮：冷饮，不加温。或说经过冰镇。

6　酎：醇酒。

7　酌：酒斗，这里代表酒宴。

肴羞未通　女乐罗些
陈钟按鼓　造新歌些

肴羞未通[1]，女乐(yuè)罗些[2]。
陈钟按鼓[3]，造新歌些[4]；
涉江采菱，发扬荷些[5]；
美人既醉，朱颜酡些[6]；
娭光眇视[7]，目曾波些[8]；

山珍海错没上完，
歌姬舞女已登场。
撞起编钟敲起鼓，
新编歌儿试新腔；
《涉江》一曲又《采菱》，
《扬荷》舞姿伴清唱；
美人都已醉醺醺，
两颊娇红晕海棠；
目光逗人眯眼看，
秋波频送向人望；

1 肴羞：泛指酒席上的食品。肴，熟的肉食品。羞，美味的食品。 通：遍。肴羞未通指菜未上完。
2 女乐：表演歌舞的女子。
3 陈钟：编钟，此指撞敲编钟。 按：五臣注："击也。"
4 造新歌：唱新创作的歌。
5 "涉江"二句：涉江、采菱、扬荷，王注："楚人歌曲也。"《淮南子·人间训》："歌采菱，发阳阿。"《说山训》："欲美和必先始于阳阿采菱。"《俶真训》："足蹀阳阿之舞。"可知"阳阿"是舞曲名。"荷""阿"字通用。
6 酡：因酒醉而脸红。
7 娭光：逗人的目光。娭，同"嬉"。 眇视：眯着眼看。
8 曾：通"层"。 波：指目光。

被文服纤[1]，丽而不奇些[2]；
长发曼鬋[3]，艳陆离些[4]；
二八齐容[5]，起郑舞些；
衽（rèn）若交竿，抚案下些[6]；
竽瑟狂会，搷（tián）鸣鼓些[7]；

身披文绣穿罗缎，
华贵俏丽又大方；
发式时新长垂肩，
艳妆浓抹珠宝光；
十六美女一式装，
跳起郑舞分两行；
衣襟飘摇忽相交，
抚几回转又成双。
竽瑟合奏若痴狂，
鼓手擂鼓鼓声响；

1　被：通“披”，与“服”字同作动词用。　文：指有文绣的服装。　纤：指质地纤细的衣裳。
2　奇：怪里怪气。
3　曼：长。
4　陆离：光彩闪耀貌。
5　二八：八人一队，共两队。　齐容：样子整齐。
6　“衽若”二句：写古代一种舞法，王逸注：“言舞者回旋，衣衽掉摇，回转相钩，状若交竹竿，以手抑案而徐来下也。”衽，衣襟。
7　搷：急击。

宫庭震惊，发激楚些[1]；
吴歈（yú）蔡讴[2]，奏大吕些[3]；
士女杂坐[4]，乱而不分些；
放陈组缨[5]，班其相纷些[6]；
郑卫妖玩[7]，来杂陈些；
激楚之结[8]，独秀先些[9]。

庭柱殿壁都震动，
高唱《激楚》声绕梁；
吴国歌曲蔡国谣，
调奏大吕正相当。
男女相间错杂坐，
失了礼节忘大防；
绥带冠帽随地抛，
序次杂乱恣狂放；
郑卫两国美娇娘，
也来陪坐供玩赏；
《激楚》曲终至尾声，
最是精彩情高涨。

1 激楚：楚国的一种乐曲，大概因情调激昂而得名。
2 歈、讴：都是歌的意思。
3 大吕：古代乐调名。
4 士：男子。
5 放陈：随便放置。放，放浪，随便。 组：绶带。 缨：帽带，此指冠帽。
6 班：次序。 纷：乱。
7 妖玩：指美女。
8 结：结尾。
9 秀、先：都是超群、突出的意思。

琨蔽象棊　有六簙些
分曹并进　遒相迫些

琨蔽象棊[1]，有六簙（bó）些[2]；
分曹并进[3]，遒相迫些[4]；
成枭而牟[5]，呼五白些[6]；
晋制犀比[7]，费白日些。

象牙棋子玉箭筹，
六簙对局双双斗；
分成两组齐头进，
紧相逼迫互交手。
妙着迭起争胜负，
个个呼么又喝六；
赢得晋国犀带钩，
耗费整个大白昼。

1　琨：或作“菎”（kūn）、“箟”（jùn），王逸注：“菎，玉也。”“箟”同“箘”，是竹名。《招魂》这部分极写豪华，从玉为妥。“琨”是美玉。　蔽：一本作“⿱竹敝”，形如筷子，是下棋用的筹码，也称箭筹。　棊：即“棋”字。

2　六簙：古代的一种棋戏，两人对局，共六根箭筹和十二个棋子。

3　曹：伴侣，指棋伴。

4　遒：紧、急。

5　成枭而牟：当是“六簙”的一种弈法，今失传。“枭”与“牟”是古代棋戏的术语，如《韩非子·外储说》：“博者贵枭。”王逸《章句》：“倍胜为牟。”

6　呼五白：投骰时喝呼胜采，以助赌兴。“五白”当是最佳的胜采。

7　“晋制”二句：晋制，晋国制造。犀比，说法不一。一说“比”是带钩，犀比是犀牛角做的带钩，在这里用作赌注。费，王逸注：“光貌也。”则字同“曊”、“昲”，是说“犀比”光泽映日。洪补：“费，耗也。”屈复《楚辞新注》：“费，耗。费白日，言博者争胜，耽著不已，耗损光阴也。”

铿钟摇簴(jù)[1]，揳(jiá)梓瑟些[2]；
娱酒不废[3]，沈日夜些。
兰膏明烛，华镫(dēng)错些[4]；
结撰至思[5]，兰芳假些[6]；
人有所极[7]，同心赋些。
酎饮尽欢，乐先故些；
魂兮归来，反故居些！

梓

梓树。紫葳科，落叶乔木，叶子对生或三枚轮生，花黄白色。木质优良，供建筑及制家具、乐器等用。明李时珍《本草纲目》：「按陆佃《埤雅》云：梓为百木长，故呼梓为木王。盖木莫良于梓，故《书》以《梓材》名篇，《礼》以梓人名匠，朝廷以梓宫名棺也。」

1 铿：撞击。 簴：挂钟的架。
2 揳：弹奏。 梓瑟：梓木做的瑟。
3 不废：不止。
4 镫：字同“灯”。 错：雕琢错镂，指灯上雕镂花纹。
5 结撰：结构撰述，此指酒后作诗。 至思：竭尽心思。至，极、尽。
6 假：通“嘉”，美。
7 极：极点，此指特长。

撞钟撞得钟架摇，
梓木琴瑟齐弹奏；
大杯小盏轮流换，
日日夜夜迷喝酒。
兰草脂膏明烛亮，
青铜灯架错金镂；
酒后吟诗煞费心，
文采更比兰香幽；
人有所长莫自弃，
同心赋诗章句凑。
开怀痛饮团圆酒，
祖宗有灵乐悠悠；
灵魂啊，回来吧，
返归家乡快回头！

梓

乱曰：

献岁发春兮[1]，汩(yù)吾南征[2]。

菉蘋齐叶兮[3]，白芷生[4]；

路贯庐江兮[5]，左长薄[6]；

倚沼畦(qí)瀛兮[7]，遥望博。

1 献：进。 发：开。“献岁”与“发春”对文。

2 汩：流水快貌，这里形容疾走。 吾：作者自称，同篇首的“朕”。

3 菉：通“绿”。 蘋：水草。

4 白芷：香草名。

5 路贯：路径。 庐江：水名，洪兴祖《补注》引《汉书·地理志》：“庐江出陵阳东南，北入江。”

6 薄：草木丛生，人不能进入者。一说“长薄”是地名。

7 倚：依，这里是沿着、循着的意思。 沼：小池塘。 畦：田圃间划分的长行。 瀛：大泽，楚方言。

尾声：

进入新年开新春，
我急急忙忙往南奔。
水里绿苹叶儿齐，
岸上白芷香袭人；
南行途中经庐江，
左岸茂密灌木林；
沿着沼泽和水田，
遥望南天广无垠。

蘋

蘋　草本水生植物，俗称田字草。参见《湘夫人》「蘋」图注。

与王趋梦兮　课后先
君王亲发兮　惮青兕

青骊结驷兮[1]，齐千乘；
悬火延起兮[2]，玄颜烝[3]。
步及骤处兮[4]，诱骋先[5]。
抑wù骛若通兮[6]，引车右还[7]；
与王趋梦兮[8]，课后先[9]；
君王亲发兮，惮青sì兕[10]。

马儿四匹分黑青，
驷马套车一千乘；
火把连绵遍原野，
黑烟腾起熏天顶。
缓进猛追忽又停，
诱兽捕杀争驰骋。
追追停停多自如，
转车向右回头行；
又跟君王奔梦泽，
看谁先到比本领。
君王引弓亲发射，
千斤犀牛也毙命。

1　青：指青色的马。　骊：黑马。　驷：一辆车套四匹马。这句是说，青马与黑马结成一驷。

2　悬火：火把。　延起：连延而起。古人打猎，烧林驱兽，火势蔓延。

3　玄：黑色。　颜：疑是“烟”的音误。一说“玄颜”是天空的颜色，王逸注：“玄，天也。”洪补：“颜，容也。”　烝：火气上升。

4　步：慢走。　及：追赶到。　骤：急走。　处：停止。

5　诱：指诱射野兽。　骋先：争先。

6　抑：停止。　骛：奔驰。　若：顺。说驰止自如，通而无阻。

7　还：转。

8　王：楚王。　趋：奔向。　梦：即梦泽。今湖北境内，古代有一大群湖泊，广八九百里，跨长江南北。江北称云泽，江南称梦泽，合称云梦泽。

9　课：考察、比较。

10　惮：借作“殚”，死。　兕：古代犀类野牛，《尔雅·释兽》：“兕似牛。”郭注：“一角，青色，重千斤。”闻一多认为“兕”字失韵，校作“青兕惮”（殚）。

朱明承夜兮，时不可淹[1]。
皋兰被径兮[2]，斯路渐[3]。
湛湛江水兮[4]，上有枫；
目极千里兮，伤春心[5]。
魂兮归来，哀江南[6]！

1 “朱明”二句：朱明，太阳的美称。承，续。淹，滞留。这两句是日夜交替，时光不驻的意思。
2 皋：水边。 被：覆盖。
3 渐：没。
4 湛湛：水深貌。
5 伤春心：春景伤心，即触景伤情。
6 哀：怜悯。 江南：指楚国。

黑夜方尽接黎明，
日夜交替不稍停。
江边兰草满小径，
何处是路看不清。
江水湛蓝深又深，
岸上一片枫树林；
放眼远观千里外，
春景触目伤人心。
灵魂啊，回来吧，
江南故国应怜悯！

枫

落叶大乔木。叶互生，通常三裂，边缘有细锯齿。树脂、根、叶、果均入药。秋叶艳红，可供观赏。

在一个艳阳春天，作者向南流浪，那一望无际的青草绿水，使他回想起从前曾随楚王在此游猎。但日月代谢，流光不驻，往年的欢乐得意已一去不可复还，江草长满了岸路，旧时的路径已被淹没。但作者不肯让悲痛压倒自己，他还是定心广志，叫灵魂不要离开躯体，叫它回来，回来，哀悯这个可怜的故国。

大招

青春受謝白日昭只春氣奮發萬物遽只冥凌浹行魂無逃只魂魄歸徠無遠遥只魂乎歸徠無東無西無南無北只東有大海溺水浟浟只螭龍並流上下悠悠只霧雨淫淫白皓膠只魂乎無東湯谷宗寥只

《大招》的作者问题，汉代已搞不清楚。王逸《章句》说："大招者，屈原之所作也，或曰景差，疑不能明也。"近代学者都不认为是屈原所作。景差是个可能的作者，这种可能性的唯一根据就是王逸那句存疑的话。景差其人，我们不甚了然。《史记·屈原列传》末尾说到他："屈原既死之后，楚有宋玉、唐勒、景差之徒者，皆好辞而以赋见称；然皆祖屈原之从容辞令，终莫敢直谏。"

从《大招》的内容看来，应该是招楚王的魂。《大招》的题目之所以冠以"大"字，而别于《招魂》，大概就是这个缘故。如果这个分析没错，《大招》可以反证《招魂》不是招楚王的魂。

清　王原祁　春云出岫图

青春受谢[1]，白日昭只[2]；
春气奋发，万物遽只[3]。
冥凌浃行[4]，魂无逃只；
魂魄归来，无远遥只！

大地回春换青妆，
一片光明出艳阳；
春气萌动草木发，
万物生长斗春光。
阴冰解冻水泛滥，
魂魄无处可躲藏；
魂魄啊，回家乡，
不要漂泊到远方！

1 青春：春天。春天一到，万木转青，故云。 受谢：春天代而受之。谢，指冬天已经逝去。

2 只：古代的语气词，如《诗·鄘风·柏舟》："母也天只，不谅人只！"朱季海考证："《大招》之'只'即《招魂》之'些'矣。"（《楚辞解故》）

3 遽：竞争。

4 冥：幽暗。 凌：冰冻。 浃行：泛滥横行。

螭龙并流　上下悠悠只

魂乎归来，无东无西无南无北只！

东有大海，溺水浟（yóu）浟只[1]；

螭（chī）龙并流[2]，上下悠悠只。

雾雨淫淫，白皓胶只[3]。

魂乎无东，汤谷寂（jì）寥只[4]！

灵魂啊，你回来，

东南西北都别待！

东方陆尽有大海，

海水汹涌把人埋；

黄色蛟龙齐游动，

上下出没真自在。

浓雾不散雨绵绵，

天海相连一片白。

灵魂啊，东方不能去，

汤谷寂寞人难耐！

1　溺水：能把人溺死的水。　浟浟：水流迅疾貌。

2　流：闻一多校作“游”。“流”“游”古通（《楚辞校补》）。

3　白皓：白茫茫。皓，义同白。　胶：粘，连接。

4　汤谷：神话中的地名，亦作“旸谷”，在东方日出之处。　宋：字同“寂”。

南有炎火千里　蝮蛇蜒只　山林险隘　虎豹蜿只
鰅鳙短狐　王虺骞只　魂乎无南　蜮伤躬只

魂乎无南！
南有炎火千里，蝮蛇蜒只[1]；
山林险隘，虎豹蜿只；
鰅鳙短狐[2]，王虺骞只[3]；
魂乎无南，蜮伤躬只[4]！

灵魂啊，你别往南去！
南方大火遍千里，
蝮蛇蜿蜒毒液滴。
高山密林路险隘，
虎豹盘旋不肯离。
奇鱼怪物暗害人，
王蛇昂首藏杀机。
灵魂啊，别到南方去，
小心鬼蜮伤你体！

1 蝮蛇：一种大毒蛇，详见《招魂》“蝮蛇蓁蓁”句注。

2 鰅鳙：传说中的怪鱼，可能就是《山海经·东山经》写的“鳙鳙之鱼”，“其状如犁牛，其音如彘鸣”。 短狐：朱熹《集注》：“蜮也。”《说文》：“蜮，短狐也。似鳖三足，以气射害人。”也是水族中的怪物。

3 王：大。 虺：毒蛇。 骞：高举，此指举头。

4 蜮：详注 2，这里是代指一切害人的怪物。

豕首纵目　被发鬤只
长爪踞牙　诶笑狂只

魂乎无西！
西方流沙，漭洋洋只[1]。
豕首纵目，被发鬤(xiāng)只[2]；
长爪踞牙，诶(xī)笑狂只[3]。
魂乎无西，多害伤只！

灵魂啊，也别去西方！
西方流沙白茫茫，
无边无垠如海洋。
猪头恶神竖眼眶，
头发纷乱披胸膛；
挥舞长爪露锯齿，
装出笑脸逞凶狂。
灵魂啊，你别去西方，
害虫太多把人伤！

1 漭：水广大貌。
2 鬤：发乱貌。
3 诶：强笑。

天白颢颢　寒凝凝只

魂乎无北！

北有寒山，逴龙赩[xì]只[1]。

代水不可涉[2]，深不可测只。

天白颢颢[3]，寒凝凝只。

魂乎无往，盈北极只！

灵魂啊，也别去北边！
北边高山凛严寒，
烛龙蛇身红丹丹；
代水河宽不可渡，
代水水深估量难；
满天雪霰一片白，
遍地冰冻三尺三。
灵魂啊，不要去北边，
极北之地寒漫漫！

1 逴龙：即烛龙。古代传说北方日光不到之处，有烛龙照明，详见《天问》"日安不到，烛龙何照"句注。 赩：大红色。《山海经·大荒北经》说烛龙"人面蛇身而赤"。

2 代水：代为北方古国，地在今河北蔚县，代水泛指北方之水。

3 颢颢：白貌。

魂魄归来，闲以静只。
自恣荆楚[1]，安以定只；
逞志究欲[2]，心意安只；
穷身永乐[3]，年寿延只。
魂乎归来，乐不可言只！

魂魄啊，回家行，
家里闲适又清静。
咱们楚国多惬意，
生活恬静心安宁；
要怎样，就怎样，
随你心意任你情；
快快活活过一世，
南山年寿松鹤龄。
灵魂啊，往家行，
说不完那种欢乐劲！

菰

多年生草本植物，长于池沼，地下茎白色，地上茎直立，开紫红色小花。嫩茎的基部经某种菌寄生后，膨大，即平时食用的茭白。果实狭圆柱形，称为菰米，一称雕胡米，可以作饭。

1 荆楚：楚国。楚原建国于荆山（今湖北南漳西），故称。 恣：随意。

2 逞志究欲：随心所欲，都能满足。逞，满足、实现。究，穷尽。

3 穷身：终生。

五谷六仞[1]，设菰(gū)粱只[2]；
鼎臑(ér)盈望[3]，和致芳只[4]；
内(nà)鸧(cāng)鸧鹄[5]，味豺羹只[6]。
魂乎归来，恣所尝只！

五谷丰登堆成山，
摆上喷香菰米饭；
只只鼎镬珍肴满，
还要加些香料拌；
肥鹤白鸽加天鹅，
豺狼野味羹汤鲜。
灵魂呀，回来吧，
煎炒烹炸随你愿！

1　五谷：稻、稷、麦、豆、麻。　仞：七尺，一说八尺。
2　设：施。　菰粱：雕胡米，可以做饭。
3　臑：煮熟。　望：阴历月满称望，引申之，有满义。
4　和：拌。　致：放。　芳：香料。
5　内：读作“肭”(nà)，肥。　鸧：即鸧鹤，水鸟类，似雁。
6　味：调味。

鲜蠵(xī)甘鸡[1]，和楚酪只；
醢(hǎi)豚苦狗[2]，脍苴(jū)莼(pò)只[3]；
吴酸蒿蒌[4]，不沾薄只[5]。
魂兮归来，恣所择只！

白蒿

蒿蒌 即白蒿，多年生草本，俗称蓬蒿。陆玑《毛诗草木鸟兽虫鱼疏》：「白蒿春始生，及秋香美可生食，又可蒸食。」

1 蠵：大龟。

2 醢：肉酱。 豚：小猪。 苦狗：旧说指狗的苦胆。于省吾说："苦"与"枯"古通用，"苦狗"指狗肉干(《泽螺居诗经新证》)。

3 脍：本义是细切的肉，此作动词用，细切。 苴莼：一名蘘(ráng)荷，姜科，可作香料。

4 蒿蒌：草名，即白蒿，生水中，脆美可食。《尔雅》郭璞注："江东用羹鱼。"吴国在江东，这句说吴国厨师善以蒿蒌做酸羹。

5 沾：汁多。 薄：味淡。

海龟新鲜鸡味美，
楚式奶酪拌一杯；
小猪肉酱狗肉干，
姜片切得细又碎；
吴式酸汤用白蒿，
不浓不淡合口味。
灵魂呀，回来吧，
山珍海味任调配！

苴蓴

一名蘘荷，姜科，多年生草本植物。夏秋开花，花白色或淡黄。可作香料。宗懔《荆楚岁时记》：「仲冬以盐藏蘘荷，以备冬储，又以防蛊。」

蘘荷

炙（zhì）鸹（guā）烝凫（fú）[1]，煔（qián）鹑（chún）陈只[2]；

煎鲼（jī）臛（huò）雀[3]，遽爽存只[4]。

魂乎归来，丽以先只[5]！

烤鸦蒸鸭端上来，

清汤鹌鹑桌上摆；

油煎鲫鱼黄雀羹，

一道一道上得快。

灵魂啊，你回来，

珍馐等你先动筷！

1　炙：烤。　鸹：乌鸦。　烝：同“蒸”。　凫：野鸭。

2　煔：洪兴祖《补注》：“沉肉于汤也。”　鹑：即鹌鹑，肉味很美，富有营养。

3　鲼：鲫鱼。　臛：一作臞（huò），肉羹，此用作动词，制成肉羹。

4　遽：急。　爽：快。　存：王注“前也”。

5　丽：指珍丽佳肴。一本作“进”，进餐，亦通。

四酎并孰[1]，不歰嗌只[2]；
清馨冻歓，不歠役只[4]；
吴醴白糵，和楚沥只[5]；
魂乎归来，不遽惕只[6]！

多次重酿香醇酒，
爽口不会涩咽喉；
酒气清香宜冷饮，
不可喝得过了头；
白曲酿成吴式醴，
配上楚国清沥酒；
灵魂啊，往家走，
不必担心酒不够！

1 酎：经过多次酿制的醇酒。 并：皆。 孰：通“熟”。

2 歰：同“涩”。 嗌：咽喉。

3 歓：即“饮”字。

4 歠：饮。 役：借作“列”，《诗·大雅·生民》“禾役穟穟”，《传》：“役，列也。”列通“烈”“厉”。

5 “吴醴”二句：白糵酿成的吴式澧酒，和楚国沥酒配起来喝。醴，《说文》：“酒一宿熟也。”味甜。糵，酒曲。沥，清酒。

6 遽惕：戒惧。

代秦郑卫　鸣竽张只
伏戏驾辩　楚劳商只

代秦郑卫，鸣竽张只；
伏戏驾辩[1]，楚劳商只[2]；
讴和扬阿[3]，赵箫倡只[4]。
魂乎归来，定空桑只[5]！

奏起代秦郑卫乐，
吹竽调笙声遏云；
伏羲《驾辩》乃古曲，
楚国《劳商》是乡音；
你唱《扬阿》我应和，
赵国排箫奏过门。
灵魂啊，回家门，
等你校定空桑琴。

1 伏戏：即伏羲氏。王逸《章句》说他“始作瑟”，“造《驾辩》之曲”。

2 劳商：楚国曲名。游国恩说：“‘劳商’与‘离骚’，本双声字……疑，‘劳商’即‘离骚’之转音，一事而异名者耳。”（《离骚纂义》）

3 讴：王注：“徒歌曰讴。” 和：唱和。 扬阿：楚国曲名，详见《招魂》“涉江采菱，发扬荷些”注。

4 倡：先。此指唱前先奏，犹今“过门”。

5 空桑：古琴瑟名，见于《周礼》。

二八接舞[1]，投诗赋只[2]；
叩钟调磬，娱人乱只[3]；
四上竞气[4]，极声变只[5]。
魂乎归来，听歌譔只[6]！

美女十六舞翩跹，
唱起歌儿合诗篇；
击铜钟，调编磬，
乐工敲得有板眼；
竽师吹得更卖力，
调声万化又千变。
灵魂呀，回家园，
妙音仙乐任你选！

1　接舞：接连不断地舞。接，连。
2　投：合。
3　娱人：乐工。　乱：理，有条理。
4　四上：疑“上”乃“工”之误；工，乐工。王逸说：“四上谓上四国代、秦、郑、卫也。”　竞气：按吹竽要旨在于运气之妙。
5　极声变：极尽声调之变。
6　譔：王注：“具也。言观听众乐无不具也。”解释失之牵强。译文试作“选”解，古“选”“譔”可通借。

朱唇皓齿，嫭(hù)以姱只[1]；
比德好闲[2]，习以都只[3]；
丰肉微骨，调以娱只[4]。
魂乎归来，安以舒只！

齿如编贝唇点绛，
袅娜婉丽好女郎；
德性温顺又文雅，
仪容优美且大方；
体态丰满又苗条，
令人悦目心花放。
灵魂啊，回家乡，
这里安乐又舒畅！

1 嫭：义同"姱"，美好貌。

2 比德：顺从之德。这是古代男子对女德的主要要求。比，读作"俾"，《诗·大雅·皇矣》"克顺克比"，《礼记·乐记》作"克顺克俾"。俾，从也，义同"顺"。 好：和谐，和悦。 闲：通"娴"，文雅。

3 习：习惯。 以：于。 都：美。朱熹《集注》："谓容态之美不鄙也。"

4 调：协调，指"丰肉"与"微骨"。 娱：令人欢娱。

嫮(hù)目宜笑[1]，娥眉曼只[2]；
容则秀雅[3]，稺朱颜只[4]。
魂乎归来，静以安只！

美目流盼笑得巧，
两弯长长细眉毛；
脸蛋模样更清秀，
白里透红嫩夭夭。
灵魂啊，回来好，
这里安静少烦恼！

1 嫮：眯目斜视。一说同“嫭”。 宜笑：笑得自然得体。
2 娥眉：详见《离骚》“众女嫉余之娥眉兮”句注。 曼：长。
3 容则：犹今“脸相”。则，式样。
4 稺：即“稚”字，鲜嫩。

姱修滂浩[1]，丽以佳只；
曾颊倚耳[2]，曲眉规只[3]；
滂心绰态[4]，姣丽施只[5]；
小腰秀颈，若鲜卑只[6]。
魂乎归来，思怨移只[7]！

亭亭玉立见识广，
姑娘长得真漂亮；
两耳紧贴丰颊旁，
眉毛弯弯新月样；
姿态绰约性豪爽，
天生姣丽巧梳妆；
秀颈宜人腰肢细，
鲜卑腰带柔而长。
灵魂啊，回家乡，
回来可以消忧伤！

1 姱：美。 修：长。 滂浩：水广大。王逸以为指“用意广大，多于所知”。
2 曾：通“层”，重，厚。 倚：靠，贴。
3 规：弧形。
4 滂心：胸怀开阔。 绰：绰约。
5 施：施展。
6 鲜卑：指鲜卑人的腰间大带。有人说就是《招魂》的“犀比”。
7 移：除去。

易中利心，以动作只[1]；
粉白黛黑[2]，施芳泽只[3]；
长袂拂面[4]，善留客只。
魂乎归来，以娱昔只[5]！

聪明伶俐巧慧心，
动作处处见灵敏；
脸搽白粉眉描黑，
调好香脂擦得匀；
长袖善舞半掩面，
客人留恋不起身。
灵魂啊，回家门，
长夜欢娱到天明！

1 “易中”二句：易，指随机应变。中，读作衷，义同心。利，伶俐。易中利心，心灵敏慧的意思。以动作，是说动作也因而利落敏捷。

2 黛：青黑色的颜料，古代女子用以画眉。

3 芳泽：芬芳的脂膏。

4 袂：衣袖。 拂：古通“蔽”。详见《离骚》“折若木以拂日兮”句注。拂面，犹掩面。长袂拂面是说善舞。

5 昔：当从一本作“夕”，夜也。

青色直眉[1]，美目mián嫇只[2]；
yè靥辅奇牙[3]，宜笑xiān嗎只[4]；
丰肉微骨，体pián便娟只[5]。
魂乎归来，恣所便只！

平平正正眉色黑，
美人双目多明媚；
酒涡迷人牙似贝，
嫣然一笑更是美；
体态丰满又苗条，
轻盈优美令人醉。
灵魂啊，快快回，
你要爱谁就给谁！

1 青色：黑色，指眉毛。 直：平直，不曲。
2 嫇：眼睛美丽貌。
3 靥：笑靥，酒涡。 辅：脸颊。 奇：奇美。
4 嗎：笑貌。
5 便娟：轻盈美丽。

夏屋广大　沙堂秀只

夏屋广大[1]，沙堂秀只[2]；
南房小坛[3]，观绝霤(liù)只[4]；
曲屋步壛(yán)[5]，宜扰畜只[6]。

府第高大深又广，
朱红丹沙画中堂；
小小庭院南厢房，
水管接在檐头上；
栏杆曲折护回廊，
训练鹰犬好地方。

1 夏：大。

2 沙堂：用丹沙涂厅堂的柱子和横梁。沙，指丹沙，朱红色。堂，古代宫室，前部称堂，后部称室，堂与室之间有墙隔开。 秀：超众。

3 房：室的两旁称“房”。 坛：庭院，楚方言。《淮南子·说林训》：“腐鼠在坛。”旧注：“楚人谓中庭为坛。”或说坛是土台，蒋骥注：“崇土为坛。”

4 观：楼。 绝霤：王夫之《楚辞通释》：“檐有承溜绝水。”霤，有二义：一为屋檐下接下的长槽，二为滴下的水。

5 曲屋：王逸注：“周阁也。”即屋外四周的栏杆回廊。 步壛：长廊，供散步用。

6 扰畜：驯服牲畜，这里指助猎的鹰犬之类。

桂

参见《远游》。

腾驾步游，猎春囿只[1]；
琼毂错衡[2]，英华假只[3]；
茝(chǎi)兰桂树[4]，郁弥路只。
魂乎归来，恣志虑只[5]！

驾车奔驰信步游，
春风得意上猎场；
镶玉车轮错金辕，
雕出花儿朵朵放；
白芷兰草桂树香，
郁郁苍苍满路旁。
灵魂啊，回家乡，
纵情开怀来游赏！

1 囿：蓄养动物的园林。

2 毂：车轮中心的圆木。 衡：车辕前头的横木。"毂"与"衡"都代表车。

3 英华：花。言车饰之美如花。 假：王逸注："大也。"这里是盛的意思。

4 茝：香草名，即白芷。

5 虑：一本作"处"。

孔雀盈园，畜鸾皇只；
鹍（kūn）鸿群晨[1]，杂鹙（qiū）鸧（cāng）只[2]；
鸿鹄代游[3]，曼鹔（sù）鷞（shuāng）只[4]。
魂乎归来，凤皇翔只！

大小孔雀满林园，
也养鸾凤五色鲜；
清晨鹤唳昆鸡啼，
秃鹙鸣声杂其间；
天鹅任意来回游，
鹔鷞接连打盘旋。
灵魂啊，回家园，
凤凰为你舞翩跹！

1 鹍：亦名昆鸡，体大似鹤，黄白色。 鸿：闻一多校作“鹤”（《楚辞校补》）。 群晨：早晨群鸣。

2 鹙鸧：即秃鹙，水鸟之一，似鹤而大，头与颈都无毛。

3 代：更替，此指来回。

4 曼：连续不断，此指翩飞不停。 鹔鷞：雁的一种，长颈，绿身。

曼泽怡面[1]，血气盛只；
永宜厥身，保寿命只；
室家盈廷[2]，爵禄盛只。
魂乎归来，居室定只！

满面红光喜洋洋，
血气方刚精神旺；
身体常应自珍重，
才能长寿保健康；
子子孙孙满朝廷，
官位俸禄蒸蒸上。
灵魂啊，回家乡，
住在家里最稳当！

1　曼：美。　泽：润泽。　怡：喜悦。
2　室家：朱注："谓宗族。"　廷：朝廷。

接径千里[1]，出若云只；
三圭重侯[2]，听类神只[3]；
察笃夭隐[4]，孤寡存只[5]。
魂乎归来，正始昆只[6]！

千里道路条条通，
百姓出来似云涌；
列位公侯伯子男，
好似神明有天聪；
体恤夭病贫苦家，
孤儿寡妇有笑容。
灵魂啊，回家中，
幼有养来老有终！

1　接径：互相连接的道路。

2　三圭：指公、侯、伯，公执桓圭，侯执信圭，伯执躬圭。圭，上圆下方的瑞玉，古代天子、诸侯举行典礼时，手执此物。　重侯：指子、男。

3　听：视听。　类：类似。　神：神明。

4　笃：厚待。　夭：早亡。　隐：疾痛。

5　存：温存。蒋骥《山带阁注楚辞》："恤问也。"

6　正始昆：一生的前前后后，都得到安顿。正，定、安。始，前。昆，后。

田邑千畛[1]，人阜昌只[2]；
美冒众流[3]，德泽章只[4]；
先威后文[5]，善美明只[6]。
魂乎归来，赏罚当只！

千条小路通村庄，
村村庄庄人丁旺；
美政施及众百姓，
恩德遍布似阳光；
先武后文治天下，
尽善尽美有弛张。
灵魂啊，回家乡，
楚国赏罚最恰当！

1 畛：田间小路。

2 阜：盛，义同昌。

3 美：美政。 冒：覆盖。 众流：万民。

4 章：同“彰”，明。

5 先威后文：王逸注：“先以威武严民，后以文德抚之。”这一句暴露了所谓美政的阶级实质，它仍然是少数剥削者对广大劳动者的专政。所谓“德泽”，只不过多给点剩饭残羹，以缓和阶级矛盾。

6 善美明：指“先威后文”的统治方法，既美善又严明。

名声若日，照四海只；
德誉配天，万民理只；
北至幽陵[1]，南交阯只[2]；
西薄羊肠[3]，东穷海只。
魂乎归来，尚贤士只！

你的名声像太阳，
普照四海放光芒；
德行荣誉如天高，
治理万民得安康；
北起幽州城，
南到交趾乡；
西自羊肠山，
东至大海洋。
灵魂啊，回家乡，
楚国招贤遍四方！

1 幽陵：幽州，古“九州”之一。《尔雅·释地》：“燕曰幽州。”《周礼·夏官·职方氏》：“东北曰幽州。”约当今河北北部和辽宁一带。

2 交阯：即交趾。古地区名，泛指五岭以南。

3 薄：至。 羊肠：山名。洪补曰：“在太原晋阳之西北。”

发政献行[1]，禁苛暴只；
举杰压陛[2]，诛讥罢只[3]；
直赢在位[4]，近禹麾只[5]；
豪杰执政，流泽施只。
魂乎归来，国家为只[6]！

进用贤士图奋发，
禁绝暴政和苛法；
选贤举才满殿阶，
无能庸人全打发；
忠直之士掌大权，
犹如夏禹治天下；
豪杰执政施教化，
王恩流遍百姓家。
灵魂啊，回来吧，
回来为国登大驾！

1 献行：王逸注："进用仁义之行。"献，进。
2 陛：宫殿的台阶。
3 诛：罚。 讥：谪。 罢：音疲，庸碌无能。
4 赢：朱季海校作"嬴"，义同"直"(《楚辞解故》)。
5 禹：王注谓即夏禹。 麾：指挥军队的旗帜，此处作指挥、治理解。
6 国家为："为国家"的倒文，"为""麾"叶韵。

三公穆穆　登降堂只

雄雄赫赫，天德明只；
三公穆穆[1]，登降堂只[2]；
诸侯毕极，立九卿只[3]；
昭质既设[4]，大侯张只[5]；
执弓挟矢，揖辞让只[6]。
魂乎归来，尚三王只[7]！

君王威风四海扬，
上天恩德亮堂堂；
三公威仪貌端庄，
登上玉堂辅君王；
诸侯入座已完毕，
九卿再按次序上；
白色箭靶在中央，
天子射礼熊皮张；
手拿雕弓臂挟箭，
你推我辞互谦让。
灵魂啊，回家乡，
发扬三王好风尚！

1　三公：古时辅助天子的三位最高官员。《书·周官》：“立太师、太傅、太保，兹惟三公。”
2　降：当从一本作“玉”。
3　九卿：古时中央政府九位高级官员，地位在三公之下。
4　昭：白色。　质：古代举行射礼时的箭靶。
5　侯：张设靶子用的兽皮或布。《仪礼·乡射礼》：“凡侯：天子熊侯，白质；诸侯麋侯，赤质；大夫布侯，画以虎豹；士布侯，画以鹿豕。凡画者丹质。”
6　揖辞让：古代行射礼，发射以前互相谦让。
7　三王：禹、汤、文王。战国时，射礼已废。作者呼吁崇尚古三王之道，恢复此礼。其他如笃夭隐、存孤寡、流德泽、尚贤士、禁苛暴、诛讥罢等等，无不有抚今思古之意。

附录一 《史记·屈原列传》译注

【题解】

汉初的贾谊，身世与屈原相似，司马迁对他们极为同情，写成合传。本文从《史记·屈原贾生列传》中分割出来，原文所录《渔父》、《怀沙》，因本书另有译注，故删。

《屈原列传》是至今所能看到的、记载屈原生平事迹最早、最完整的材料，因此它是后人了解屈原生平的最重要依据。虽有一些针线之疏，引起后人的怀疑与歧解，但到目前为止，仍无证据能够推翻它所提供的基本事实。据汤炳正先生研究，造成针线之疏的一个重要原因，是几段评论《离骚》的文字，都是后人抄自刘安的《离骚传》，而未作妥善调整（《屈原列传新探》，载《文史》第一辑）。

屈原者，名平，楚之同姓也[1]，为楚怀王左徒[2]。博闻彊志[3]，明于治乱，娴于辞令[4]。入则与王图议国事，以出号令；出则接遇宾客，应对诸侯。王甚任之。

屈原，本名叫平，是楚国的宗室，做过楚怀王的左徒。他见识广，记性强，懂得治乱道理，熟习外交辞令。对内，与君王商议国事，发布政令；对外，接待国宾，应酬诸侯。君王很信任他。

1 楚之同姓：楚王族本姓芈（mǐ），后分为屈、景、昭等氏。楚武王熊通的儿子瑕，受封于屈，因以屈为氏。屈原是他的后裔。

2 楚怀王：在位三十年（前328—前299）。 左徒：楚官名，最早见于战国末年。《史记·楚世家》记载：春申君曾“以左徒为令尹”。春申君也是楚王近亲，他以左徒直接晋升为令尹（宰相），可知左徒地位颇显。《楚辞·渔父》称屈原为“三闾大夫”；王逸《楚辞章句》也说屈原“仕于怀王，为三闾大夫。三闾之职，掌王族三姓，曰昭、屈、景”。屈原在怀王时，可能先任左徒，被楚王疏远以后谪为三闾大夫。三闾大夫是教育王族子弟的闲官，无政治实权。

3 彊：同“强”。 志：同“记”。

4 娴：熟习。

上官大夫与之同列，争宠而心害其能[1]。怀王使屈原造为宪令，屈平属(zhǔ)草稿未定[2]，上官大夫见而欲夺之，屈平不与，因谗之曰：「王使屈平为令，众莫不知；每一令出，平伐其功[3]，（曰）以为『非我莫能为』也[4]。」王怒而疏屈平。

有个姓上官的大夫，官阶与屈原相同，为了争得楚王的宠信，妒忌屈原的才能。有一次，怀王叫屈原制订宪章法令，屈原起了草还没定稿，上官大夫看见了想夺过去，屈原不给他。他就向怀王进谗，说："大王叫屈平制订法令，外边没有人不知道。每次法令公布出来，屈平总要逞能称功，说什么'除了我，谁也干不了'。"怀王很生气，从此疏远屈平。

1 害：忌。

2 属：撰写。

3 伐：夸耀。

4 曰：中华书局标点本《史记》校为衍字，今从之。

屈平疾王听之不聪也[1]，谗谄之蔽明也，邪曲之害公也，方正之不容也，故忧愁幽思，而作《离骚》。「离骚」者，犹离忧也[2]。

屈平痛心君王偏听偏信，谗谄遮蔽了光明，邪气妨害了公正，正直者无处容身，所以愁思隐忧，写下了《离骚》。“离骚”是遭遇忧患的意思。

1　疾：恨，这里是痛心的意思。

2　离：同“罹”，遭遇。

夫天者，人之始也；父母者，人之本也。人穷则反本，故劳苦倦极，未尝不呼天也；疾痛惨怛（dá）[1]，未尝不呼父母也。

天是人类的本始，父母是人的本源。人到绝处就会回到出发点，劳累疲倦到极点的时候，没有不叫“天啊”的；内心痛苦到极点的时候，没有不唤“爹娘”的。

1 怛：痛苦，悲伤。

屈平正道直行，竭忠尽智，以事其君，谗人间之，可谓穷矣！信而见疑，忠而被谤，能无怨乎？屈平之作《离骚》，盖自怨生也。

屈平公正刚直，把自己的忠心才智全部贡献出来为君王服务，却被谗人离间，可以说到了穷途绝境了。他信实而被怀疑，忠诚而遭诽谤，怎能没有怨愤呢？屈平写作《离骚》，就是由怨愤引起的。

《国风》好色而不淫[1]，《小雅》怨诽而不乱[2]，若《离骚》者，可谓兼之矣！上称帝喾(kù)[3]，下道齐桓[4]，中述汤武[5]，以刺世事。明道德之广崇、治乱之条贯，靡不毕见(xiàn)[6]。

《国风》抒写爱情而不过分，《小雅》抨击时政而有分寸，《离骚》可说兼有两者的优点。远的从高辛氏说起，近的讲到齐桓公为止，当中讲成汤、周武，引这些历史来讽刺当世。阐明道德的高深含义、治乱的法则条理，无不明白透彻。

1 《国风》：《诗经》的一部分，多民间情歌。 淫：过分。"《国风》好色而不淫"至"虽与日月争光可也"一段话，班固在《离骚序》中是作为淮南王刘安《离骚传》的话加以引用的。《列传》中其他评论《离骚》的话，可能也引自（或后人羼入）刘安的《离骚传》，如下文"虽放流……"到"……岂足福哉"那一大段，在《列传》中与上下文都不连贯，甚至有矛盾。

2 《小雅》：《诗经》的一部分，其中有些政治讽刺诗，但没有逾越君臣的界限。

3 帝喾：神话里的帝王，号高辛氏。《离骚》："凤皇既受诒兮，恐高辛之先我。"

4 齐桓：春秋五霸之一齐桓公。《离骚》："宁戚之讴歌兮，齐桓闻以该辅。"

5 汤：商汤。 武：周武王。《离骚》："汤禹俨而祗敬兮，周论道而莫差。"

6 靡：无。 见：同"现"。

其文约，其辞微，其志洁，其行廉，其称文小而其指极大，举类迩而见义远。其志洁，故其称物芳；其行廉，故死而不容。

他文字精练，辞句含蓄，志趣高洁，品行清廉。写细小的事物，却包含重大的旨意；举眼前的事例，却表现深远的意义。他心灵高洁，所以称道芳香美好的东西；他行为清廉，所以至死不能见容于俗世。

自疏濯（zhuó）淖（nào）污泥之中[1]，蝉蜕于浊秽，以浮游尘埃之外，不获世之滋垢[2]，皭（jiào）然泥而不滓者也[3]。推此志也，虽与日月争光可也！

他主动摆脱肮脏环境的污染，就像那秋蝉蜕去肮脏的外壳，浮游在尘埃之外，碰不到俗世的污垢，是个清白纯洁、出污泥而不染的人。把这种纯洁的心灵推而广之，实在可以跟日月争光！

1　自疏：主动摆脱。　濯：借作“浊”。　淖：泥沼。

2　滋：同“兹”，黑。

3　皭：洁白。　滓：黑。

屈平既绌[1]，其后秦欲伐齐。齐与楚从亲，惠王患之[2]，乃令张仪佯去秦[3]，厚币委贽事楚[4]，曰：「秦甚憎齐，齐与楚从亲；楚诚能绝齐，秦愿献商、於(wū)之地六百里[5]。」

屈平罢官以后，秦国想攻打齐国。齐国与楚国有"合纵"的亲密关系，秦惠王有所顾忌，就叫张仪假装脱离秦国，用丰厚的财物作献礼去为楚国服务，并说："秦国很憎恨齐国，齐与楚有纵约之亲，楚国真能跟齐国绝交，秦国愿意献出商、於之地六百里。"

1 绌：同"黜"，罢黜。

2 惠王：秦惠王，前 337 年—前 311 年在位。

3 佯：假装。据《楚世家》记载，张仪赴楚在怀王十六年。

4 委：呈献。　贽：古时进见尊长时送的礼物。

5 商、於：秦地名，约今陕西商州至河南内乡一带。

楚怀王贪而信张仪，遂绝齐。使使如秦受地[1]，张仪诈之曰：「仪与王约六里，不闻六百里。」楚使怒去，归告怀王。怀王怒，大兴师伐秦。秦发兵击之，大破楚师于丹、淅（xī）[2]，斩首八万，虏楚将屈匄（gài）[3]，遂取楚之汉中地[4]。

楚怀王贪心，相信了张仪，就跟齐国绝交。等派了使臣到秦国接受土地，张仪却狡辩道："我张仪与你们国王说好是六里，没听说有六百里。"楚国的使臣一怒而走，回来报告怀王。怀王暴怒，大兴军队攻打秦国。秦国出兵迎战，大破楚军于丹水、淅水一带，杀死楚军八万，俘虏了楚国大将屈匄，就势夺取楚国的汉中地区。

1 使使：第一个"使"是动词，派遣；第二个"使"是名词，使者。 如：往。

2 丹、淅：水名。丹水源于陕西商县，东入河南，到湖北注入汉水；淅水是丹水的支流，源于河南卢氏县，流经内乡、淅川，注入丹水。秦、楚战于丹水之北，淅水之南。按《史记·楚世家》与《资治通鉴》均作"丹阳"。《楚世家》："（楚怀王）十七年春，与秦战丹阳，秦大败我军，斩甲士八万。虏我大将军屈匄，裨将军逢侯丑等七十余人，遂取汉中之郡。"

3 屈匄：楚大将军。

4 汉中：汉中郡，今湖北西北、陕西东南一带。

怀王乃悉发国中兵，以深入击秦，战于蓝田[1]。魏闻之，袭楚至邓[2]。楚兵惧，自秦归。而齐竟怒[3]，不救楚，楚大困。

怀王于是调动全国军队，深入秦国境内，在蓝田会战。魏国听到这个消息，偷袭楚国，攻到邓地。楚军恐慌，从秦国撤退。齐国终因恼怒而不肯救楚，楚国十分困窘。

这一段所说的战事，发生于怀王十七年，即公元前312年。自此开始，楚国连年受秦、齐及其他各国的夹攻，直至公元前223年被秦灭亡。因此，怀王十六年信张仪而绝齐，是楚国由盛而衰的转折点。屈原力主联齐拒秦，屈原的荣辱与楚国的盛衰紧密相关。

1　蓝田：秦县名，在秦首都咸阳东南，故城在今陕西蓝田县西三十里。

2　邓：古国名，战国时一度属楚，约今河南邓州。

3　竟：终于。

明年[1]，秦割汉中地与楚以和[2]。楚王曰：「不愿得地，愿得张仪而甘心焉。」张仪闻，乃曰：「以一仪而当汉中地[3]，臣请往如楚。」

第二年，秦国把汉中土地分一半归还给楚国，要跟楚国和好。楚王说："我宁可不要土地，只要拿到张仪，方才甘心！"张仪听说这话，就说："用一个张仪能抵得汉中之地，那我请求到楚国去。"

1 明年：第二年，指楚怀王十八年（前311年）。

2 割：分。《史记·楚世家》："十八年，秦使使约复与楚亲，分汉中之半以和楚。"

3 当：相当，抵得。

如楚，又因厚币用事者臣靳尚[1]，而设诡辩于怀王之宠姬郑袖[2]。怀王竟听郑袖，复释去张仪。

张仪到了楚国，又用丰厚的财物贿赂当权的大臣靳尚，拿一套花言巧语教会怀王的宠姬郑袖。怀王竟然听了郑袖的话，又放走张仪。

1 因：依靠，利用。 用事者：当权的人。 靳尚：一说即“上官大夫”，一说是另一个人。

2 郑袖：本为郑国美女，善舞，怀王封她为南后。

是时屈平既疏，不复在位，使于齐，顾反[1]，谏怀王曰：「何不杀张仪？」怀王悔，追张仪，不及。其后，诸侯共击楚，大破之，杀其将唐眛（mèi）[2]。

这时，屈平已被疏远，不在朝廷，出使在齐国，等到回来，向怀王进谏说："为什么不杀张仪？"怀王后悔，再去追张仪，已追不上了。这以后，各国联合攻楚，大败楚军，杀死楚大将唐眛。

1 顾：等到。 反：同"返"。

2 "诸侯共击楚"三句：《史记·楚世家》记载："（怀王）二十六年，齐、韩、魏为楚负其从（纵约）亲，而合于秦，三国共伐楚。……（怀王）二十八年，秦乃与齐、韩、魏共攻楚，杀楚将唐眛，取我重丘而去。"这段与上段相隔十年，这十年间，屈原命运如何，《史记》没有记载。

时秦昭王与楚婚，欲与怀王会[1]。怀王欲行，屈平曰：「秦，虎狼之国，不可信，不如毋行！」[2]怀王稚子子兰劝王行：「奈何绝秦欢？」

那时秦昭王与楚有着联姻关系，要求与怀王会面。怀王打算动身，屈平说："秦是虎狼般的国家，不可相信，还是不要去。"怀王的小儿子子兰劝怀王去，说："为什么要断绝跟秦国的良好关系呢？"

1　"时秦昭王"二句：据《史记·楚世家》记载，秦昭王与楚婚在怀王二十四年；"欲与怀王会"，在怀王三十年，见《楚世家》："三十年……秦昭王遗楚王书曰：'……寡人与楚接境壤界，故为婚姻，所从相亲久矣……寡人愿与君王会武关，面相约……'"

2　"屈平曰"诸句：《楚世家》也有类似的话，但作"昭睢曰"。有人因此怀疑《列传》的这段记载。其实，这些平常的劝阻话，不是非某人不能说。当时劝阻怀王者，可能不止一二人，《列传》与《世家》未必矛盾。

怀王卒行。入武关[1]。秦伏兵绝其后，因留怀王以求割地。怀王怒，不听；亡走赵[2]，赵不内。复之秦，竟死于秦而归葬[3]。

怀王终于去了。一入武关，秦国的伏兵就截断后路，拘留怀王，要求割地。怀王恼怒，不答应，逃到赵国，赵国不收留。怀王又回到秦国，结果死在秦国，尸体运回安葬。

1 武关：在今陕西丹凤东，是秦的南关。

2 据《楚世家》记载，怀王亡走赵在楚顷襄王二年（前 297 年），是入秦的第三年。

3 据《楚世家》记载，怀王死于顷襄王三年（前 296 年）。

长子顷襄王立[1]，以其弟子兰为令尹[2]。楚人既咎子兰以劝怀王入秦而不反也。屈平既嫉之[3]，虽放流，眷顾楚国，系心怀王，不忘欲反。冀幸君之一悟[4]，俗之一改也。

怀王的长子即位，就是顷襄王，任弟弟子兰做令尹。楚国人抱怨子兰劝怀王入秦，以致不能回来。屈原也痛恨子兰，虽然被放逐，却还眷恋楚国，挂念怀王，不能忘却，心想回来。他希望君王有一天会醒悟，世俗有一天会更改。

1　顷襄王：前 298 年—前 263 年在位。

2　令尹：楚官名，相当于宰相。

3　嫉之：恨子兰劝怀王入秦，这可能是下句“放流”的原因。

4　冀幸：二字同义，希望。

其存君兴国[1]，而欲反覆之，一篇之中，三致志焉。然终无可奈何，故不可以反。卒以此见怀王之终不悟也[2]！

他那思念君王，振兴国家，力挽狂澜，扭转危局的心意，一篇作品里多次表达出来。但终于毫无办法，仍旧不能回来。由此可见，怀王到底不曾醒悟！

按，这段次序脉络不很清晰。顷襄王时，屈原遭放逐。放逐后，还“心系怀王”。这时怀王已被拘在秦国，但最后一句说：“怀王之终不悟”，又似乎指楚王入秦之前。所谓“一篇之中，三致志焉”，当指《离骚》而言。这后部分可能是刘安《离骚传》的文句羼入。

1 存：关怀、保护。

2 卒：最后，结果。

人君无愚智、贤不肖，莫不欲求忠以自为，举贤以自佐；然亡国破家相随属[1]，而圣君治国，累世而不见者，其所谓忠者不忠，而所谓贤者不贤也！

君王不论愚蠢或聪明，贤良或不肖，没有不想得到忠臣给自己办事，选拔贤才以辅佐自己的。然而，历史上亡国破家的事，一件接着一件地发生；而圣君治国的事，好几世也难以见到。原来他们所说的忠，其实并不忠；所说的贤，其实并不贤。

1　属：接连。

怀王以不知忠臣之分[1]，故内惑于郑袖，外欺于张仪，疏屈平而信上官大夫、令尹子兰。兵挫地削，亡其六郡，身客死于秦，为天下笑。此不知人之祸也。

怀王因为不明白忠臣的职分，所以内受郑袖的迷惑，外受张仪的欺骗，疏远屈平而相信上官大夫、令尹子兰，以致兵败地削，失掉六郡，自己流落死在秦国，为天下人所耻笑。这就是不能正确识人的祸害。

1 分：职务本分。

《易》曰："井泄不食，为我心恻，可以汲。王明，并受其福。"[1] 王之不明，岂足福哉！

《易》说："井已淘掉了污泥，却不去饮用，使我伤心，可以去汲取了啊。君王明察，大家就受福了。"国王糊里糊涂，怎能使国人获得幸福呢！

这部分议论与上下文不相连属，也可能从刘安《离骚传》羼入。

1　"井泄不食"五句：录自《易·井卦》。泄，淘掉污泥。

令尹子兰闻之[1]，大怒，卒使上官大夫短屈原于顷襄王[2]。顷襄王怒而迁之。

令尹子兰听到这些消息，勃然大怒，终于叫上官大夫在顷襄王面前说屈原的坏话。顷襄王一怒而放逐了屈原。

1 之：指代词。因整句话与上文文意不相属，故所指代不明确，可作两种解释：一、屈原恨子兰劝怀王入秦；二、屈原写诗讽喻国政。译文取前种解释。

2 短：动词，揭短，诋毁。

清院本　十二月月令轴·五月

屈原至于江滨，被发行吟泽畔……[1]乃作《怀沙》之赋……[2]。于是怀石，遂自投汨（mì）罗以死[3]。

屈原来到江边，披散着头发，在岸旁流浪吟诗……就作了一篇叫《怀沙》的赋……。于是怀抱石块，投汨罗江而死。

1 所省略的是《楚辞·渔父篇》全文。

2 所省略的是《楚辞·怀沙篇》全文。

3 汨罗：水名，在今湖南湘阴。屈原投江自杀的事是可靠的。贾谊的《吊屈原赋》、庄忌的《哀时命》、东方朔的《七谏》等早于《史记》的著作，都写到此事。投水的日子，据梁人吴均《续齐谐记》记载，是“五月五日”。屈原的绝命词《怀沙》写于“滔滔孟夏”，孟夏是夏历四月，四月到长沙，五月初投汨罗自杀，是可能的。至于投水的具体年份，那就众说纷纭，很难考定了。东方朔在《七谏·沉江篇》里说：“终不变而死节兮，惜年齿之未央。”王逸注：“惜年齿尚少，寿命未尽，而将夭逝也。”东方朔是西汉前期人，如果他的话可靠，那么，屈原殉国的时间，离怀王客死于秦可能不会太久。

屈原既死之后，楚有宋玉、唐勒、景差之徒者，皆好辞而以赋见称，然皆祖屈原之从容辞令，终莫敢直谏。其后楚日以削，数十年，竟为秦所灭。……[1]

屈原死了以后，楚国有宋玉、唐勒、景差这一班人，都爱好文学，以写赋闻名，然而都学习屈原流畅的文笔，始终不敢直言谏诤。以后楚国的领土日益缩小，数十年后，终于被秦国灭掉。……

1　省略部分是《史记·贾谊列传》。

太史公曰：余读《离骚》、《天问》、《招魂》、《哀郢》，悲其志。适长沙观屈原所自沉渊，未尝不垂涕想见其为人。……

太史公道：我读到《离骚》、《天问》、《招魂》、《哀郢》，为屈原的心志而哀伤。每到长沙，看到屈原自沉的地方，无不潸然泪下，而想见他的为人。……

附录二 《离骚》首八句考释

【题解】

《离骚》首八句交代诗主人公“吾”的“内美”，确定诗主人公的基本形象。这八句，是打开《离骚》这座艺术之宫的关纽。为了准确理解这八句，必须从资料考证、文字训诂入手，并用现代的美学理论加以分析提高。

一、上帝·古帝·天帝

据专家研究，殷墟卜辞里的“天”，是朴素的自然之天，不具有神格；其中的“帝”、“上帝”，则是支配一切的至上神。这说明殷人只崇拜帝，没有崇拜天。周人才赋天以神格，把“天”神化为“帝”，使“天”与“帝”合二而一。《尚书》里十七篇《商书》，称天为至上神，与殷墟卜辞不符，这证明《商书》是周人伪作（详见郭沫若《青铜时代》、陈梦家《殷墟卜辞综述》）。

从西周开始，作为至上神，“帝”与“天”是一个概念。《诗·鄘风·君子偕老》：“胡然而天也，胡然而帝也。”《疏》云：“天、帝名虽别，而一体也。”《诗·商颂·玄鸟》“天命玄鸟，降而生商”，又《长发》“有娀方将，帝立予生商”，《玄鸟》的“天”就是《长发》的“帝”。

在西周至春秋的文献中，代表天命、天意的至上神，其称谓有十多种，如“帝”、“上帝”、“天”、“皇天”、“昊天”、“皇天上帝”、“昊天上帝”、“皇皇后帝”、“后帝”、“皇上帝”、“皇帝”等。称谓虽有十多种，却有个共同的特点，即没有具体的名号，也不见神话传说中讲到他的“生平事迹”。这说明，作为至上神的“帝”，是比较抽象的。

在先秦尤其是战国时期的著作中，除了无名号的至上神“帝”外，还有各种有名号的“帝”，如《庄子·应帝王》：“南海之帝为儵，北海之帝为忽，中央之帝为浑沌。”这三个“帝”，都有自己的名字，不同于代表“皇天”的“上帝”。战国后期的阴阳家，为适应其五行说，在天上安排了五个“帝”座，即所谓“五帝”：东方太昊，南方炎帝，西方少昊，北方颛顼，中央黄帝。这五帝也各有具体名号，与那抽象的“上帝”不同。

天上五帝原来都是传说中的人间古帝。这里所说的“古”，指夏代以前。从夏代开始，人间君主称“后”、称“王”，而不称“帝”（殷末的“帝乙”是个别的特例）。夏代以前传说中的君主一般都称“帝”，都是神话人物。在古代的神话世界里，天上人间本无明确界线；时代愈古，这条界线愈模糊，甚至干脆不存在。因此，这些神话时代的古帝，既是人王，又是天帝；时代愈古，天帝的成分愈多。传说中的尧舜距夏代最近，有时像天帝，有时像人王；像天帝时称“帝”，像人王时称“王”。至于传说中尧舜以前的人间君主，一个个都有天神性，先秦古籍从未称他们为“王”，而都称为“帝”。

神界既然有这么多“帝”，战国时就出现“群帝”一词。如《山海经·大荒北经》：“群帝因是以为台。”又《大荒南经》：“群帝焉取药。”《吕氏春秋·本味篇》：“常山之北，投渊之上，有百果焉，群帝所食。”

从战国开始，天帝成群。在成群的天帝中，仍有个至上神“上帝”。《周礼》有十七个帝字，其中“五帝”十个，“上帝”七个。有具体名号的五帝之上，还有个冥冥中的“上帝”。《春秋公羊传》宣公三年“帝牲不吉”，注云：“帝，皇天大帝，在北辰之中。主总领天地五帝群神也。”

至上神上帝始终没有具体名号，这是区别上帝与其他天帝的主要标志。《离骚》有两个“帝”字：“帝高阳之苗裔兮”，“吾令帝阍开关兮”。一个有具体名号，一个没有。《离骚》的“帝阍”，《远游》作“天阍”。此“帝”即彼“天”，指至上神“上帝”，也就是下文“皇天无私阿兮”的“皇天”。“帝高阳”的帝与此不同，有具体名号，他不是上帝，但地位接近于上帝。《墨子·非攻下》：“昔者三苗大乱，天命殛之。……高阳乃命禹于玄宫[1]……以征有苗。……逮至乎夏王桀，天有辖[2]命，日月不时，寒暑杂至……天乃命汤于镳宫，用受夏之大命……帝乃使阴暴毁有夏之城……。逮至乎商王纣，天不序其德……天命周文王伐殷有国。”在这里，禹、汤、文王并列而三，都是受命的人王、天子；高阳与天、帝并列，是居于天上的授命之神。但他与天、帝又有别，因为他有名号，所以不是至上神上帝，而是成群的天帝之一。本书在处理这两种“帝”的今译时，把有具体名号的“帝高阳”之“帝”，译作“天帝”，其他无名号的“帝”（即至上神），皆译作“上帝”，不泛称天帝，以示区别。

至上神不称“天帝”，也是符合先秦习惯的。从西周到战国中期，至上神“天”、“帝”的称谓虽多至十几种，却从不连称为“天帝”[3]。战国末季，少数典籍才偶尔出现“天帝”一词。如《山海经·西山经》有“天帝之山”；《荀子·正论》有“动如天帝”之句。这时期出现“天帝”一词的原因，是当时有些“今”王也尝试着想要称“帝”（详见《战国策》的《齐策四》、《赵策三》、《燕策一》，《韩非子·内储说下》，《史记·田敬仲完世家》）。这就使夏以后的某些人王，甚至“今之王”也被称为“帝”。如《荀子·议兵》把禹、汤与尧、舜合称为“四帝”。《商君书·弱民篇》：“今夫人众兵强，此帝王之大资也。”此“帝王”指“今”

之人王。《韩非子》书里，“帝王”凡五见，皆指人王。《吕氏春秋·不侵篇》：“秦王，帝王之主也。”也是“帝王”连称而不分，且指当时的人间君王。正因为这样，为了与之区别，原来意义的“帝”就有冠以“天”字的必要。秦汉以后，人王正式称帝，“天帝”一词也就普遍流行开来。在现代汉语里，“帝”的称号无法反映先秦帝字原有的“天”义，更有附加“天”字的必要。

林庚先生对先秦的“帝”与“后”、“王”的区别，以及屈赋里的“帝”字，作过很好的分析，他认为屈赋里的“帝”，都是神界帝王，没有一个是夏以后的人王。对这点，我是很赞同的。但他把这些“帝”字统称为“天帝”，没有从这个大概念里区别出无名号的至上神上帝与其他有名号的天帝，这似乎是林说的美中不足（详见林著《诗人屈原及其作品研究》，上海古籍出版社1981年版，第166—173页）。

二、高阳·颛顼·祝融

王逸《章句》：“高阳，颛顼有天下之号也……屈原自道本与君共祖，俱出颛顼胤末之子孙。”二千年来，对此毫无异词。但考先秦古籍，在屈原的时候，高阳与颛顼还未合为一人；楚的宗神既不是高阳，也不是颛顼，而是祝融。在今本《竹书纪年》与《世本》辑本里，高阳与颛顼连称。今本《竹书》已公认是伪书；《世本》约成书于秦始皇十三到十九年（公元前234—前228）[4]，今天所见到的又是后人所辑，故皆不足为据。

《左传》文公十八年有一段，先说“昔高阳氏有才子（好后代）八人”，“高辛氏有才子八人”。这十六人发展为十六个“族”。“此十六族也，世济其美，不陨其名。”文章接着说：“昔帝鸿氏有不才子”，“谓浑敦”；“少皞氏有不才子”，“谓穷奇”；“颛顼氏有不才子”，“谓梼杌”；“缙云氏有不才子”，“谓饕餮”。这四人发展为四个“凶族”，“世济其凶，增其恶名”。在这段文字里，高阳等六“氏”是分别并提的，而且，高阳是善族之祖，颛顼是凶族之祖，判然列为二人。其他如高辛氏、帝鸿氏、少皞氏、缙云氏，也各为一人，并无同人异名的迹象。

更明显的还是《楚辞·远游篇》，先说“高阳邈以远兮”，“轩辕不可攀援兮”，高阳与轩辕是作者心目中高不可攀的偶像，后面写游天时，高阳与轩辕都没有遇到，确是“邈以远”、“不可攀”。游天时先后遇到的有东方天帝太皞及其木神句芒，西方天帝“西皇”及其金神蓐收，南方火神祝融，北方天帝颛顼及其水神玄冥。历来的注家都说前面的“高阳”与后面的“颛顼”是同人异名。果真如此，那么，作者遇到信仰中的最高偶像，感情一定特别激动，理应大写一番。但颛顼与其他两位天帝、火神祝融相比，用墨最少，写得最冷淡，几乎是一笔带过。总之，在《远游》里，“高阳”是高不可攀的偶像，“颛顼”是最被作者冷淡的一位天帝；高阳与颛顼无论如何不可能说成是一个人。

与“高阳”相比，“颛顼”在先秦著作中出现的次数要多得多。最多的是《山海经》，共十七次，见于《大荒东经》、《大荒南经》、《大荒西经》、《大荒北经》、《海外北经》、《海内东经》、《海内经》七篇；其次是《吕氏春秋》，共七次，见于《尊师》、《古乐》、《十月纪》、《十一月纪》、《十二月纪》、《序意》六篇；再次是《左传》六次，《国语》五次；再加上《庄子》、《尔雅》等，共约四十次（今传《世本》辑本不计在内）。在这么多次中，没有一次说与“高阳”有什么关系，没有一次直说颛顼是楚的始祖神，更没有说他受过楚王的禘祭。

古部族一般要祭两个始祖：一是凡间的始祖，二是神界的始祖。托祖于天神，是为了美化自己的世系。因为在古代，神化是最高级的美化。在《诗经》里，周人的凡间始祖是稷，神界始祖是上帝（战国以后具体化为帝喾，如《国语·鲁语上》说“周人禘喾而郊稷”）；商人的凡间始祖是契，神界始祖也是上帝（战国以后具体化为帝喾，或舜、俊，如《国语·鲁语上》说“商人禘舜而祖契”）[5]。

楚人也要祭神、俗两个始祖。《左传》僖公二十六年记载：楚成王三十八年，“夔子不祀祝融与鬻熊……秋，楚成得臣、斗宜申帅师灭夔，以夔子归”。《史记·楚世家》记载灭夔于楚成王三十九年，也说是“不祀祝融、鬻熊故也”。夔国在巫山附近的秭归，传说是屈原故乡。夔是楚的分支，与楚同祖，因不祀祝融与鬻熊，而受到楚的惩罚，这说明楚王是祀祝融与鬻熊的。鬻熊与祝融，一个是凡人，一个是火神。祝融是楚的宗神，还明确载于《国语·郑语》：“（祝）融之兴者，其在芈姓乎？芈姓夔越不足命也。蛮芈蛮矣，唯荆实有昭德，若周衰，其必兴矣。”在先秦著作中，高阳与颛顼都没有像祝融这样，被说成是楚的始祖宗神，更没有说受过楚的禘祭。

常有人引《国语》里的《郑语》与《楚语下》，把两篇连起来，而说《国语》奉颛顼为楚之始祖神，是不确切的。《郑语》说：“夫荆子熊严……重、黎之后也，夫黎为高辛氏火正，命之曰‘祝融’。”这里只说祝融（黎）是荆（楚）人之先。而《楚语下》又只说黎是颛顼的“火正”（官名），没有说是颛顼的子孙。把这两篇连起来，只能说：颛顼是楚始祖祝融的顶头上司，楚始祖祝融曾做过颛顼帝的“火正”这个官。《国语》不但没有说颛顼是楚的始祖，而且没有说是祝融的先辈。但在其他书里，则有颛顼为祝融父祖之说。如《左传》昭公二十九年说：“颛顼氏有子曰犁，为祝融。”《山海经·大荒西经》说：“颛顼生老童，老童生祝融。”把《国语·郑语》、《左传》与《山海经》三部书连起来，可以推出颛顼是楚人始祖的结论。而任何一部单独的先秦著作，都没有“颛顼是楚始祖”的直接记载。这说明，颛顼为楚始祖之说，在先秦至少尚未流行。

此外，有些学者根据《墨子·非攻下》“高阳乃命禹于玄宫”，与《庄子·大宗师》“颛顼得之，以处玄宫”，说高阳与颛顼皆北方之天帝（玄乃北方之色），因而为同一人。这种推论，就更为纡曲了。我们只能说，后人或许因为这种纡曲的联系把高阳和颛顼合成一人，而在从《左传》到《远游》的时代，高阳和颛顼还分别是两个人。

文献记载是这样子，文物考古又怎么样呢？楚文物已出土不少，竟没有发现过高阳、颛顼的名字。抗战时期在长沙东郊出土的楚帛书，提到“炎帝”“祝融”。其中有两个字难以辨认，有人疑为颛顼，商承祚、安志敏等先生都不作如此猜测，至于“高阳”，则连这样的影子都未曾有过[6]。

总之，根据先秦资料，楚的始祖神是祝融。明确了这点，我们就可以明白，为什么《远游》对祝融特别热情。《远游》“游”到南天时，没有去拜访炎帝，而只拜访炎帝的佐神祝融；对祝融的热情程度也超过任何一位天帝，在那里举行了一场大型音乐会，盛况无与伦比。祝融的态度也与任何一位天神不同，他劝诗人“回衡”，即返回楚国，不要远游，不要离开故土。这正是宗神对宗子的应有态度。

从现有资料看来，把高阳与颛顼连成一人，并直称其为楚人之先，似始于秦汉之际。如《大戴礼记·帝系》：“黄帝产昌意，昌意产高阳，是为帝颛顼。……颛顼娶于滕氏……产老童，老童……产重黎及吴回，吴回氏产陆终。陆终氏……产六子……其六曰季连，是为芈姓。”再如《史记·楚世家》：“楚之先祖，出自帝颛顼高阳。”今传《世本》辑本云：“昌意生高阳，是为帝颛顼。”如果古本的《世本》已有此说，可能是《大戴礼记》与《史记》的最早根据。今传《世本》还把炎帝与神农、太昊与伏羲等都合二而一，在这以前，他们都是不同的两个人。

从现有资料看来，把高阳与颛顼撮合成为一人，除了上述《墨子》、《庄子》中以“玄宫”为媒介的间接推论外，主要的、直接的根据就是《离骚》的“帝高阳之苗裔兮”。但《离骚》称“吾”是“高阳之苗裔”，却只是艺术的虚构。

《离骚》是屈原生平、思想最全面、最深刻的反映，但这种反映是通过典型化和象征化的艺术折光显示出来的。

抒情诗的“我”，与诗人自己有所区别，不能完全等同，它是经过典型化的。愈是优秀的抒情诗，典型化的程度就愈高。优秀抒情诗的“我”，像高尔基所说，不是“把自己集中在自己身上”，而是“把全世界集中在自己身上”，成为“世界的回声，而不仅仅是自己灵魂的保姆”（《文学书简》第497页）。诗人的本相是生活原型，而抒情诗里的“我”是艺术形象。在浪漫主义的抒情诗里，“我”和诗人自己之间“走样”的幅度可能很大。《离骚》用第一人称和浪漫主义的象征手法，塑造了一个高大的神话式的艺术形象——“吾”。这个“吾”自始至终都是一个神话式的人物，他不是从凡间的母体里生出来，而是从天降临的（详见下文“降”字解）。他一降临人间，就“扈江离与辟芷兮，纫秋兰以为佩”，后来又“制芰荷以为衣兮，集芙蓉以为裳”。这当然不是现实中屈原的服饰，而是类同于《九歌》里“少司命”、“山鬼”诸神的打扮。“朝饮木兰之坠露兮，夕餐秋菊之落英”，尤非屈原所堪以为生。至于后半篇的上下求女，更是十足的神话。《离骚》不是介绍原有的神话材料，而是创造一个以“吾”为中心的新的神话故事，在创造过程中，往往改变原来的神话材料。如“总余辔乎扶桑；折若木以拂日兮”，在原来的神话里，扶桑在极东，若木在极西，《离骚》却把它们拉到一处，供“吾”

使用。以致使一些学者曲为解释，或说“若木”是扶桑的变文，或说屈原记忆有误。而实际上，在《离骚》的神话世界里，原有素材的时间、空间界限，都被打通了。再如“凤皇既受诒兮，恐高辛之先我”，这“凤皇”就与先秦原有传说迥异。《诗·商颂·玄鸟》、《吕氏春秋·音初篇》、《天问》和《思美人》都讲到商始祖的神话，在这个神话里，只有玄鸟（燕）与帝喾、简狄的爱情生活有关，而《离骚》却把玄鸟改写成“凤皇”。为了给予解释，有人就说玄鸟即凤皇。但现有论证凤皇即玄鸟的几条资料都是不坚实的。如有些学者引《礼记·月令》疏引《郑志》“娀简狄吞凤子”一语，乃三国时资料，或者此语正由《离骚》“凤皇既受诒兮”而来，不能用以反证玄鸟即凤皇。玄鸟是黑色的小燕子，凤皇是五彩的大神鸟，两者不可能混为一物。《左传》昭公十七年：“我高祖少皞挚之立也，凤鸟适至，故纪于鸟，为鸟师而鸟名：凤鸟氏，历正也；玄鸟氏，司分者也……”“凤鸟”与“玄鸟”分别并提，自非一物。硬要考证《离骚》里的凤皇就是玄鸟，是不理解《离骚》的创作特点。《离骚》本来就不受原有神话限制，它常常根据自己的艺术需要来改变原来的神话传说。“诏西皇使涉予”，连天帝都可以写成为“吾”“服役”的仆人，把玄鸟改作凤皇又有什么了不起呢？

《离骚》不仅改变原来的神话传说，而且改变了历史人物。与“吾”直接有关的人与名有九个：始祖“高阳”，皇考“伯庸”，“吾”的名曰“正则”，字曰“灵均”，“吾”的姊“女嬃”，“吾”的“理”“蹇修”，为“吾”占卜的“灵氛”、“巫咸”，“吾”的榜样“彭咸”。这九个人与名中，只“高阳”与“巫咸”见于经传。这见于经传的两人，又不同于经传所记。《尚书·君奭》称巫咸是商朝大臣，但他在《离骚》里竟说出周代的人物“周文”、“吕望”、“宁戚”、“齐桓”。可见《离骚》里的巫咸不就是历史上的巫咸，仅借用其名而已。诚如游国恩先生所说："巫咸者，聊借以言降神之事，与灵氛同"，"不必实指本人。"（《离骚纂义》第379页）到目前为止，与"吾"直接有关的九个人与名中，只有"高阳"还无人怀疑其历史真实性，被人们一致看作是信史或当时传说的真实反映。但根据上引先秦资料，在屈原的时候，楚国根本没有奉高阳为自己的宗神，屈原自称为"高阳之苗裔"，也是出于艺术上的需要。

楚的宗神祝融不是天帝，而是南方天帝炎帝的辅佐神。《吕氏春秋》、《礼记·月令》都反复写道："其帝炎帝，其神祝融。"抗战时期在长沙东郊发掘出来的楚帛书，也有"炎帝乃命祝融"之句[7]，可知楚人信仰中的祝融也不是"帝"字辈。《远游》对祝融特别礼敬，也只称他为"炎神"，而不尊称为"帝"。这说明楚的宗神规格不高，远非商周的宗神可比。《离骚》首八句艺术构思的核心，是渲染"吾"的"内美"。作为艺术创作，屈原完全可以而且应该为"吾"塑造一个比祝融更高大的宗神。上引《墨子·非攻下》把高阳与"天"、"帝"并列，据《左传》记载，"昔高阳氏"是早于高辛氏的古帝，他以有"才子八人"而名世。说"吾"是"高阳之苗裔"，更像是天"降"的神胄，是"世济其美，不损其名"的好后代。要渲染世系之"美"而另择宗神，再没有比高阳更合适的人选了。高阳之名虽已有之，而把他与"吾"搭成宗神与宗子的关系，仍是一种创造——艺术的虚构。后人把艺术虚构当真看待，"高阳"也就被说成是楚的始祖，并与颛顼合二而一了。

当然，艺术虚构要有一定的生活基础，毫无根据的虚构是没有艺术感染力的。屈原的时候，大一统的趋势、统一的华夏文化早已形成。许多神话传说人物已不限于某族、某国所专有，各氏族的始祖神都纷纷攀上亲缘关系，黄帝、尧、舜、禹等已逐渐成为"天下"各国共同的"先王"古帝。愈古的"帝"，其普遍性就愈大。在屈原作品里，只有《天问》最后提到楚国的几位历史人物，连篇累牍的都是“天下”的历史名人。《离骚》写了那么多历史与神话人物，竟没有一个是楚人，也没有触及楚国的历史，他称颂的“昔三后”是指禹、汤、文王，而不是楚先王。可见《离骚》是以“天下”为大背景的，“吾”的活动舞台并不限于楚国。既是这样，高阳当然可以虚构成为“吾”的始祖宗神。称“吾”是“帝高阳之苗裔”，有点像今天的华人自称是炎黄子孙。总之，战国时期的大一统趋势的形成，是《离骚》称“吾”为“帝高阳之苗裔”的生活基础。而屈原把高阳写进《离骚》，不是实录自己的世系，而是为了渲染诗主人公的“内美”。

三、皇考·伯庸

在先秦至西汉的典籍里，“皇考”有时指除父亲以外、自祖父以上的先人，有时指亡父；东汉以后，则专指亡父。

指先祖的，如：

《诗·周颂·雝》，鲁、韩、毛三家都认为是“禘太祖”的乐章，诗中有“假哉皇考”一句，这“皇考”当即“太祖”。

《礼记·祭法》：“父曰考，祖父曰王考，曾祖曰皇考。”

《礼记·祭法》：“大夫立三庙二坛：曰考庙，曰王考庙，曰皇考庙。”又据《礼记·王制》：“大夫三庙，一昭一穆，与太祖之庙而三。”按此说，则大夫祖庙里只有父、祖与太祖三庙，《祭法》的“皇考庙”或即《王制》的“太祖之庙”。

指亡父的，有：

《礼记·曲礼下》：“祭王父曰皇祖考，王母曰皇祖妣，父曰皇考。”

据专家研究，金文中的“皇考”，可以确定是父亲的已不少。

根据上引资料看来，先秦至西汉，“皇考”的用法很不稳定，同一本《礼记》，竟也杂糅着不同的说法。

《离骚》的“皇考”，汉人解释已不一致。西汉的刘向解释为远祖（《九叹·逢纷篇》），东汉的王逸解释为亡父（《楚辞章句》）。由于东汉以后，皇考专指亡父，更由于王逸的《楚辞章句》是后世最流行的楚辞注本，故亡父之说就占了支配地位。其实，刘向旧说更有权威性。一则刘向是西汉人，离屈原年代更近；二则刘向是一代宗师，一般不至于有常识性错误；三则他生当皇考有先祖与亡父二释并存的时代，取“先祖”而弃“亡父”，当有一定的道理。更重要的还是，联系上下文意，解释为远祖比较符合《离骚》的作品实际。这个问题，详见下文对“伯庸”、“皇”的解释。

伯庸之名，不见经传。

王逸《章句》说是屈原之父的字。

刘向《九叹·逢纷》曰：“伊伯庸之末胄兮，谅皇直之屈原。”又《愍命》曰：“昔皇考之嘉志兮，喜登能而亮贤……刜谗贼于中瘤兮，选吕（尚）管（仲）于榛薄。丛林之下无怨士兮，江湖之畔无隐夫；三苗之徒以放逐兮，伊（尹）皋（陶）之伦以充庐。”在刘向笔下“皇考”、“伯庸”不仅是屈原的太祖，而且是能够举贤授能的楚先王，相当于《诗经》颂诗里的“皇祖”、“皇王”。

刘向与王逸的解释，距离竟如此之大。王逸之说随《章句》的流传而盛行于世，闻一多在《离骚解诂》里则完全支持刘向的旧说。闻引《礼记·祭义篇》“王者禘其祖之自出，以其祖配之”为根据，说：“屈子自述其世系，以高阳与先祖之名并举，乃依庙制之成法，而非出自偶然。”闻说甚是。上文说过，古人追述世系，常以神界始祖与凡界始祖并提。高阳是神界始祖，伯庸必为凡间始祖。而且，渲染世系之“美”，不提皇祖、皇王，而提地位一般的亡父，有何称“美”意义？

诚然，历史上并没有一个叫“伯庸”的楚先王，犹如楚王的祭坛上，并没有高阳的位置一样。“伯庸”也是一个虚构的皇祖皇王，可能是“鬻熊”的音转。改祝融为“高阳”，化鬻熊为“伯庸”，这个假设，是符合上引《左传》僖公二十六年、《史记·楚世家》关于“祀祝融鬻熊”的记载的。

四、降

王逸把“惟庚寅吾以降”的降字，解释为“下母之体而生”。

先秦降字很神圣，其主语一般是天与神，大多用于从天而降，或指王公贵族从台阶上下来。至于脱胎诞生，不管是人的诞生，还是神的诞生，或介乎人神之间的“天子”诞生，都直称“生”，从不称“降”。《诗·商颂·玄鸟》“天命玄鸟，降而生商”。“降”指玄鸟从天降临，“生”指诞生商的始祖契。降与生有严格的区别。《商颂·长发》：“有娀方将，帝立子生商。”《鲁颂·閟宫》：“上帝是依，无灾无害，弥月不迟，是生后稷。”契与稷，是“帝”、“上帝”的儿子，他们的诞生也只能称“生”。《山海经》写了许多神的诞生，全部称“生”，无一称“降”。“羲和者，帝俊之妻，生十日。”（《大荒东经》）连太阳的诞生，也称“生”。遍考先秦降字，无一用于脱胎诞生。

《离骚》篇首的降字，犹下文“巫咸将夕降兮”、“百神翳其备降兮”的“降”，一个降字，活现了一个神话人物从天降临的高大形象。《诗·商颂·长发》：“允也天子（子，同“字”，慈也，爱也），降予卿士，实维阿衡，实左右商王。”卿士指伊尹，皇天爱商，降下伊尹辅佐商王成汤。《离骚》篇首的降字，义与此同，是天降“灵均”作“灵修”的辅佐。

对《离骚》篇首的降字旧注，以前已有人表示怀疑，但没有根据文学创作的特点、尤其是《离骚》的艺术特色，作出正确的解释。李陈玉《楚辞笺注》说：“降，旧解从母腹堕地，非也。乃‘惟岳降神’（《诗·大雅·崧高》句）之降，此乃屈原自负不浅处，与高岸不合时人处。”李陈玉把《离骚》主人公与屈原本人完全等同起来，以致从降字的正确解释导出对屈原的错误看法，有些近代学者甚至从对降字的正确解释导出屈原是巫的错误结论。这种“对号入座”的解释法，是忽视文学作品尤其是浪漫主义作品的特点造成的。

“摄提”二句，写“吾”于寅年寅月寅日这一难得的吉祥日子从天降临人间。既从天降，又遇吉日，真是美上加美。这显然是一种艺术夸张。据此推算屈原生年，似不可靠。屈原可能诞生于这样的年月日，创作时把自己的诞辰移到诗主人公身上，写成“灵均”从天降临的日子，这在艺术创作上当然是容许的，这是一方面；另一方面，屈原即使没有这样一个难得的诞辰，他在创作《离骚》这样富于虚构夸张的浪漫主义作品时，仍然可以去编造一个吉日，以渲染主人公的“内美”，这在艺术创作上同样是容许的。因此，寅年、寅月、寅日可能是屈原的生辰，也可能不是，后一种可能性恐怕更大。因为年月日都在寅的诞辰，毕竟是稀罕的，而夸张浓饰却是《离骚》的一个突出的特色。既然屈原的名不叫“正则”，字并非“灵均”，皇考也不是“伯庸”，连祖神“高阳”也是虚构的，为什么一个十分稀罕的生辰反而是屈原生平的实录呢？

司马迁在《史记·屈原列传》里说自己读过《离骚》，但他却没有把“名正则，字灵均”写入列传，也没有说屈原的父亲或先祖叫伯庸，更没有提起屈原的生年。作为传记，尤其是史书里的传记，以上三项都是必要内容，生年尤其重要，当时推算要比现在方便得多，即使推算困难，也可照抄一下。具有实录精神的司马迁，在《列传》里全文引录《怀沙》、《渔父》，对被后人认为是“自述生平的第一手材料”的《离骚》首八句，反而一字不引，不予“实录”，是颇可发人深思的。

五、皇

王逸《章句》：“皇，皇考也。”王夫之《楚辞通释》：“皇，皇考省文。”

诚如李平心所说：“遍考古籍，从来没有训皇为父为考的，也从来没有把皇考省称为皇的。”（《离骚“皇览揆余初度兮”新解》，载《文汇报》1961 年 5 月 5 日）在先秦，单个皇字，作为名词的省称，唯“皇天”与“皇王”可当之。《离骚》下文“陟陞皇之赫戏兮”，《橘颂》“后皇嘉树”，这两个“皇”字，都是皇天的省称。《尔雅》：“皇，君也。”《离骚》“恐皇舆之败绩”，王注：“皇，君也。”皇舆，王车。《诗·周颂·载见》“思皇多祐”，又《桓》“皇以闲之”，这两个皇字都指武王。考先秦文献，单个皇字，用作名词，除“天”与“王”外，似无其他可指。“皇览揆余初度兮”的“皇”，也只能解释为“皇天”或“皇王”。究竟是皇天还是皇王呢？联系上下文，似为皇王伯庸。因为上文未提到皇天，下文取字，按礼制要在祖庙进行。按王逸之说，伯庸是屈原的父亲，作为一名普通贵族，当然不能称“皇”；按刘向之说，伯庸是先王，即“皇祖”、“皇王”，那就可以省称为“皇”，类同《诗经》里的《载见》、《桓》那两个“皇”字。

伯庸这位皇考，作为皇祖皇王，当然已不在世，他怎么能够赐嘉名呢？关于个这问题，详见下文“肇”字、“字”字解。

六、初度

“初度”之“度”，王逸、洪兴祖都未作明确注释，盖知此字若按汉以后的常义解释，颇为困难。自朱熹开始，直至现代，则有“时节”、“态度”、“器宇”、“气度”、“气象”、“吉度”、“法度”、“躔度”、“心度”、“冠”、“降”诸训，歧解之纷繁，为《楚辞》所罕见。但仍然无一令人满意。如比较流行的“态度”、“器宇”，与下文的“此内美”有矛盾。再如“躔度”一词，在先秦尚未出现，既无全称，何来省称？

“初度”之“度”，之所以如此歧解纷繁，盖因为历来诸家皆囿于汉以后常义。倘若把“初度”之“度”读作古字“宅”，训为托、任，“初度”即初受托任，则此千年古谜就可涣然冰释。

甲骨文、金文皆无“度”字。秦汉以后的许多“度”字，在先秦古籍中原为“宅”字。例如：

《诗·大雅·皇矣》“此维与宅”，《论衡·初禀篇》作“此惟予度”。

《诗·大雅·文王有声》“宅是镐京”，《礼记·坊记》引作“度是镐京”。

《尚书·尧典》“宅西曰昧谷”，《周礼·缝人》注作“度西曰柳谷”。

《尚书·舜典》“五流有宅，五宅三居。”《史记·五帝本纪》二宅字皆作“度”。

《尚书·禹贡》“三危既宅”，《史记·夏本纪》作“三危既度”。

《尚书·立政》“文王惟克厥宅心”的宅，汉石经作“度”。

《尚书·顾命》“恤宅宗”，《后汉书·班彪传下》作“恤度宗”。

由上可知，度古通宅。而宅又与托声近义通。《说文》：“宅，人所托居也”。《仪礼·士相见仪》：“宅者，在邦则曰市井之臣，在野则曰草茅之臣。”注：“今宅为托。"《说文》段注："宅托叠韵。"桂馥曰："宅托声相近。"

宅、托、度，古音相近或相同。作为动词，宅是古字，有"居"的意义，汉以后多改用度或居。如《尚书·禹贡》"降丘宅土"，《史记·夏本纪》作"下丘居土"，《风俗通义·山泽篇》作"降丘度土"。

宅与度，都可训作居，而先秦古籍中许多具有居义的宅字，常引申为居官任职的意思。这样的宅，其义与"托"通，犹今"任"。《尚书·立政篇》共十一个宅字，旧注皆训作"居"，大多是居官任职之居。如"宅乃事，宅乃牧，宅乃准"，旧注："宅，居也。……居内外之官。"《尚书·舜典》"使宅百揆"，注："使居百揆之官。"百揆是官名，"宅百揆"就是担任百揆之官。

《离骚》下文"尔何怀乎故宇"，洪兴祖、朱熹同引另本作"宅"。敦煌写本《楚辞音》残卷，字多古写，"宇"也作"宅"，待洛反，与"恶"（乌各反）叶韵。王逸《章句》："宇，居也。"姜亮夫先生说："考古无训宇为居者，王逸盖用尔雅释言宅居也之训，因正文误作宇，故后人乃改注从之也，则王本盖亦作宅矣"。（《屈原赋校注》）这是《离骚》使用古字"宅"的一个例证。"皇览揆余初度兮"的度，原来可能也是"宅"，汉以后因古字"宅"多改作"度"，而沿误。"初度"即初受天托，初承大任，这是"吾"从天"降"的目的。

刘向《九叹·逢纷》："原生受命于贞节兮，鸿永路有嘉名。"刘向说灵均的嘉名与"受命"有关，《离骚》说"嘉名"是根据"初度"而赐，那么"初度"应该是"受命"之谓。

据闻一多《楚辞校补》、姜亮夫《屈原赋校注》等校证，"皇览揆余初度兮"古本"初"字上面有"于"字。诚如姜先生所说：初度之上有于字，"初度""则当有所承受之客观事象"。把初度解释为初受天托，初承大任，古本"于"字才可通。

古代君王固可称“托国”“托天下”；臣子，尤其是辅佐大臣，也可称“托国”“托天下”。如《荀子·仲尼篇》：“倓然见管仲之能足以托国也，是天下之大知也。”《荀子·强国篇》“求仁厚明通之君子而托王焉”，“托王”是使王政有所托付的意思。《荀子·哀公篇》：“不知选贤人善士托其身焉以为己忧。”《孟子·告子下》说的“天将降大任于斯人”的“人”，除舜是“天子”之外，其他如傅说，胶鬲、管夷吾、孙叔敖、百里奚，都是人臣。屈赋里受天之托的，除君王外，也有臣子，如《天问》“帝乃降观，下逢伊挚。何条放致罚，而黎服大说”，上帝把灭桀的大任托给伊尹。《离骚》的“吾”也是天降大任于斯人者，灵均是受命辅佐灵修的，与伊尹、吕望一样，都是王者之师。《吕氏春秋·知度篇》：“绝江者托于船，致远者托于骥，霸王者托于贤。伊尹、吕尚、管夷吾、百里奚，此霸王者之船骥也。”屈赋也常以骐骥自喻，愿能为楚王所托，如“乘骐骥以驰骋兮，来吾道夫先路”，其“托王”、“托国”之心何其殷切！

总之，“初度”之“度”，训为托、任，于字义，于篇意，都是可通的。

七、肇锡余以嘉名：名余曰正则兮，字余曰灵均

闻一多《离骚解诂》：“案肇兆古通，《诗·大雅·生民篇》‘后稷肇祀’，《礼记·表记篇》作‘兆’，《商颂·烈祖篇》‘肇域彼四海’，《笺》曰：‘肇当作兆。’是其证。此肇字刘向正读为兆。”刘向《九叹·离世篇》曰：“兆出名曰正则兮，卦发字曰灵均。”闻氏解释道：“正则”、“灵均”这名、字是“得于卦兆，则是卜于皇考之庙，皇考之灵因赐以此名字也”。这就是说，伯庸的神灵在皇考庙里通过卦卜赐给“吾”“嘉名”。

从语法上看，“嘉名”之名，包括下句的“名”与“字”；“嘉名”的“嘉”，犹《仪礼·士冠礼》“爰字孔嘉”的“嘉”。古代贵族，成年才取字。取字时，要在祖庙里举行隆重的冠礼。行冠礼的年龄一般在二十岁上下。《仪礼·士冠礼》说：“三加弥尊，谕其志也；冠而字之，敬其名也。”《礼记·冠义》说：“已冠而字之，成人之道也。”可见字是在及冠时才取的。

行冠礼和取字有什么意义呢?《春秋穀梁传》文公十二年说：“男子二十而冠，冠而列丈夫。”《荀子·大略篇》说：“古者……天子诸侯子十九而冠，冠而听治，其教至也。”行冠礼取字表示正式参加统治集团，担负起国家大任。

取字的冠礼意义如此重大，故要在祖庙举行。《仪礼·士冠礼》说：“士冠礼，筮于庙门。”《礼记·冠义》说：“古者重冠，重冠故行之于庙……尊先祖也。”《史记·秦始皇本纪》记载：“（九年）四月，上宿雍；己酉，王冠带剑……”秦的祖庙在雍，所以秦王政要“宿雍”而举行冠礼。由此可见，闻一多解释刘向《九叹》“兆”、“卦”二字，说是“卜于皇考之庙，皇考之灵因赐以此名此字”，是有根据的。赐嘉名的“皇”，不是皇天，而是皇考伯庸，据刘向解释，皇考伯庸是一位皇祖皇王，故可单称“皇”。

“字”的格式是：“曰：伯某甫，仲、叔、季，唯其所当。”（《仪礼·士冠礼》）这就是说，“字”的全称有三个字，第一个字是排行的称呼，如伯、仲、叔、季；第二个字与“名”的含义相应；第三个字都用“甫”，或“父”，古甫父字通。如“仲山甫”（《诗·大雅·烝民》）、“伯阳父”（《国语·周语上》）等。春秋以后，往往少用全称，有的省去首字，有的省去末字，有的首尾皆省。如孔子的字，一般称“仲尼”，或称“尼父”（《礼记·檀弓上》、《左传》哀公十六年），或单称“尼”（《韩非子·外储说左下》）。《史记·屈原列传》

首句："屈原者名平"，也就是说"原"是他的字。

《离骚》的主人公字曰"灵均"。均与正则意义相应，都是公平、公正、正直、不阿的意思。"均"字上面应该表示行辈，但不用"伯、仲、叔、季"，而用"灵"字。屈赋里的"灵"字都有"神"义。"灵均"的"灵"表示："吾"非俗人，而是神辈。"灵均"这个"嘉名"也表现了"吾"的神话色彩，这也是"内美"之一。由于"吾"是神辈，与"吾"成言的"哲王"称"灵修"，与山鬼的情人同名，也是神辈。"灵均""扈江离与辟芷兮，纫秋兰以为佩"，一派神的装扮。"灵修"另一个名字叫"荃"，荃是香草，也表示神的服饰。

这里有个问题，古代贵族子弟，取名与取字不同时，赐名与赐字也不同人。生下三个月，由父亲取名；及冠，由贵宾取字。《离骚》的命名与命字，既同时，又同人，都由"皇""锡"之。这问题的答案还在于"灵"、"降"二字。因为灵均是神，是从天降临的，降临时已是肩负国家重任的"成人"，故需由先王的神灵同时赐给名与字。

1　原脱"禹于"二字，"禹"字在下句，今据王念孙《读书杂志》校改。

2　孙诒让《墨子间诂》校作"酷"，严酷。

3　金文《大丰𣪘》："王祀于天，帝降，天亡尤王。"天与帝不连读，有些学者读作"王祀于天帝降，天亡尤王"，似不确。

4　据陈梦家《六国纪年》附文《世本考略》。

5　《诗经》、《尚书》、《论语》、《孟子》都没有写到帝喾，《诗经》写商周的神界始祖只提到无名号的"帝"。

6　7　安志敏、陈公柔：《长沙战国缯书及其有关问题》，载《文物》1963 年第 9 期；商承祚：《战国楚帛书述略》，载《文物》1964 年第 9 期。

图书在版编目(CIP)数据

楚辞译注：彩图珍藏本 / 董楚平译注. —上海：上海古籍出版社，2025.2 (2025.6 重印)
ISBN 978-7-5732-1412-6

Ⅰ. I222.3

中国国家版本馆CIP数据核字第2024Y2V108号

楚辞译注(彩图珍藏本)
董楚平　译注
上海古籍出版社出版发行
(上海市闵行区号景路 159 弄 1-5 号 A 座 5F　邮政编码 201101)
(1) 网址：www. guji. com. cn
(2) E-mail：guji1 @ guji. com. cn
(3) 易文网网址：www. ewen. co
上海丽佳制版印刷有限公司印刷
开本 710×1000　1/16　印张 42.25　插页 5　字数 400,000
2025 年 2 月第 1 版　2025 年 6 月第 3 次印刷
印数：11,601—31,700
ISBN 978-7-5732-1412-6

I·3876　定价：158.00 元
如有质量问题，请与承印公司联系